中国古代散文作品选读

张守良 高锐霞 王宪文 编著

吉林大学出版社

长春

图书在版编目（CIP）数据

中国古代散文作品选读 / 张守良，高锐霞，王宪文
编著. -- 长春：吉林大学出版社，2021.10
ISBN 978-7-5692-9424-8

Ⅰ. ①中… Ⅱ. ①张… ②高… ③王… Ⅲ. ①古典散
文－散文集－中国 Ⅳ. ①I262

中国版本图书馆 CIP 数据核字(2021)第 225074 号

书　　名　中国古代散文作品选读
　　　　　ZHONGGUO GUDAI SANWEN ZUOPIN XUANDU

作　　者　张守良　高瑞霞　王宪文　编著
策划编辑　李承章
责任编辑　周梅春
责任校对　周　婷
装帧设计　牧野春晖
出版发行　吉林大学出版社
社　　址　长春市人民大街 4059 号
邮政编码　130021
发行电话　0431-89580028/29/21
网　　址　http://www.jlup.com.cn
电子邮箱　jldxcbs@sina.com
印　　刷　北京市兴怀印刷厂
开　　本　787mm×1092mm　　1/16
印　　张　10.75
字　　数　180 千字
版　　次　2022 年 6 月第 1 版
印　　次　2022 年 6 月第 1 次
书　　号　ISBN 978-7-5692-9424-8
定　　价　78.00 元

前　言

中国古代文学从殷商到清末，有三千多年历史，给后代留下了非常丰厚的遗产。这笔遗产对于传承中华民族的精神文明、建设具有中国特色的社会主义文化、陶冶人的思想情操有着重要意义。在中国古代文学的几种主要文体中，诗歌和散文产生和成熟最早，历史最长，最受重视，发展也最为充分。古人抒情、言志、记事，乃至交际应用，都离不开这两种文体。从先秦到近代，产生了大量的名作、名家和诗文流派。许多优秀作品，到现在还家喻户晓。"床前明月光""春眠不觉晓"，是中国人从刚刚学语时，就学会背诵的，随着知识和阅历的增长，我们接触到的古文、古诗也越来越多。我们在古人的文字中领略到了斐然的文采和高远的意境，也熟读、背诵了许多篇章和格言警句。但是对于古诗文的学习，这还只是初始阶段，我们有必要进一步扩展阅读，以求提升自己的审美境界，为形成一定的传统文化底蕴奠定坚实的基础。

本书的编写，就是为了适应传统文化发展和古代诗文学习的需要。它着重从文学鉴赏角度进一步引导同学们阅读古代诗文。让同学们有计划地阅读一定数量的名篇，通过自己的鉴赏探究，感受其思想、艺术魅力，发展想象力和审美力，提高对古代诗文语言的感受力，体会中华文化的博大精深，深化热爱祖国的情感，增进运用语言文字的能力。全书共六章，从不同的角度对古代散文的思想内涵与审美意蕴进行了归类，分别为天降大任、治国理政、治国修身、人格魅力、情真意切、山水寄情。这一归类方式涵盖了个人修养的方方面面，无论是"以天下为己任"的国家情怀，还是"克己修身"的道德修养，都值得我们细细品味。

在内容编排上，每篇文章都安排了注释、初读知情、复读认情和诵读体情等板块。选文后的注释能够帮助读者更好地理解原文内容；初读知情对文章的作者以及写作背景进行交代，让读者能够更好地了解文章；复读认情则专注于对文章的深度解读和剖析，让读者走进古人的内心；诵读体情则引导学生体会作者的心境，通过设置问题等不同的方式引导读者发散思维，多角度思考。文艺鉴赏是一种主体性很强的情感和思维活动。通过设定这些板块，启发引导，指出途径，激发兴趣，从而加深对作品的理解和欣赏，充分发挥读者的自主性。文学作品是多种因素的复合体，本书在一章之中列举一些作品，并不意味着这些作品只能从我们所提供的角度进行欣赏。在具体阅读和在今后的理解运用中，完全可以引入另外一些角度，以获得对作品形象和情感的整体感知与把握。一些作品内涵具有多义性和模糊性，理解时不必限制过死，通过自主探究，可以有多元的、开放性的解读。

希望本书能够在读者和古代优秀的诗文名作、名家之间，架起一座沟通的桥梁，让大家既感到有浓厚的兴味，又有探胜取宝的眼光和方法，怀着愉快的心情，走进中国古代名家、名作之林，感受形象，品味语言，领悟作品丰富的内涵，陶冶自己的思想情操和审美品位。

中国文学博大精深，古人的智慧和才学令人敬佩，虽然我们潜心古文教育和研究多年，对书稿一再打磨，但深感力有不逮，文中难免存在一些不足和纰漏，希望读者能及时指正。

作 者

目　　录

第一单元 天降大任

重耳之亡

《左传》

晋公子重耳之及于难也【1】，晋人伐诸蒲城。蒲城人欲战，重耳不可，曰："保君父之命而享其生禄【2】，于是乎得人。有人而校【3】，罪莫大焉。吾其奔也。"遂奔狄。从者狐偃、赵衰、颠颉、魏武子、司空季子。

狄人伐廧咎如，获其二女叔隗、季隗，纳诸公子。公子取季隗，生伯儵【4】、叔刘；以叔隗妻赵衰，生盾。将适齐，谓季隗曰："待我二十五年，不来而后嫁。"对曰："我二十五年矣；又如是而嫁，则就木焉。请待子。"处狄十二年而行。

过卫，卫文公不礼焉。出于五鹿，乞食于野人，野人与之块。公子怒，欲鞭之。子犯曰："天赐也。"稽首受而载之。

及齐，齐桓公妻之，有马二十乘。公子安之，从者以为不可。将行，谋于桑下。蚕妾在其上【5】，以告姜氏。姜氏杀之，而谓公子曰："子有四方之志，其闻之者，吾杀之矣。"公子曰："无之。"姜曰："行也！怀与安，实败名【6】。"公子不可。姜与子犯谋，醉而遣之。醒，以戈逐子犯。

及曹，曹共公闻其骈胁，欲观其裸。浴，薄而观之。僖负羁之妻曰："吾观晋公子之从者，皆足以相国。若以相，夫子必反其国。反其国，必得志于诸侯。得志于诸侯，而诛无礼，曹其首也。子盍蚤自贰焉！"乃馈盘飧，寘璧焉【7】。公子受飧反璧。

及宋，宋襄公赠之以马二十乘。

及郑，郑文公亦不礼焉。叔詹谏曰："臣闻天之所启【8】，人弗及也。晋公子有三焉，天其或者将建诸【9】，君其礼焉。男女同姓，其生不蕃。晋公子，姬出也，而至于今，一也；离外之患，而天不靖晋国殆将启之，二也；有三士足以上人而从之，三也。晋、郑同侪，其过子弟，固将礼焉，况天之所启乎？"弗听。

及楚，楚子飨之【10】曰："公子若反晋国，则何以报不不榖【11】？"对曰："子女玉帛，则君有之；羽毛齿革，则君地生焉。其波及晋国者，君之余也。其何以报君？"曰："虽然，何以报我？"对曰："若以君之灵，得反晋国，晋、楚治兵，遇于中原，其辟君三舍【12】。若不获命，其左执鞭弭【13】，右属橐鞬【14】，以与君周旋。"子玉请杀之。楚子曰："晋公子广而俭，文而有礼；其从者肃而宽，忠而能力。晋侯无亲，外内恶之。吾闻姬姓，唐叔之后，其后衰者也【15】，其将由晋公子乎？天将兴之，谁能废之？违天，必有大咎。"乃送诸秦。

秦伯纳女五人，怀嬴与焉。奉匜沃盥【16】，既而挥之。怒曰："秦、晋匹也，何以卑我？"公子惧，降服而囚。他日，公享之。子犯曰："吾不如衰之文也，请使衰从。"公子赋《河水》【17】，公赋《六月》【18】。赵衰曰："重耳拜赐。"公子降，拜，稽首，公降一级而辞焉。衰曰："君称所以佐天子者命重耳，重耳敢不拜！"

二十四年，春，王正月，秦伯纳之。不书，不告入也【19】。及河，子犯以璧授公子，曰："臣负羁绁从君巡于天下，臣之罪甚多矣。臣犹知之，而况君乎？请由此亡。"公子曰："所不与舅氏同心者【20】，有如白水！"投其璧于河。

济河，围令狐，入桑泉，取臼衰。二月甲午，晋师军于庐柳。秦伯使公子絷如晋师，师退，军于郇。辛丑，狐偃及秦、晋之大夫盟于郇。壬寅，公子入于晋师。丙午，入于曲沃。丁未，朝于武宫。戊申，使杀怀公于高梁。不书，亦不告也。

吕、郤畏偪，将焚公宫而弑晋侯。寺人披请见【21】。公使让之，且辞焉，曰："蒲城之役，君命一宿，女即至。其后余从狄君以田渭滨，女为惠公来求杀余；命女三宿，女中宿至。虽有君命，何其速也？夫袪犹在【22】，女其行乎！"对曰："臣谓君之入也，其知之矣；若犹未也，又将及难。君命无二，古之制也。除君之恶，唯力是视。蒲人、狄人，余何有焉【23】？今君即位，其无蒲、狄乎【24】？齐桓公置射钩而使管仲相【25】，君若易之，何辱命焉？行者甚众，岂唯刑臣！"公见之，以难告。三月，晋侯潜会秦伯于王城。己丑晦，公宫火。瑕甥、郤芮不获公【26】，乃如河上，秦伯诱而杀之。晋侯逆夫人嬴氏以归。秦伯送卫于晋三千人，实纪纲之仆【27】。

初，晋侯之竖头须【28】，守藏者也。其出也，窃藏以逃，尽用以求纳之。及入，求见，公辞焉以沐。谓仆人曰："沐则心覆，心覆则图反，宜吾不得见也。居者为社稷之守，行者为羁绁之仆，其亦可也，何必罪居者？国君而仇匹夫，惧者甚众矣。"仆人以告，公遽见之。

狄人归季隗于晋，而请其二子。文公妻赵衰，生原同、屏括、楼婴。

赵姬请逆盾与其母，子余辞。姬曰："得宠而忘旧，何以使人？必逆之！"固请，许之。来，以盾为才，固请于公，以为嫡子，而使其三子下之；以叔隗为内子，而己下之。

晋侯赏从亡者，介之推不言禄，禄亦弗及。推曰："献公之子九人，唯君在矣。惠、怀无亲，外内弃之。天未绝晋，必将有主。主晋祀者，非君而谁？天实置之，而二三子以为己力，不亦诬乎？窃人之财，犹谓之盗，况贪天之功以为己力乎？下义其罪，上赏其奸，上下相蒙，难与处矣。"其母曰："盍亦求之？以死谁怼？"对曰："尤而效之，罪又甚焉。且出怨言，不食其食。"其母曰："亦使知之，若何？"对曰："言，身之文也。身将隐，焉用文之？——是求显也。"其母曰："能如是乎？与女偕隐。"遂隐而死。晋侯求之不获，以绵上为之田，曰："以志吾过，且旌善人。"

【注释】

【1】及于难：指遭遇到骊姬谗害晋世子申生之难。据《左传·僖公四年》载，晋献公听信宠妾骊姬谗言，逼迫世子申生自缢而死，庶子重耳、夷吾等皆出奔。

【2】保：恃，依靠。享：受。生禄：养生的禄邑。指从所封的采邑中得来的生活资料。

【3】校：较量，对抗。

【4】儵（yóu）：这里是人名。

【5】蚕妾：采桑养蚕的女奴。

【6】怀与安，实败名：贪恋女色和安乐，实足以败坏功名和事业。

【7】寘：同"置"。焉：于之。春秋时，"大夫无私交"，即不能和别国的人私自交往。僖负羁为了对重耳表示敬意，又怕别人看见，所以把璧放在盘飧中。

【8】天之所启：上天开导、赞助的人。启，开。

【9】建诸：要立重耳为君。诸，"之乎"的合音，其中"之"，指重耳。

【10】楚子：指楚成王。因楚王是子爵，故称楚子。飨之：设宴招待他。

【11】不穀：这是楚子的谦称。

【12】辟：同"避"，退避。三舍：一舍三十里，三舍为九十里。

【13】鞭弨（mǐ）：马鞭和两端不加装饰的弓。

【14】属（zhǔ）：佩带。櫜鞬（gāo jiàn）：箭袋和弓袋。

【15】后衰：指晋国国祚最长，最能持久。

【16】奉：同捧。匜（yí）：盛水器。沃（wò）：浇水。盥（guàn）：洗手。

【17】《河水》：据《国语》韦昭注即《诗经·小雅》的《沔（miǎn）水》。"河"为"沔"之误。首章有"沔彼流水，朝宗于海"二句。

【18】《六月》：《诗经·小雅》篇名，歌颂尹吉甫辅佐周宣王北伐获胜。

【19】不书，不告人也：指《春秋》经文里没有记载这一条，因晋国没有把重耳回国这件事通知鲁国。

【20】所：犹"若"，誓词多用之。舅氏：指重耳的舅舅子犯。

【21】寺人：阉人，专在宫廷内服役。披：此寺人之名，曾奉晋献公命到蒲城捕捉重耳。

【22】袪：袖子。

【23】蒲人、狄人，余何有焉：意谓我当时只知道把您当作与晋君为敌的蒲人和狄人而捕杀，这与我有什么关系呢？

【24】其无蒲、狄乎：难道没有蒲、狄那样的反对者吗？

【25】齐桓公句：齐桓公为公子时，与公子纠争君位，管仲奉公子纠命射桓公，射中他衣上的带钩。后管仲为桓公所得，桓公不念旧恶，用以为相。

【26】瑕甥：即吕甥，因其封邑在瑕，故又称瑕甥。

【27】实纪纲之仆：充任仆隶的总管。

【28】竖：小臣，指未成年的小吏。头须：小臣名。

【文中涉及的地名】

蒲城：在今山西隰县西北，是当时重耳的封地。

狄：我国古代北方的少数民族，有白狄、赤狄之分。重耳所奔应为赤狄，地在今山西长治。

咎如：赤狄的支属，隗（wěi）姓，地在今河南安阳市西南，潞城一带。重耳之母犬戎狐姬是狄人，所以他先出奔到狄。

五鹿：卫地名，在今河南濮阳市北。

令狐：今山西临猗县西。

桑泉：今临猗县临晋镇东北。

臼衰（cuī）：今山西解县东南。

庐柳：今山西临猗县北。

郇（xún）：今山西临猗县西南。

曲沃：今山西闻喜县东北，为晋国旧都。

武宫：重耳祖父晋武公的庙。武宫在绛（今山西翼城县东南），不在曲沃（见《经义述闻》）。

高梁：今山西临汾市东。

绵上：在今山西介休市东南四十里介山之下和灵石县接界处。

【文中涉及的时间】

王正月：周历的正月。王：指周天子。

二月甲午：二月四日。

辛丑：十一日。

壬寅：十二日。

丙午：十六日。

丁未：十七日。

戊申：十八日。

中宿：第二夜之后，即第三日。

己丑晦：（三月）二十九日。晦：每月最后一日。

【初读知情】

《左传》是我国现存最早的一部编年体史书，又称为《左氏春秋》或《春秋左氏传》。相传是左丘明所编撰，作品较为详细地叙述了春秋时期共两百六十多年间各诸侯国的政治、经济、军事、外交等方面的历史史实。整部作品叙事详略恰当，线索明晰，并且极其擅长描摹战争场面，还生动形象地描绘了主要人物的心理活动和言行举止。

左丘明（前556年—前451年）东周春秋末期鲁国人，姓丘，名明，因为他的父亲曾任左史官，故称其为左丘明。春秋末期著名的文学家、史学家、思想家和散文家。他曾经就任鲁国的史官，为解《春秋》，而作《左传》。当他写作《国语》的时候已经双目失明。两书明确记录了许多西周和春秋时期的重要事实，保存了许多珍贵的原始材料，具有很高的研究价值。"春秋三传"是《春秋左氏传》《榖梁传》和《公羊传》。

重耳的流亡乃是十分无奈之举，因为晋献公宠爱骊姬，王室就此发生了内乱，太子申生遇害，重耳也备受牵连。在重耳出亡的十九年生涯当中，历经挫折，实属艰辛，不过他也因此从一个只知享乐的富家公子，成长为一个各方面经验丰富，可以独当一面的，有胆识、有魄力的君主。他不仅才识过人，而且气度非凡，完全能够胜任霸主地位。本文在注重史实的基础之上，对重耳的流亡过程进行了详略有序的介绍，并着重刻画了晋文公重耳及其随从等人物形象，给我们留下了深刻印象。请对照注释，初读全文，勾画出重耳的流亡行程轨迹。

【复读认情】

晋公子重耳，即日后著名的"春秋五霸"之一的晋文公，他通过周围人的帮助和自己的不懈努力最终成功夺得了晋国的政权。本文可以看作是晋文公传记的前奏和组成部分，文章重点叙述了晋文公在春秋争霸之前的成长历程和流亡生涯。这一历程长达十九年（公元前 655 年—公元前 636 年），公子重耳和他的随从们途经狄、卫、齐、曹、宋、郑、楚、秦诸国，足迹广布中原华夏地区和北狄南蛮区域。文章的重点虽然是在顺叙晋文公重耳的整个流亡过程，却也从另一个角度表现了春秋时期各国争霸状态下的复杂矛盾，以及各国在春秋征战之中所处的地位和影响。请根据顺序列出《重耳之亡》沿途依次经过的国家并标注出哪些国家对他是礼遇有加的，哪些国家对他是"不礼焉"的，并简要叙述一下原因。

左丘明的叙事艺术十分高深。《重耳之亡》可谓时间长久，空间广阔，涉及的人物形形色色，所遇到的事情千奇百怪，千头万绪，但作者写来详略有致，谨严有序，主次分明，无懈可击，十分精妙。

左丘明更擅长讲故事，他总是通过某些细节来增强故事的戏剧性，如本文中写到的薄观裸浴、五鹿乞食、桑下之谋、降服谢罪等史事，作者都借助于细节的描写，既保留了一部分历史史实的真实性，又能使读者感到饶有趣味，让本觉枯燥的历史读来意趣盎然。请再读全文，找出相关段落重点阅读，体会这一重要特色吧！

【点拨悟情】

1.本文在列国的激烈矛盾斗争中塑造了重要的历史人物。各国王位多纷争，晋国也不例外，公子重耳也因王位之争激化而被迫逃亡。在他辗转各国的逃亡过程中，所受到的不同对待与列国的军事实力和当时形势有重大的关系。重耳当时途经的小国国王，如曹共公、卫成公、郑文公等人，皆"不礼焉"；但当他经过大国时却受到了规格不等的礼遇，如宋襄公赠以马，齐桓公妻以女，秦穆公纳之，楚成王享之，这绝非偶然。从当时各国所处的地理位置和大局来看，齐、楚、宋、秦虽与晋是异姓邦国，但他们都需要同盟的鼎力支持才能得以夺取霸权，晋国虽在内乱之中，仍然也是他们争取联盟的首选目标，因此他们都以礼遇的态度，给了重耳许多的帮助与支持。郑、卫、曹虽然还算是姬姓王国，与晋国也是共祖同姓的国家，可他们常年受到邻国的骚扰和欺侮，因此不对重耳以礼待，并不仅仅是由于这些国家的统治者们不辨是非、目光短浅。重耳正是因为生于这样一个混乱不堪、战事不断的时代，又遭遇牵连只能离开故乡，但他也正是在这纷繁复杂的环境中逐渐成长、成熟起来，最终成为一个具有深谋远略的政治家。作品这样安排，突出了人物在磨难中练就的独特人性和品格，最后，在秦穆公的鼎力帮助之下，经过秦国的策划和直接干预，晋文公回到了祖国并夺取了政权。在夺取政权后，他毫不留情地杀掉了晋怀公，这也是他为了完全掌握和巩固自己的政权而做出的选择。

2.本文在各种衬托和对比之下逐渐深化主人公的形象特点。在选文之前，作者已经简单介绍过，重耳的哥哥申生因为愚忠而引颈自裁，他的弟弟又因为忘恩负义，导致众叛亲离等毁灭，至于他的其他兄弟就更加不值一提了。如此看来重耳的为人与其许多兄弟的平庸和无能相比实在是好得太多，这也是为何当他开始流亡时有许多的能人志士自愿跟随他的原因了。文中追随晋文公逃亡的人有赵衰、狐偃、魏武子、颠颉、司空季子等。《史记》《国语》中提到狐毛、介之推、贾佗等许多能人贤士也是他的追随者。重耳能得人心，这些人才跟着他，虽然也吃了很多苦，如他们的亲人被晋怀公、晋惠公杀死，但他们辅佐君王的决心都是不容置疑的，这也说明他们有十足的远见卓识，认为自己的努力会有回报，重耳也必将成为晋国新一代的明君正主。重耳旗下的智囊不止有一两个，而是一群，这对他实力的增长大有裨益。到后来晋文公执政后也一直能够运筹帷幄，知人善任，充分挖掘了这些随从的集体力量。此外，还有逃亡期间所遇的一些奇女子也都是可圈可点的，如姜氏与僖负羁的妻子在政治上颇有远见，季隗对爱情的矢志不渝，怀嬴对个人命运的无比尊重等等。作者着意刻画这些女子的优良美德，并对她们加以赞美，虽然寥寥几笔，但对于批判重耳的缺点，督促他克服任性骄傲、贪图安逸等劣性和陋习，显然也起着不小的对比作用。

3.本文以形象生动的小故事来完善重耳的性格，使历史人物显得更加有血有肉，富于真实感。如"乞食野人"的故事，发生在他刚刚离开故乡之时，在遭到侮辱时还不成熟的重耳易于发怒，想要鞭打野人。而"退避三舍"的故事则发生于公子重耳流亡生活即将结束的时候，此时他已经遇事冷静且从容，面对楚成王他也能不卑不亢，见招拆招了。此外本文还补充了诸如"曹公共观裸""季隗待子""子犯授璧"等小故事，也给全文增色不少。像这些能够为历史增枝添叶的小故事，在《左传》中可谓是琳琅满目，层出不穷。请再一次通读本文，从中找出相关段落，反复阅读，去体会这些特色吧。

【诵读体情】

　　磨难是一笔十分难得的重要财富。如果重耳只是一味地在家中贪图享乐，又怎能体会到辗转于各个诸侯国之间的辛苦和不易，也不能就此陶冶身心，进而明白何为人生的真谛和成功之道。晋文公重耳的成功得益于身边人的督促和指导，但最重要的还是他自己能禁得起欺侮和磨砺，在困苦中养成了坚强的意志和过人的头脑，在千锤百炼之后终于获得了成功。晋文公流亡的故事也旨在告诉我们，当我们为了理想和目标而奋斗时，不能耽于幻想和安乐中，应该不怕挫折和苦难，积极听取他人的宝贵意见，勇于向上。朗读全文，感受原文的魅力。

　　1.结合重耳的经历，谈谈当今社会条件下，大学生应如何正确对待眼前的各种困难？

　　2.如何在逆境中不懈努力，成就更好的自己？

　　3.从重耳流亡、放弃、振作、复国、称霸的过程中，你如何看待团队精神？

苏秦始将连横说秦惠王

《战国策》

　　苏秦始将连横说秦惠王曰【1】："大王之国，西有巴、蜀、汉中之利【2】，北有胡貉（hé）、代马之用，南有巫山、黔中之限【3】，东有肴、函之固。田肥美，民殷富，战车万乘，奋击百万，沃野千里，蓄积饶多，地势形便，此所谓天府，天下之雄国也。以大王之贤，士民之众，车骑之用，兵法之教，可以并诸侯，吞天下，称帝而治。愿大王少留意，臣请奏其效。"

　　秦王曰："寡人闻之：毛羽不丰满者不可以高飞，文章不成者不可以诛罚【4】，道德不厚者不可以使民，政教不顺者不可以烦大臣。今先生俨然不远千里而庭教之，愿以异日。"

　　苏秦曰："臣固疑大王之不能用也。昔者神农伐补遂，黄帝伐涿鹿而禽蚩尤，尧伐骓（huān）兜（dōu），舜伐三苗，禹伐共工，汤伐有夏，文王伐崇，武王伐纣，齐桓任战而伯天下。由此观之，恶有不战者乎？古者使车毂击驰【5】，言语相结，天下为一，约从连横，兵革不藏。文士并饬【6】，诸侯乱惑，万端俱起，不可胜理。科条既备【7】，民多伪态【8】，书策稠浊【9】，百姓不足。上下相愁，民无所聊，明言章理，兵甲愈起。辩言伟服，战攻不息，繁称文辞，天下不治。舌弊耳聋，不见成功，行义约信，天下不亲。于是乃废文任武，厚养死士，缀甲厉兵，效胜于战场。夫徒处而致利，安坐而广地，虽古五帝三王五伯【10】，明主贤君，常欲坐而致之，其势不能。故以战续之，宽则两军相攻，迫则杖戟相撞，然后可建大功。是故兵胜于外，义强于内，威立于上，民服于下。今欲并天下，凌万乘，诎敌国，制海内，子元元，臣诸侯，非兵不可。今之嗣主，忽于至道，皆惛于教，乱于治，迷于言，惑于语，沈于辩，溺于辞。以此论之，王固不能行也。"

说秦王书十上而说不行，黑貂之裘敝，黄金百斤尽，资用乏绝，去秦而归，嬴（léi）縢（téng）履蹻（qiāo）【11】，负书担橐，形容枯槁，面目犁黑，状有愧色。归至家，妻不下纴，嫂不为炊。父母不与言。苏秦喟叹曰："妻不以我为夫，嫂不以我为叔，父母不以我为子，是皆秦之罪也。"乃夜发书，陈箧数十，得太公阴符之谋，伏而诵之，简练以为揣摩。读书欲睡，引锥自刺其股，血流至足，曰："安有说人主，不能出其金玉锦绣，取卿相之尊者乎？"期年，揣摩成，曰："此真可以说当世之君矣。"

于是乃摩燕乌集阙【12】，见说赵王于华屋之下，抵掌而谈，赵王大悦，封为武安君。受相印，革车百乘，锦绣千纯，白璧百双，黄金万溢，以随其后，约从散横以抑强秦，故苏秦相于赵而关不通。

当此之时，天下之大，万民之众，王侯之威，谋臣之权，皆欲决苏秦之策。不费斗粮，未烦一兵，未战一士，未绝一弦，未折一矢，诸侯相亲，贤于兄弟。夫贤人在而天下服，一人用而天下从，故曰：式于政不式于勇；式于廊庙之内，不式于四境之外。当秦之隆，黄金万溢为用，转毂连骑，炫熿于道，山东之国从风而服，使赵大重。且夫苏秦，特穷巷掘门桑户棬枢之士耳，伏轼撙衔，横历天下，廷说诸侯之王，杜左右之口，天下莫之能伉。

将说楚王，路过洛阳，父母闻之，清宫除道，张乐设饮，郊迎三十里。妻侧目而视，倾耳而听。嫂蛇行匍伏，四拜自跪而谢。苏秦曰："嫂何前倨而后卑也？"嫂曰："以季子之位尊而多金。"苏秦曰："嗟乎！贫穷则父母不子，富贵则亲戚畏惧。人生世上，势位富贵，盖可忽乎哉？"

【注释】

【1】连横：秦处于西，六国在东，且六国土地南北相连。若六国联合结盟抗秦，则称"合纵"；若秦国从西向东收服诸国，则称为"连横"。张仪曾经游说六国，让六国共同事奉秦国，即称"连横"。苏秦初始游说"连横"，想得到秦的重用，不料遭遇秦王冷遇，因而怀恨在心，以致有了后来的"约从散横，以抑强秦"。此处的"连横"，是有具体所指，而下面的"约纵连横"，属泛指。

【2】巴、蜀：今四川省地区。巴，以重庆为中心的川东地带；蜀，以成都为中心的川西地带。汉中：今陕西省南部地区。

【3】限：古籍中通"险"，险隘。

【4】文章：法令也，指国家法令。诛罚：杀罚也，指刑罚实施。

【5】车毂击驰：车辆来往奔驰，车毂互相撞击，形容车辆之多，奔驰之急。毂（gǔ），车轮中心突出部分。

【6】文士并饬：饬（chì），巧辨也。指各国使臣或文人说客均用巧饰的语言游说于诸侯之前。

【7】科条：规章制度。

【8】伪态：虚伪态度，即非真心来履行。

【9】书策：法令。稠浊：繁乱。

【10】五帝：一般指黄帝、颛顼、帝喾、唐尧、虞舜。三王：三代的王，指夏禹、商汤和周代的文王、武王。五伯：指齐桓公、晋文公、宋襄公、秦穆公、楚庄王。

【11】赢：通"缧"，缠绕。滕：绑腿布；此"滕"应为"藤"的假借字。履：穿。蹻：草鞋。此句大概意思为：扎系藤蔓，足穿草鞋。

【12】摩：接近、临近、逼近，此处意为"登上"。

【初读知情】

《战国策》是一部国别体史书，主要记述了公元前490年至公元前221年共269年间，战国时期的纵横家的政治主张和策略，记录了战国时纵横家游说各国的活动和说辞及其权谋智变斗争故事，展示了战国时代的历史特点和社会风貌，是研究战国历史的重要典籍。

"纵横家"是战国时期一个独特的谋士群体，是中国最早也最特殊的外交政治家群体。战国时代，群雄纷争，逐鹿中原。善于辩论的策士因时而起，揣度人主之心，逞一己之巧舌，或以联弱抗强之计，或以使弱事强之谋，游说于诸侯，以求自己飞黄腾达，历史上把这类策士称为纵横家。苏秦是战国时期纵横家的杰出代表人物，他先以连横之策游说秦王，但策略没有被秦王所采纳，于是他更加发奋学习纵横之术，后又以合纵之术游说赵王，大获成功当上赵相，名显于天下。时而连横，时而合纵，朝秦暮楚，事无定主，反复无常，没有固定的政治主张，只为取卿相之尊而奔走，是典型的政客形象。"人生世上，势位富厚，盖可以忽乎哉？"这正是纵横家人生追求的肺腑之言。

文章详细记载了苏秦游说秦王连横之时的谏言，请结合课后注释阅读全文，并用自己的话说说，苏秦是如何游说秦王的。

【复读认情】

文章以刻画人物形象为主，分为前后两部分，前部分写苏秦用连横的策略说秦王，遭受失败；后部分写苏秦用合纵的策略联合诸侯，获得成功。前部分以苏秦的两段说辞为主，而后部分以苏秦的刻苦钻研为转折，主要写苏秦以赵国为基点，联合山东诸侯取得的成就，不再写具体的说辞，而写合纵形成的太平局面。

苏秦说秦王连横时有两段精彩的说辞，首先综合性分析了秦国的地利、国力、政治因素，认为秦国具有"称帝而治"的条件。当遭到秦王推托时，他借古喻今列举了历代王侯成就霸业没有不用武力的史实，指出"古者使车毂击驰，言语相结，天下为一，约纵连横"其结果却是"兵革不藏"的历史教训。并且进一步阐明在动乱时代文治不力的弊病"文士并饬，诸侯乱惑，万端俱起，不可胜理"，以及"科条既备，民多伪态，书策稠浊，百姓不足"，规章制度如同虚设，人们阳奉阴违，政策法令虽多却混乱不清，老百姓生存艰难，无所适从。"上下相愁，民无所聊，明言章理，兵甲愈起"，社会矛盾集聚，战争便会越演越烈。"辩言伟服，战攻不息。繁称文辞，天下不治"，凭着道貌岸然的众多辩士的各种文辞，根本就解决不了天下之乱。他认为面对天下大乱的形势，必须武力征服，以达到"兵胜于外，义强于内"，这样的君主才能称霸天下、号令诸侯。

苏秦在说这段话时，雄辩讲究，辞藻华丽工整，对偶排比，气势磅礴。乍听起来，似像有些堆砌、过激，但在特定的语境中，具有煽动性的气氛渲染会产生极强的说服力。加之，语言华丽流畅的艺术表现，更加增强了他政治主张的传播力度与传播广度。读完这段说辞，让人感到在当时的形势下，霸道绝对胜于王道，武功绝对优于文治，真是字字珠玑，句句真理。

【点拨悟情】

《苏秦以连横说秦惠王》颇能代表《战国策》的风格，与《左传》文风差异较大。《左传》凝练，言简意赅；《战国策》舒放，铺陈夸张。《左传》深沉含蓄，耐人寻味；《战国策》则驰辩骋说，富于气势。

本篇是记言和叙事相结合的散文，前半部记言运用了说理、辩言、类比、夸张、引证等方法，表达了苏秦连横的主张。后半部叙事，用生动的人物形象、真挚的语言、细腻传神的细节描写，介绍了苏秦先挫后扬的经历。

文章的一大特点是刻画人物形象时善于选取典型生动的故事情节。叙述苏秦的一生，并没有全面地从头写到尾，而是选取赴秦受挫、发愤读书、游说赵王、位极人臣以及家人前倨后卑几个典型情节，构成大悲大喜、冷热悬殊的曲折情节，展现出苏秦的独特经历与个性。

在谋篇构思上，通过对比手法来描写人物，具有较高的艺术技巧。首先，说秦与说赵对比鲜明：游说秦王，驰辩骋说，引古论今，高谈阔论，颇显辩士的口若悬河之才，结果却是"书十上而说不行"。游说赵王，则隐其辞锋，简言"抵掌而谈"，用大量的笔墨描写了他受封拜相后的尊宠。其次，说秦失败与说赵成功的对比之外，是家人态度的前后对比：说秦不成，家人冷落至极；在赵尊宠，家人礼遇有加。最后，苏秦自身的形象与心态的对比：说秦失败后穷困潦倒、失意羞愧，说赵成功后，以卿相之尊，"炫煌于道"的威仪与得意忘形的心态，栩栩如生。以亲属的前倨而后卑，映衬苏秦的前窘困、后通显，并以前抑后扬的对比表现，造成讽刺当时世态人情、社会风气的强烈效果。

此外，在描写人物形象的方法方面，与其他先秦散文相比也有所突破。比如，写他说秦失败后那困顿狼狈之窘态的肖像描写，发愤读书锥刺股的细节描写，读书充满自信的独白等等表现手法，颇有小说的味道，这在其他先秦著作中是少见的。

此外，在语言方面，文章大量使用排偶句，渲染气氛，使文气贯通，气势奔放，震撼人心，充分显示了纵横家的风格。

【诵读体情】

苏秦虽执掌六国相印，却不是六国之人，他是战国时期东周人士，苏秦的一生有起有伏，有波峰也有浪谷，遇到过失败，遇到过讥笑，但他永不言败凭借自己的不懈努力，最后他还是功成名就了。反复诵读苏秦富有传奇色彩的故事，不难悟出无论做任何事，只要有坚定的决心和明确的目标，只要肯下功夫，付出定会有回报。苏秦的功名正是来自他自身的勤奋和努力。

1."头悬梁，锥刺股"的故事已流传千古，成为妇孺皆知的励志典故，了解苏秦的人生经历后，你觉得苏秦身上有哪些值得我们当代大学生学习的精神和品质？

2."前倨后恭"这个成语故事你熟悉吗？反复温习几次，然后反思其中的人物带给你哪些有益的启示呢？

3.查阅一些史料，紧密联系本文试分析"横成则秦帝，纵成则楚王"的观点，然后进一步探讨一下"秦成"的真正原因是什么？

让我们带着这些问题，再次诵读几遍这篇催人奋进的千古美文吧！

陈涉起义

《史记》

陈胜者，阳城人也，字涉。吴广者，阳夏人也，字叔。陈涉少时，尝与人佣耕，辍耕之垄上【1】，怅恨久之，曰："苟富贵，无相忘。"佣者笑而应曰："若为佣耕，何富贵也？"陈涉太息曰："嗟乎！燕雀安知鸿鹄之志哉！"【2】

二世元年七月，发闾左適戍渔阳九百人，屯大泽乡【3】。陈胜、吴广皆次当行，为屯长【4】。会天大雨，道不通，度已失期。失期，法皆斩。陈胜、吴广乃谋曰："今亡亦死，举大计亦死【5】，等死，死国可乎？"陈胜曰："天下苦秦久矣，吾闻二世少子也，不当立，当立者乃公子扶苏。扶苏以数谏故，上使外将兵。今或闻无罪，二世杀之。百姓多闻其贤，未知其死也。项燕为楚将【6】，数有功，爱士卒，楚人怜之。或以为死，或以为亡。今诚以吾众诈自称公子扶苏、项燕，为天下唱，宜多应者。"【7】吴广以为然。乃行卜【8】，卜者知其指意，曰："足下事皆成，有功。然足下卜之鬼乎！"陈胜、吴广喜，念鬼，曰："此教我先威众耳。"乃丹书帛曰："陈胜王"，置人所罾鱼腹中【9】。卒买鱼烹食，得鱼腹中书，固以怪之矣。又间令吴广之次所旁丛祠中【10】，夜篝火，狐鸣呼曰："大楚兴，陈胜王！"卒皆夜惊恐。旦日，卒中往往语，皆指目陈胜。

吴广素爱人，士卒多为用者。将尉醉，广故数言欲亡，忿恚尉，令辱之以激怒其众【11】。尉果笞广。尉剑挺，广起夺而杀尉。陈胜佐之，并杀两尉。召令徒属曰："公等遇雨，皆已失期，失期，当斩。藉第令毋斩【12】，而戍死者固十六七。且壮士不死即已，死即举大名耳，王侯将相宁有种乎！"徒属皆曰："敬受命。"乃诈称公子扶苏、项燕，从民欲也。袒右，称大楚。为坛而盟，祭以尉首【13】。陈胜自立为将军，吴广为都尉。攻大泽乡，收而攻蕲。蕲下，乃令符离人葛婴将兵徇蕲以东【14】。攻铚、酂、苦、柘、谯皆下之。行收兵，比至陈，车六七百乘，骑千余，卒数万人。攻陈，陈守令皆不在，独守丞与战谯门中【15】。弗胜，守丞死，乃入据陈。数日，号令召三老、豪杰与皆来会计事。三老、豪杰皆曰："将军身被坚执锐，伐无道，诛暴秦，复立楚国之社稷，功宜为王。"【16】陈涉乃立为王，号为张楚。

【注释】

【1】辍：停止。之：到。垄：田埂。
【2】燕雀：小雀，喻小，这里比喻见识短浅的人。鸿鹄：天鹅，喻大，这里比喻有抱负的人。
【3】二世元年：公元前209年。二世，秦朝的第二代皇帝胡亥。闾：里门。闾左：平民居住的地方。秦时，贫苦人住在闾门左边，贵族富豪住在闾门右边。適：同"谪"，调迁。戍：防守。渔阳：在今北京密云西南。屯：驻扎。大泽乡：在今安徽省宿县境内。
【4】次：编制的次序。屯长：驻扎军的小头领。
【5】举大计：发动大事（指起义）。
【6】项燕：楚国的贵族，项羽的祖父。
【7】吾众：我们这些人（指戍卒）。诈：冒充，假托。唱：同"倡"，倡导。"以……为……"：即"用（把）……作为……"。
【8】行卜：去占卜吉凶。
【9】罾（zēng）：渔网，这里当动词用，用网捕到。
【10】间（jiàn）令：暗使。次所：驻扎的地方。
【11】将尉：这里指押送戍卒的军官。故：故意。忿恚（huì）：恼怒。之：指吴广。其：他的。众：这里指公愤。
【12】藉弟令：这三个字都是"即使"的意思。弟，通"第"。斩：这

里用作被动词，被杀头。

【13】为坛而盟：建筑高台，立誓结盟。祭以尉首：以尉首祭之。

【14】徇：占领。

【15】守令：郡守和县令。郡守，郡的长官。县令，县的长官。谯门：城楼下面的门。在古代的城池建筑当中，城上筑楼望敌叫作谯，楼下的门叫谯门。

【16】三老：掌教化的乡官。豪杰：这里指当地有声望的人。皆：同"偕"。会计：一起来商议。被坚执锐：披着坚固的甲胄，拿着锐利的武器。被，通"披"。社稷：古代封建国君祭祀的土地神和五谷神，用作国家的代称。

【初读知情】

《史记》是我国古代著名的史书，分为十二篇本纪、八篇表、三十篇世家、八篇书、七十篇列传，前后共一百三十篇。作者司马迁的生平经历是什么？试着给我们讲讲吧。

公元前209年陈涉、吴广发动了我国历史上第一次大规模的农民起义。这次起义爆发的背景是什么？请结合你搜集的文献资料阐述一下吧？课文中叙述了哪些情节？你能用自己的语言概括一下吗？

联系文后注释把课文通读一遍吧。

【复读认情】

《史记》"世家"部分描写的人物几乎都是诸侯、开国有功而被封且后代可以沿袭祖辈的爵位及待遇的人，而《陈涉世家》这篇叙述的却是组织秦末农民起义而最终失败且个人还身首异处的陈涉。作者司马迁为什么要在略低于"本纪"的"世家"中叙述这件事？可以看到作者对陈涉持有什么样的情感态度。试着找一找课文哪些语句表现这样的情感态度？联系作者经历，试着分析一下作者为什么会产生这样的情感？从作者的叙述中试着分析一下陈涉这个人物形象吧。

【点拨悟情】

这篇文章是按照事件发展的顺序来构造全篇的，故事情节很完整，人物刻画得也很生动形象，而且，在整个的叙述过程中，我们可以看到作者高超的裁剪之功，擅于在大活动中凸显人物形象。整篇文章紧紧扣着"起义"这个中心，详略得宜地记录了起义的前前后后，但叙述的重点很突出，那就是以展现人物形象为中心来裁剪详略，来构造全篇。如关于起义之前的事迹，作者只是选取了一两个典型事件，重点突出陈涉对世道的不满和对改变环境的向往，而对其非同常人的言行叙述得却非常简略。又如整个起义的筹划和发生部分，作者重点叙述了他筹划的过程，对一两个起义的场面也是泼以浓墨，突显出了陈涉的英雄气概。而对整个起义过程，作者却写得相当得概括。这样的安排不仅有助于作品主题的揭示，更有助于陈涉形象的刻画。

这篇文章的另一个特点是语言简洁凝练，但细品之，则情味浓郁、含意深远。如最后一段中"攻大泽乡，收而攻蕲。蕲下"语，一"攻"，一"收"，一"下"，高度概括，仅三字就把整个起义过程展现了出来，而且用得很活，起义过程很形象地展现在我们面前。又如第二段之中"旦日，卒中往往语，皆指目陈胜"语，士卒对陈涉敬仰的那种微妙的神态活灵活现地展现在我们面前。再有第三段中"尉剑挺，广起夺而杀尉。陈胜佐之，并杀两尉"语，"挺"字、"夺"字、"杀"字、"佐"字很有层次，将一瞬间里所发生的一场激烈搏斗形象地展现在了我们面前。如果你仔细品读，你会发现这样的例子俯拾皆是，全篇之中，作者并没有进行工笔细描，而只是抓住几个极具表现力的词，就在读者面前舒展出一幅情味浓郁、高度概括且能引发人无数想象的图画来，语言整体风格是以少胜多、洁净如洗的。

【诵读体情】

这是一篇情文并茂的作品，其中类似"苟富贵，无相忘""嗟乎！燕雀安知鸿鹄之志哉""且壮士不死即已，死即举大名耳，王侯将相宁有种乎"这样掷地有声的句子你记住了吗？试着将原文改写成现代文，并且文白对着反复诵读，在仔细体会其中令人振奋的美的同时思考一些问题：

1.联系《水浒传》结合本文深刻分析一下中国历史上每次农民起义的原因是否都是"官逼民反"的？以古为镜，能为当下的"公仆"们提点什么有益的建议呢？

2.试比较陈胜和项羽这两个历史人物，有人说他们中一个是"失败的英雄"一个是"英雄"的失败，你认同这个观点吗，其理由是什么？

信陵君窃符救赵

《史记》

魏公子无忌者，魏昭王少子，而魏安釐王异母弟也【1】。昭王薨，安釐王即位，封公子为信陵君。

公子为人，仁而下士，士无贤不肖，皆谦而礼交之，不敢以其富贵骄士【2】。士以此方数千里争往归之，致食客三千人。当是时，诸侯以公子贤，多客，不敢加兵谋魏十余年。

魏有隐士曰侯嬴，年七十，家贫，为大梁夷门监者【3】。公子闻之，往请，欲厚遗之。不肯受，曰："臣修身洁行数十年，终不以监门困故而受公子财【4】。"公子于是乃置酒，大会宾客。坐定，公子从车骑，虚左，自迎夷门侯生【5】。侯生摄敝衣冠，直上载公子上坐，不让，欲以观公子【6】。公子执辔愈恭【7】。侯生又谓公子曰："臣有客在市屠中，愿枉车骑过之【8】。"公子引车入市，侯生下，见其客朱亥，俾倪，故久立与其客语，微察公子，公子颜色愈和【9】。当是时，魏将相宗室宾客满堂，待公子举酒【10】。市人皆观公子执辔。从骑皆窃骂侯生【11】。侯生视公子色终不变，乃谢客就车【12】。至家，公子引侯生坐上坐，遍赞宾客，宾客皆惊【13】。酒酣，公子起，为寿侯生前【14】。侯生因谓公子曰【15】："今日嬴之为公子亦足矣【16】！嬴乃夷门抱关者也，而公子亲枉车骑自迎嬴，于众人广坐之中。不宜有所过，今公子故过之【17】。然嬴欲就公子之名，故久立公子车骑市中，过客，以观公子，公子愈恭【18】。市人皆以嬴为小人，而以公子为长者，能下士也。"于是罢酒，侯生遂为上客。侯生谓公子曰："臣所过屠者朱亥，此子贤者，世莫能知，故隐屠间耳。【19】"公子往，数请之，朱亥故不复谢【20】。公子怪之【21】。

魏安釐王二十年，秦昭王已破赵长平军，又进兵围邯郸【22】。公子姊为赵惠文王弟平原君夫人，数遗魏王及公子书，请救于魏【23】。魏王使将军晋鄙将十万众救赵【24】。秦王使使者告魏王曰："吾攻赵，旦暮且下，而诸侯敢救赵者，已拔赵，必移兵先击之【25】。"魏王恐，使人止晋鄙，留军壁邺，名为救赵，实持两端以观望【26】。平原君使者冠盖相属于魏，让魏公子曰【27】："胜所以自附为婚姻者，以公子之高义，为能急人之困【28】。今邯郸旦暮降秦而魏救不至，安在公子能急人之困也【29】！且公子纵轻胜，弃之降秦，独不怜公子姊邪【30】？"公子患之，数请魏王，及宾客辨士说王万端【31】。魏王畏秦，终不听公子。

公子自度终不能得之于王，计不独生而令赵亡，乃请宾客，约车骑百余乘，欲以客往赴秦军，与赵俱死【32】。行过夷门，见侯生，具告所以欲死秦军状。辞决而行，侯生曰："公子勉之矣！老臣不能从【33】。"公子行数里，心不快，曰："吾所以待侯生者备矣，天下莫不闻，今吾且死，而侯生曾无一言半辞送我，我岂有所失哉【34】？"复引车还，问侯生。侯生笑曰："臣故知公子之还也。"曰："公子喜士，名闻天下。今有难，无他端，而欲赴秦军，譬若以肉投馁虎，何功之有哉【35】？尚安事客【36】？然公子遇臣厚，公子往而臣不送，以是知公子恨之复返也【37】。"公子再拜，因问。侯生乃摒人间语曰【38】："嬴闻晋鄙之兵符常在王卧内，而如姬最幸，出入王卧内，力能窃之【39】。嬴闻如姬父为人所杀，如姬资之三年，自王以下，欲求报其父仇，莫能得【40】。如姬为公子泣，公子使客斩其仇头，敬进如姬【41】。如姬之欲为公子死，无所辞，顾未有路耳【42】。公子诚一开口请如姬，如姬必许诺，则得虎符夺晋鄙军，北救赵而西却秦，此五霸之伐也【43】。"公子从其计，请如姬。如姬果盗晋鄙兵符与公子。

公子行，侯生曰："将在外，主令有所不受，以便国家。公子即合符，而晋鄙不授公子兵，而复请之，事必危矣【44】。臣客屠者朱亥可与俱，此人力士。晋鄙听，大善；不听，可使击之。"于是公子泣。侯生曰【45】："公子畏死邪？何泣也？"公子曰："晋鄙嚄唶宿将，往恐不听，必当杀之，是以泣耳，岂畏死哉【46】？"于是公子请朱亥。朱亥笑曰："臣乃市井鼓刀屠者，而公子亲数存之，所以不报谢者，以为小礼无所用【47】。今公子有急，此乃臣效命之秋也【48】。"遂与公子俱。公子过谢侯生【49】。侯生曰："臣宜从，老不能，请数公子行日，以至晋鄙军之日北乡自刭，以送公子【50】。"公子遂行。

至邺，矫魏王令代晋鄙【51】。晋鄙合符，疑之，举手视公子曰："今吾拥十万之众，屯于境上，国之重任。今单车来代之，何如哉【52】？"欲无听。朱亥袖四十斤铁椎椎杀晋鄙【53】。公子遂将晋鄙军。勒兵【54】，下令军中曰："父子俱在军中，父归。兄弟俱在军中，兄归。独子无兄弟，归养。"得选兵八万人，进兵击秦军。秦军解去【55】，遂救邯郸，存赵。赵王及平原君自迎公子于界，平原君负韊矢为公子先引【56】。赵王再拜曰："自古贤人，未有及公子者也【57】！"当此之时，平原君不敢自比于人【58】。

公子与侯生决，至军，侯生果北乡自刭。

魏王怒公子之盗其兵符【59】，矫杀晋鄙，公子亦自知也。已却秦存赵，使将将其军归魏，而公子独与客留赵【60】。

【注释】

【1】魏昭王：名遨（古"速"字），前295—前277年在位。安釐王：名围（yǔ），前276—前243年在位。釐：也写作"僖"，音同。

【2】此句：写信陵君为人的主要特点"仁而下士"，"士无贤不肖，皆谦而礼交之，不敢以其富贵骄士"是对"仁而下士"的解释。

【3】隐士：封建时代称隐居民间不肯做官的人。大梁：魏国国都，（今河南省开封市）。夷门：大梁城的东门。监者：看守城门的人。

【4】洁行：使品德纯洁。洁，形容词的使动用法，使……洁。终：终究。以：因为。监门，指看守城门。故：缘故。

【5】从车骑（jì）：带领随从车马。从，使动用法，使……跟随。虚左：空出左边的位置。先秦时乘车以左位为尊。

【6】摄敝衣冠：整理破旧的衣服。摄，整理。敝，破旧。衣冠，衣服。偏义复词，冠无义。

【7】执辔：握着驭马的缰绳（亲自驾车）。

【8】市屠：肉市。愿：希望。枉车骑（jì）：委屈"您的"车马随从。过：访问，看望。

【9】引车：带领车骑。俾倪（pìnì）：同"睥睨"，斜视，表示目中无人的傲慢神态。颜色：脸色。

【10】宗室：与国君或皇帝同一祖宗的贵族。举酒：开宴的意思。

【11】窃：暗地，偷偷地。

【12】终：副词，始终。谢：告辞。

【13】引：导引。坐：通"座"。遍赞宾客："遍赞于宾客"的省略。赞，引见，介绍。

【14】为寿：祝酒。

【15】因：于是。

【16】为：难为，作难。

【17】故：特意。过：拜访。

【18】就：成就。久立公子车骑市中："久立公子车骑于市中"的省略。立，使动用法，让……站立。

【19】莫：无定代词，指"没有谁"。

【20】数（shuò）：多次。请：拜访他。之，代朱亥。故：故意。复谢：

答谢，问访。

【21】怪之：以之为怪，对这种情况感到奇怪。怪，形容词的意动用法。

【22】魏安釐王二十年：前257年。秦昭王：即昭襄王，前306—前251年在位。破赵长平军：指秦国将军白起打败赵国的长平军，活埋40万降兵的事。长平，赵地，在今山西晋城。邯郸：赵国都城，在今河北邯郸。

【23】平原君：名胜，赵武灵王之子，封为平原君。数（shuò）：屡次，多次。

【24】将（jiàng）：率领。

【25】且：将。而：如果。

【26】止：使动用法，使……停止。壁：原义是营垒，这里指驻扎。邺：魏地名，靠近赵国，在今河南安阳。持两端：动摇不定。

【27】冠盖相属（zhǔ）：指使者络绎不绝。冠盖，借指戴帽乘车的使者。盖，装在车上遮日挡雨的像伞的东西。属，连续。让：斥责，责备。

【28】胜：赵胜，即平原君。婚姻：亦"昏姻"。古代称婿之父为"姻"，称妇之父为"婚"。妇之父母，婿之父母，相谓为"婚姻"（相当于今之"亲家"）。这里指男婚女嫁形成的婚姻关系。高：形容词用作动词，崇尚。急：形容词用作动词，解救急难。

【29】安在：即"在安"，宾语前置，在哪里。安，何。

【30】纵：连词，纵然，即使。轻：形容词用作动词，轻视。之：代词，活用为第一人称"我"。独：难道。怜：爱怜。

【31】患：忧虑。说：劝说。

【32】度：忖度，估计。之：指定兵救赵一事。计：打算。约：备办。以：与。赴：舍身投入。

【33】决：同"诀"，辞别。勉：尽力，努力。

【34】备：完备，周到。莫：没有人，没有谁。闻：知。曾：竟然。失：与"备"相对，指不完备、不周到。

【35】他端：别的办法，其他良策。端，方法。馁：饥饿。何功之有：有什么作用。之，宾语前置的标志。功，功用。

【36】安事：何用，哪里用得着。安，何。

【37】遇：待。以是：因此。恨：为动用法，为……感到遗憾。

【38】摒（bǐng）：使动用法，使……退下。间（jiàn）语：私语，密语。

【39】兵符：调动军队用的符节，用竹木或金玉制成，上面刻着字，对半剖开，国君和主将各保存一半，以便必要时对证。卧内：卧室。幸：

受帝王宠爱。力：名词作状语，凭能力。

【40】资：蓄之于心，怀有某种念头。

【41】为：对。进：献。

【42】顾：只，不过。

【43】诚：果真。军：这里指军权。却：使动用法，使……退却、打退。五霸：春秋时，齐桓公、宋襄公、晋文公、秦穆公、楚庄王这五个国力强大的诸侯，曾先后当过诸侯联盟的首领，历史上称为五霸。伐：功，功业。

【44】即：即使。而：如果。请之：请示魏王。

【45】于是：在这时。

【46】嚄唶（huò zè）：大叫大笑。形容意气豪迈，叱咤风云。宿将：有名望的老将。当：将。

【47】市井：集市。鼓刀：动刀。存：看望，慰问。小礼：指平时无谓的礼节应酬。

【48】急：形容词用如名词，急难，危难。效命之秋：舍命报效的时候。秋，时候，时机。

【49】谢：告辞。

【50】请：请让我。数（shǔ）：计算。行日：行程。以：在。乡（xiàng）：同"向"。刭（jǐng）：用刀割脖颈。送：这里指回报。

【51】矫：假托，诈称。

【52】代之：代我。之，活用为第一人称代词。何如：怎么回事。

【53】袖：名词用如动词，藏在袖子里。椎：名词，锤。椎：动词，锤击。

【54】勒兵：治军。勒，整饬。

【55】解去：解围而去。

【56】鞴（lán）：箭筒。先引：前导，前面引路。

【57】及：赶得上，比得上。

【58】人：别人。这里指信陵君。

【59】怒：为动用法，为……而恼怒。

【60】独：却。

【初读知情】

司马迁（前145—前87），字子长，夏阳龙门（今陕西韩城）人，西汉著名史学家、文学家。幼承父志，读古文经传；壮游祖国大好河山，亲临考察众多史迹；其父司马谈死，继任太史令，继父志而撰《史记》。数年后因李陵事件入狱，罹患宫刑，出狱后任中书令。肉体与精神的摧残，没有击垮司马迁，反而更激励着他发愤著书，最终完成了"究天人之际，通古今之变、成一家之言"的不朽巨著《史记》。

《史记》是我国第一部纪传体通史。记载了从黄帝始至武帝终共三千多年的历史。全书共一百三十篇，五十二万余字。分为十二本纪、三十世家、七十列传、十表、八书。其中，列传有七十，主要记载了"立功名于天下"者。《史记》还是一部优秀的文学著作，在中国文学史上成就斐然，被鲁迅誉为"史家之绝唱，无韵之离骚"，文学价值极高。刘向等人认为此书"善序事理，辩而不华，质而不理"。

《信陵君窃符救赵》节选自《史记·魏公子列传》，有删节。魏信陵君，姓魏，名无忌，战国魏昭王之子，魏安釐王同父异母弟。昭王死后，安釐王登上王位，封公子为信陵君。窃符救赵，是战国著名历史典故。故事梗概是：魏安釐王二十年，秦国围困赵国城池邯郸，迫于无奈赵王写信求助于魏国。而魏王忌惮秦国的实力，不敢出兵救赵国于危难之间。最终，魏国信陵君无忌听取侯嬴之计，借魏王姬妾如姬之手窃得兵符，夺取了魏国兵权，后成功击败了秦军、救援了赵国，并巩固了魏国在当时的地位。你能用一句话把题目说清楚吗？

这篇文章的创作背景是什么呢？魏安釐王二十年（前257年），秦赵两国在长平发动了一场战役。赵国四十万降军被坑杀。秦军乘胜追击，一举包围赵国都邯郸，妄图吞并赵。赵国危在旦夕之际，赵孝成王派人向魏国求救，魏王派将军晋鄙率兵救援赵国。秦国闻讯，威胁魏王"若支援赵国，秦攻下赵后便会攻打魏"。魏王畏惧实力强大的秦国，密令大将晋鄙率十万大军驻扎在边境邺城，作壁上观，置身局外。赵王向魏国公子信陵君无忌写信求援，信陵君是魏王之弟，与赵国平原君为好友，其姐姐是赵国平原君的夫人。眼看邯郸危在旦夕，魏王派的援军却按兵不动，信陵君心急如焚，在说服魏王发兵救赵无果的情形下，采纳了夷门侯嬴的计谋，借魏王宠姬如姬之手"窃符救赵"。这个故事广为流传，请用你自己的话，说说"窃符救赵"的重要情节吧。

根据文后注释把课文通读并理解一下吧！

【复读认情】

"窃符救赵"这一历史典故的来龙去脉是什么呢？"魏安釐王二十年"，

秦昭王打败了赵国长平的驻军，"又进兵围邯郸"，赵王求救于魏，魏王派晋鄙领兵救赵。然而，秦王又告魏王说："诸侯敢救者，已拔赵，必移兵先击之。"于是魏王"使人止晋鄙，留军壁邺，名为救赵，实持两端以观望"。信陵君力谏魏王救赵，"魏王畏秦，终不听公子"，公子无奈，决心"以客往赴秦军，与赵俱死"。当此时，夷门侯生向信陵君献计："嬴闻晋鄙之兵符常在王卧内，而如姬最幸，出入王卧内，力能窃之。嬴闻如姬父为人所杀，如姬资之三年，自王以下，欲求报其父仇，莫能得。如姬为公子泣，公子使客斩其仇头，敬进如姬。如姬之欲为公子死，无所辞，顾未有路耳。公子诚一开口请如姬，如姬必许诺，则得虎符夺晋鄙军，北救赵而西却秦，此五霸之伐也。"公子听从了侯生的计谋，请如姬盗得兵符，又听从其计，带屠者朱亥一起，"至邺，矫魏王令代晋鄙。晋鄙合符，疑之，举手视公子曰：'今吾拥十万之众，屯于境上，国之重任。今单车来代之，何如哉？'欲无听。朱亥袖四十斤铁椎椎杀晋鄙。公子遂将晋鄙军""得选兵八万人，进兵击秦军。秦军解去，遂救邯郸，存赵。"请在文中找到有关"窃符""救赵"的重点句，并用自己的话复述"窃符救赵"的故事。

把每一段的意思写出来，连起来看看，司马迁是怎么来构思"信陵君窃符救赵"的故事思路的？这篇文章着重叙写了信陵君交结侯嬴和窃符救赵两件事，高度赞扬了他仁而下士的谦逊作风和急人之困的义勇精神，第一二段概述信陵君的身份、为人和他在当时的威望。第三段叙述信陵君与侯嬴的交往过程。第四段到结尾记叙信陵君采纳侯嬴的策略窃符救赵的全过程。

明代茅坤曾有言曰："信陵君是太史公胸中得意之人，故本传亦太史公得意文。"（《史记钞》）这是一篇出色的人物传记，文章以信陵君"窃符救赵"这一重大历史事件为中心，将其一生诸多显著的活动轨迹串联起来，详略得当，疏密有致。请再次阅读课文，思考司马迁是如何精心编排，用心裁剪，使这位名扬史册的人物神情毕肖，跃然纸上的。

【点拨悟情】

1.以宾衬主之法，有画云显月之妙。窃符救赵是本文的中心事件，作者却将公子怎样请如姬，如姬怎样盗得虎符，公子举兵与秦交战的过程等，一笔带过。转而去详写公子与侯生结交，侯生如何神机妙算、如何献窃符之策、如何举朱亥同行，朱亥又如何欣然前往。着笔之处大多落在门客又笔笔在写公子，这种以宾衬主的方法主要体现在三个方面。首先，"窃符"

"存赵""不敢加兵谋魏十余年"，都不是因为有一个地位显赫的贵族公子无忌，而是因为有一位"多客"的信陵君。众多的门客是他的智囊团和陷阵士。若没有这些门客，他如何救得邯郸，保全赵国？因此，写门客既还原了战国时期历史的真实，又反映了司马迁所倾心的"士为知己者死"的侠义精神。其次，无忌能多客，能"倾平原君客"，而门客又心悦诚服为他尽心竭力、出谋划策的原因，都是基于公子仁而谦恭，礼而下士的高尚品格。因此，作者越是把门客写得忠诚可信、孔武有力、多谋善断，也就越是能表现公子心怀若谷、不耻下交的谦逊作风。最后，从"救赵"这件事的谋划来看，笔墨多写门客实则时时处处在写公子。侯生能巧献两条战略性的决胜全局的计策，宏观原因是公子能放下架子，亲枉车骑而迎之，拜为上客。直接原因是公子在忧心烈烈之际能够保持沉着冷静的头脑，保持礼贤下士的崇高品格，行到中途而"复引车还"。如姬能于事在燃眉之时，窃得虎符，是因为公子曾为其报杀父之仇。朱亥欣然前往椎杀晋鄙，是因为公子"数请之"。侯生最终践行"至晋鄙军之日"，向北自刭的诺言，也正是为了报答公子的知遇之恩。这里，公子是作者贯穿始终、热情称颂的中心人物。金圣叹说："欲画月也，月不可画，因而画云。画云者，意不在云也，意不在云者，意固在于月也。"（《第六才子书》卷四《惊艳》首评）司马迁所用的以宾衬主之法，正有画云显月之妙。

2.见微知著之旨，有小中见大之意。公子将晋鄙军后，作者只写了公子在整顿军队时下的一道命令："父子俱在军中，父归。兄弟俱在军中，兄归。独子无兄弟，归养。"随即便交代战斗的结果——"秦军解去，遂救邯郸，存赵"。而与秦军对垒时紧张的战场气氛，交战时酷烈的战斗场景，一并省略。公子历尽艰辛，不惜违抗君命、不顾兄弟之情，窃得虎符，矫魏王命，泣涕杀晋鄙，都是为了与秦决一死战。可是，对如此至关全局的战斗，作者非但没有极尽描写，甚至不着一笔，却只写一道命令，意欲何为？其实，这正是作者的高明之处。两军交锋，鸣金击鼓，金戈铁马，硝烟滚滚，古之然也，而公子的这道命令却是"古之不然"。它标新立异，独树一帜，于细微处彰显了公子的仁爱。况且，这道命令一出，可想而知，将士作战时饱满的热情、昂扬的斗志也被积极地调动起来，不必赘述。此外，诸侯皆畏公子贤能、多客，秦威吓魏王，也正是唯恐公子率兵而至，今公子就在阵前，秦无心恋战，魏军势如破竹、秦军土崩瓦解，已是大势所趋。所以，作者因小见大，写一道命令而略去战斗全过程的描写，无疑是裁剪大师匠心独运的一刀，毫无单薄、不足或欠缺之意。公子与侯生结交一事，也是运用以小见大写法的典型事例。公子大会宾客，待宾客坐定之后，带领车骑，虚出左位，亲往夷门，自迎侯生。侯生没有急于回应，而是故意在大庭广众之下，四次试探公子为人。具体如下：

（1）穿着破旧，毫不推让，直上尊位，以观公子。

（2）要公子屈尊枉车骑，让他去拜访市屠的朋友朱亥，"公子引车入市"。

（3）与朱亥会面后，两人谈话如滔滔江水般绵延不绝，致使公子久立于市中，借机微察公子。

（4）宾客满堂时并不辞谢，而是冠冕堂皇地高坐于上座，公子为其献酒。

这四次试探，看似不难，实则考究。通过侯生的试探，信陵君求贤若渴、慧眼识才、仁而下士的品质淋漓尽致地体现出来了。同时，也充分表明侯生并非鸡鸣狗盗之辈，他不畏权贵，沉着机警，胸有韬略，卓尔不凡，是不可多得之才。唐彪《读书作文谱》曾引毛稚黄的话说："又或略其巨，详其细，琐琐而不厌；恒情熟径，我其舍之。斯神化之境矣。"唐彪认为这是"古文之别境，不可不知"。司马迁是剪裁的能手，他精心编排，删繁就简，使作品详略得当，疏密有致，增强了文章的感染力。《魏公子列传》虽写救赵大事件，却每每落笔于细微之处。这种见微而知著，以小而见大的手法，作者运用得得心应手、炉火纯青，为后代文学的创作提供了一种模式，影响不可估量。

【诵读体情】

1.阅读《史记·魏公子列传》（未删节版），通过史事，重点解读司马迁对信陵君崇仰敬佩之情。

阅读提示：司马迁提及"公子为人，仁而下士""当此之时，平原君不敢自比于人""然信陵君之接岩穴隐者，不耻之交，有以也。名冠诸侯，不虚耳"等，无一不倾注着司马迁对信陵君崇仰敬佩之情。

2.阅读下面这篇明代散文家唐顺之散文《信陵君救赵论》，试与《信陵君窃符救赵》的主题思想进行比较，进而分析两篇文献中对信陵君不同的情感态度。

论者以窃符为信陵君之罪，余以为此未足以罪信陵也。夫强秦之暴亟矣，今悉兵以临赵，赵必亡。赵，魏之障也。赵亡，则魏且为之后。赵、魏，又楚、燕、齐诸国之障也，赵、魏亡，则楚、燕、齐诸国为之后。天下之势，未有岌岌于此者也。故救赵者，亦以救魏；救一国者，亦以救六国也。窃魏之符以纾魏之患，借一国之师以分六国之灾，夫奚不可者？

然则信陵果无罪乎？曰：又不然也。余所诛者，信陵君之心也。

信陵一公子耳，魏固有王也。赵不请救于王，而谆谆焉请救于信陵，是赵知有信陵，不知有王也。平原君以婚姻激信陵，而信陵亦自以婚姻之故，欲急救赵，是信陵知有婚姻，不知有王也。其窃符也，非为魏也，非为六国也，为赵焉耳。非为赵也，为一平原君耳。使祸不在赵，而在他国，则虽撤魏之障，撤六国之障，信陵亦必不救。使赵无平原，或平原而非信陵之姻戚，虽赵亡，信陵亦必不救。则是赵王与社稷之轻重，不能当一平原公子，而魏之兵甲所恃以固其社稷者，只以供信陵君一姻戚之用。幸而战胜，可也，不幸战不胜，为虏于秦，是倾魏国数百年社稷以殉姻戚，吾不知信陵何以谢魏王也？

夫窃符之计，盖出于侯生，而如姬成之也。侯生教公子以窃符，如姬为公子窃符于王之卧内，是二人亦知有信陵，不知有王也。余以为信陵之自为计，曷若以唇齿之势激谏于王，不听，则以其欲死秦师者而死于魏王之前，王必悟矣。侯生为信陵计，曷若见魏王而说之救赵，不听，则以其欲死信陵君者而死于魏王之前，王亦必悟矣。如姬有意于报信陵，曷若乘王之隙而日夜劝之救，不听，则以其欲为公子死者而死于魏王之前，王亦必悟矣。如此，则信陵君不负魏，亦不负赵；二人不负王，亦不负信陵君。何为计不出此？信陵知有婚姻之赵，不知有王。内则幸姬，外则邻国，贱则夷门野人，又皆知有公子，不知有王。则是魏仅有一孤王耳。

呜呼！自世之衰，人皆习于背公死党之行而忘守节奉公之道，有重相而无威君，有私仇而无义愤，如秦人知有穰侯，不知有秦王，虞卿知有布衣之交，不知有赵王，盖君若赘旒久矣。由此言之，信陵之罪，固不专系乎符之窃不窃也。其为魏也，为六国也，纵窃符犹可。其为赵也，为一亲戚也，纵求符于王，而公然得之，亦罪也。

虽然，魏王亦不得为无罪。兵符藏于卧内，信陵亦安得窃之？信陵不忌魏王，而径请之如姬，其素窥魏王之疏也；如姬不忌魏王，而敢于窃符，其素恃魏王之宠也。木朽而蛀生之矣。古者人君持权于上，而内外莫敢不肃。则信陵安得树私交于赵？赵安得私请救于信陵？如姬安得衔信陵之恩？信陵安得卖恩于如姬？履霜之渐，岂一朝一夕也哉！由此言之，不特众人不知有王，王亦自为赘旒也。

故信陵君可以为人臣植党之戒，魏王可以为人君失权之戒。《春秋》书葬原仲、翚帅师。嗟夫！圣人之为虑深矣！

阅读提示：文章首先论述了信陵君之罪不在窃符，而在目无君主。信陵君窃符救赵，不是为了魏国，也不是为了天下，而是为了一己之私，即与他有姻亲关系的平原君。信陵君的做法是结党营私，作者认为后世人君应当以此为戒，切忌重蹈覆辙。文章强调了中央集权的重要性，抨击了心无君主，目空四海的擅权行为。

苏武传

《汉书》

武字少卿，少以父任，兄弟并为郎【1】。稍迁至栘中厩监【2】。时汉连伐胡，数通使相窥观【3】。匈奴留汉使郭吉、路充国等前后十余辈。匈奴使来，汉亦留之以相当。

天汉元年，且鞮侯单于初立【4】，恐汉袭之，乃曰："汉天子，我丈人行也。"尽归汉使路充国等。武帝嘉其义，乃遣武以中郎将使持节送匈奴使留在汉者，因厚赂单于，答其善意。武与副中郎将张胜及假吏常惠等募士、斥候百余人俱【5】。既至匈奴，置币遗单于。单于益骄，非汉所望也。

方欲发使送武等，会缑王与长水虞常等谋反匈奴中【6】。缑王者，昆邪王姊子也，与昆邪王俱降汉，后随浞野侯没胡中，及卫律所将降者，阴相与谋劫单于母阏氏归汉【7】。会武等至匈奴，虞常在汉时，素与副中郎将张胜相知，私候胜，曰："闻汉天子甚怨卫律，常能为汉伏弩射杀之。吾母与弟在汉，幸蒙其赏赐。"张胜许之，以货物与常。

后月余，单于出猎，独阏氏子弟在。虞常等七十余人欲发，其一人夜亡告之。单于子弟发兵与战，缑王等皆死，虞常生得。单于使卫律治其事。张胜闻之，恐前语发，以状语武【8】。武曰："事如此，此必及我，见犯乃死，重负国【9】。"欲自杀，胜、惠共止之。虞常果引张胜。单于怒，召诸贵人议，欲杀汉使者。左伊秩訾曰【10】："即谋单于，何以复加？宜皆降之。"单于使卫律召武受辞【11】。武谓惠等："屈节辱命，虽生，何面目以归汉！"引佩刀自刺。卫律惊，自抱持武，驰召毉。凿地为坎，置煴火【12】，覆武其上，蹈其背以出血。武气绝，半日复息。惠等哭，舆归营【13】。单于壮其节，朝夕遣人候问武，而收系张胜【14】。

武益愈，单于使使晓武，会论虞常【15】，欲因此时降武。剑斩虞常已，律曰："汉使张胜谋杀单于近臣，当死。单于募降者赦罪。"举剑欲击之，胜请降。律谓武曰："副有罪，当相坐【16】。"武曰："本无谋，又非亲属，何谓相坐？"复举剑拟之，武不动。律曰："苏君！律前负汉归匈奴，幸蒙大恩，赐号称王，拥众数万，马畜弥山，富贵如此！苏君今日降，明日复然。空以身膏草野，谁复知之！"武不应。律曰："君因我降，与君为兄弟；今不听吾计，后虽复欲见我，尚可得乎？"

武骂律曰："女为人臣子，不顾恩义，畔主背亲，为降虏于蛮夷，何以女为见！且单于信女，使决人死生；不平心持正，反欲斗两主【17】，观祸败！南越杀汉使者，屠为九郡【18】。宛王杀汉使者，头县北阙【19】。朝鲜杀汉使者，即时诛灭【20】。独匈奴未耳。若知我不降明，欲令两国相攻【21】。匈奴之祸，从我始矣。"律知武终不可胁，白单于。单于愈益欲降之。乃幽武置大窖中，绝不饮食。天雨雪。武卧啮雪，与旃毛并咽之，数日不死【22】。匈奴以为神。乃徙武北海上无人处，使牧羝，羝乳乃得归【23】。别其官属常惠等【24】，各置他所。

武既至海上，廪食不至，掘野鼠去草实而食之【25】。杖汉节牧羊，卧起操持，节旄尽落。积五六年，单于弟於轩王弋射海上【26】。武能网纺缴，檠弓弩【27】，於轩王爱之，给其衣食。三岁余，王病，赐武马畜、服匿、穹庐【28】。王死后，人众徙去。其冬，丁令盗武牛羊，武复穷厄【29】。

初，武与李陵俱为侍中【30】。武使匈奴，明年，陵降，不敢求武【31】。久之，单于使陵至海上，为武置酒设乐。因谓武曰："单于闻陵与子卿素厚，故使陵来说足下，虚心欲相待。终不得归汉，空自苦亡人之地，信义安所见乎【32】？前长君为奉车，从至雍棫阳宫，扶辇下除【33】，触柱折辕，劾大不敬，伏剑自刎，赐钱二百万以葬。孺卿从祠河东后土，宦骑与黄门驸马争船【34】，推堕驸马河中溺死，宦骑亡，诏使孺卿逐捕，不得，惶恐饮药而死。来时太夫人已不幸，陵送葬至阳陵【35】。子卿妇年少，闻已更嫁矣。独有女弟二人，两女一男，今复十余年，存亡不可知【36】。人生如朝露，何久自苦如此！陵始降时，忽忽如狂，自痛负汉，加以老母系保宫【37】。子卿不欲降，何以过陵【38】？且陛下春秋高，法令亡常，大臣亡罪夷灭者数十家，安危不可知，子卿尚复谁为乎？愿听陵计，勿复有云！"武曰："武父子亡功德，皆为陛下所成就，位列将，爵通侯，兄弟亲近，常愿肝脑涂地【39】。今得杀身自效，虽蒙斧钺汤镬，诚甘乐之【40】。臣事君，犹子事父也。子为父死，亡所恨，愿无复再言！"陵与武饮数日，复曰："子卿壹听陵言【41】！"武曰："自分已死久矣【42】！王必欲降武，请毕今日之欢，效死于前！"陵见其至诚，喟然叹曰："嗟呼，义士！陵与卫律之罪上通于天!"因泣下沾衿,与武决去。

昭帝即位【43】,数年,匈奴与汉和亲。汉求武等,匈奴诡言武死。后汉使复至匈奴,常惠请其守者与俱,得夜见汉使,具自陈道【44】。教使者谓单于,言天子射上林中【45】,得雁足有系帛书,言武等在荒泽中。使者大喜,如惠语以让单于【46】。单于视左右而惊,谢汉使曰【47】:"武等实在。"

单于召会武官属,前以降及物故【48】,凡随武还者九人。武以始元六年春至京师【49】。武留匈奴凡十九岁,始以强壮出,及还,须发尽白。

【注释】

【1】以父任:凭借父亲职任的关系而被任用。汉制,年俸二千石以上、任职三年的官吏可保举一个(或多个)子弟为郎。苏武父苏建,有功封平陵侯,曾为代郡太守,苏武和兄苏嘉、弟苏贤,皆因此得官。

【2】稍:逐渐。迁:升迁。栘(yí)中厩(jiù):汉宫中有栘园,园中有马厩(马棚),故称。监:管事的官员。栘中厩监,即栘园中掌管鞍马鹰犬等涉猎工具的官。

【3】数(shuò)通使:屡次派遣使者往来。

【4】天汉元年:公元前100年。天汉,汉武帝年号。且(jū)鞮(dī)侯:单于嗣位前的封号。单(chán)于:匈奴首领的称号。

【5】中郎将:官名。节:使臣所持信物,以竹为杆,柄长八尺,其上缀旄牛尾,共三层,故又称"旄节"。假吏:临时委任的使臣属官。斥候:军中侦察人员。

【6】会:适逢。缑王:匈奴的一个亲王,后降汉,曾随汉将赵破奴攻匈奴,兵败被俘。长水:水名,在今陕西省蓝田县西北。虞常:人名,投降匈奴的长水校尉。

【7】昆(hún)邪(yé)王:匈奴一个部落的王,统率所部居于河西(今甘肃西北部),于汉武帝元狩二年(前121年)降汉。浞(zhuó)野侯:汉将赵破奴的封号。汉武帝太初二年(前103年)率二万骑击匈奴,兵败而降,全军沦没。卫律:本为长水胡人,但生长于汉,被协律都尉李延年荐为汉使出使匈奴。回汉后,正值延年因罪全家被捕,卫律怕受牵连,又逃奔匈奴,被封为丁零王。虞常当时属卫律统辖。阏(yān)氏(zhī):匈奴王后封号。

【8】发:泄露。状:情况。语:告诉。

【9】见犯:被凌辱。乃:才。重:更加。负:辜负。

【10】伊秩訾（zī）：匈奴的王号，有左、右之分。

【11】受辞：受审。辞，指口供。

【12】煴（yūn）火：初燃未旺，有烟无焰之火。

【13】舆：轿子。这里用作动词，意为用轿子抬。

【14】收系：逮捕囚禁。

【15】使使：派遣使者。晓：通知。会：共同。论：判决罪犯。这两句意为：单于派遣使者通知苏武，要苏武和卫律一起来审判虞常。

【16】相坐：相连坐。古代法律：凡犯谋反等大罪者，其亲属也要跟着治罪，称为连坐，或相坐。

【17】斗两主：使汉皇帝和匈奴单于相斗。斗，用为使动词。

【18】南越：国名，今广东、广西南部一带。屠：平定。《史记·南越列传》载，汉武帝元鼎五年（前112年），南越王相吕嘉杀其国王及汉使者，叛汉。武帝发兵讨伐，活捉吕嘉，因将其地改为珠崖、南海等九郡。

【19】宛王：指大宛国王毋寡。北阙：宫殿的北门。《史记·大宛列传》载，汉武帝太初元年（前104年），宛王毋寡派人杀害前来求良马的汉使。武帝即命李广利讨伐大宛，大宛诸贵族乃杀毋寡而降汉。

【20】此二句：元封二年（前109），武帝遣涉何出使朝鲜。涉何派人刺死伴送的朝鲜人，佯称杀死朝鲜武将，武帝封之为辽东东部都尉。朝鲜发兵袭涉何，杀之。武帝发兵讨伐。第二年，朝鲜王右渠被内部所杀，朝鲜降汉。

【21】若：你。我不降明：明知我不会投降。

【22】啮（niè）：咬。旃（zhān）：通"毡"，毛织品。

【23】羝（dī）：公羊。乳：生育。公羊不可能生小羊，这句是说苏武永远没有归汉的希望。

【24】别：隔离。

【25】去：通"弆"（jǔ），收藏。

【26】於（wū）靬（jiān）王：且鞮侯单于之弟。弋射：射猎。

【27】武能网纺缴：此句"网"前应有"结"字。缴，系在箭上的丝绳。檠（jìn/qíng）：矫正弓箭的工具。用作动词，这里有"矫正"的意思。

【28】服匿：盛酒酪的容器，类似今天的坛子。穹庐：圆顶大篷帐，犹今之蒙古包。

【29】丁令：丁零，匈奴族的别支。厄：穷困。

【30】李陵：李广孙，字少卿。天汉二年（前99）以骑都尉统兵五千出征匈奴，兵败投降，后病死匈奴。侍中：官名，侍从皇帝左右，掌管乘

輿服物。

【31】求：拜访。李陵因降匈奴，感到羞愧，不敢拜访苏武。

【32】此三句：你终归不能回到汉王朝，白白地在无人之地受苦，你的信义又如何能被世人看到呢？亡，通"无"。

【33】长君：指苏武兄苏嘉。奉车：官名，奉车都尉，皇帝出巡时，负责车马的侍从官。雍：汉代县名，今陕西凤翔县南。棫（yù）阳宫：秦时所建宫殿，在雍东北。辇（niǎn）：皇帝的坐车。除：宫殿的台阶。

【34】孺卿：苏武弟苏贤的字。祠：用作动词，祭祀。河东：郡名，在今山西夏县北。后土：地神。宦骑：骑马的宦官。黄门驸马：宫中掌管车辇马匹的官。

【35】来时：李陵指自己带兵离开长安时。太夫人：苏武母亲。不幸：指死去。阳陵：汉时有阳陵县，在今陕西咸阳市东。

【36】女弟：妹妹。两女一男：指苏武的两个女儿，一个儿子。

【37】保宫：狱名，囚禁罪臣及其眷属之处。

【38】此二句：你苏武不投降的心情怎么会超过我呢？

【39】位：职位。列将：将军的总称。苏武父苏建曾为右将军，武为中郎将，兄苏嘉为奉车都尉，弟苏贤为骑都尉。爵通侯：封至侯爵。苏武父苏建曾封为平陵侯。亲近：皇帝亲近的臣僚。肝脑涂地：粉身碎骨。

【40】蒙：受。钺：大斧。汤：热水。镬：大锅。蒙斧钺汤镬，指被处极刑。

【41】壹：一定。

【42】自分（fèn）：自我料定。

【43】昭帝：武帝少子弗陵，于前87年即位。

【44】具：完全。陈道：陈述。

【45】上林：苑名。秦时旧苑，汉武帝扩建，周围三百里，内有离宫七十所。故址在今陕西西安市附近。

【46】让：责备。

【47】谢：谢罪，道歉。

【48】召会：召集。物故：死亡。

【49】始元：汉昭帝年号。始元六年，即前81年。

【初读知情】

班固（32—92），字孟坚，扶风安陵（今陕西咸阳市东北）人，东汉著名史学家、文学家。幼承父志，聪敏强识。历任兰台令史、郎官、典校秘书、玄武司马（皆属下级官吏）。和帝永元元年（89）初，班固随大将军窦宪出征匈奴，为中护军，后因窦宪山泉被杀，班固被株连，入狱而卒，终年61岁。

班固一生著述颇丰。作为史学家，他编撰了《汉书》，开创了纪传体断代史的新体例，列入"前四史"之一；作为辞赋家，他是"汉赋四大家"之一，《两都赋》开创了京都赋的范例，列入《文选》第一篇。此外，班固还是经学理论家，作有《白虎通义》。

《汉书·苏武传》的创作背景是怎样的呢？让我们一起来重温一下创作背景吧。西汉与匈奴的交战，频发于汉武帝时期，大战十余次，小战数十次。武帝前期，西汉王朝的经济实力远远超过匈奴，建立了精悍的骑兵，选拔任用卫青、霍去病等卓越的骑兵将领，采取远程奔袭各个击破的方法，陆续取得了几次大战的胜利。武帝后期，匈奴远遁漠北，汉军兵力不足、后备不足，加之指挥失误，匈奴反击数次成功，汉将时降匈奴。李陵正是汉将归降的典型代表。天汉元年（前100）前后，双方处于冷战状态，常常互派使者探听内情，又不时互扣使者以观其变。当此时，苏武临危受命，出使匈奴，《苏武传》缘是而作也。

联系文后注释把课文通读一遍吧！

【复读认情】

班固为什么会为苏武作传呢？首先，苏武有坚忍不拔的精神。苏武奉命出使匈奴，"武留匈奴凡十九岁，始以强壮出，及还，须发尽白"。因为拒不投降，匈奴"幽武置大窖中，绝不饮食"，后又"徙武北海上无人处"。虽然饱经风霜，历经磨难，但他坚定的信仰和出使的初心却从未被苦难磨灭。匈奴的威逼利诱不能动摇他一颗炽热的爱国心，哪怕"啮雪""与旃毛并咽之"，他也不忘握紧手中的旄节，日日遥望故土的方向。孟子有言："富贵不能淫，贫贱不能移，威武不能屈，此之谓大丈夫。"苏武在大是大非前，始终把国家利益放在首位，无畏生死，置个人安危于不顾，是当之无愧的大丈夫。其次，苏武有坚不可摧的意志。在身陷匈奴腹地，命悬一线之际，他原本可以如李陵一般投降匈奴，可他坚守节操，誓死不降。因为他知道，作为使臣，"屈节辱命"，苟且偷生，于己于国都是可耻的。最终，匈奴"徙武北海上无人处，使牧羝，羝乳乃得归"。苏武牧羊，牧的是永远生不出小羊的公羊，守的却是自己生死不渝的爱国之心。生命诚然可贵，但在真正的仁人志士心中，人不可如鸟兽一般只求苟活。只要一息尚存，便要活出风骨，活出气节。最后，苏武有坚守初心的品质。当他被囚于匈奴时，李陵曾为其母送葬，两人原本同朝为官，情谊深厚，在苏武困于匈奴的第二年，李陵兵败投降。单于派李陵劝降，苏武面对昔日好友晓之以理、动之以情的说辞，心中百感交集，他虽然理解李陵的苦衷，却不能行违心之举，背弃心中的信仰。李陵和苏武是故人，因为不同的选择，一个流芳千古，一个为人所不齿。大义当前，苏武能坚守初心（初心即国家利益高于一切，忠诚使命重于一切），也能体谅李陵的无奈，这份理解和包容更显出人性的光芒。

把每一段的意思写出来，连起来看看，班固是怎么来构思苏武的人物传记的？第一二段介绍苏武的身世、出使的背景及原因。文章开始交代背景："时汉连伐胡，数通使相窥观。匈奴留汉使郭吉、路充国等前后十余辈。匈奴使来，汉亦留之以相当。"后匈奴"尽归汉使路充国等"却只是因为"且鞮侯单于初立，恐汉袭之"的缓兵之计。当汉武帝派苏武护送扣留在汉朝的匈奴使者还朝并"厚赂单于"时，"单于益骄"，从而引出苏武被扣的种种经历。第三至八段重点记述了苏武留胡十九年历尽艰难困苦终不悔，始终坚持民族气节的事迹。这部分是课文着力描写的内容，以精彩的笔墨描写了苏武反抗匈奴统治者招降的种种情形。第九、十段描写了苏武被放回国的经过。苏武"强壮出"，出使时正值壮年，十九年后，"及还，须发尽白"。一生风华虽在肉体和精神双重折磨中逝去，但他却始终无怨无悔。此番经历，不免令人扼腕！而此种气节，着实令人动容！

这是一篇通过典型事件突出鲜明人物苏武的传记；也是一篇叙事详略得当、语言千锤百炼的文学著作；更是一篇得"实录"之旨的史书。熟读课文之后，请用自己的话复述《苏武传》的主要内容，并从读者的视角阐述一下班固为什么会为苏武作传？

【点拨悟情】

1.剪裁有道，详略得体。南朝范晔曾称赞班固《汉书》"文赡而事详"，"赡而不秽，详而有体"（《后汉书·班固传论》）。意思是文章叙事翔实，笔墨丰富，剪裁有法而不杂乱无章。《苏武传》鲜明地体现了"文赡而事详"这一特点，具体如下：

（1）叙事情节详略有致。本文详写苏武出使匈奴被扣留的曲折经历而略写回国以后的事迹，这种有详有略的叙述突出了苏武的爱国主义精神。苏武被扣留在匈奴长达十九年，作者对这十九年的生活并没有采用编年纪的方式来冗长赘述，而是选取典型事件（如匈奴方面劝降、逼降和苏武的拒降等）来详述。至于苏武被於靬王赏识而得物资供给及王死后牛羊被盗再次陷入困厄境地等情节，则简略陈述，要言不烦，一笔带过，使主题更加显著。

（2）形象刻画绘声绘影。传神的形象描写，能以形传神，使中心人物的形象更饱满更鲜活。苏武被幽禁在大窖中，"卧啮雪，与旃毛并咽之"，这一细节体现出他虽受尽折磨却依然坚强求生的不屈斗志；被迁徙至北海，他"掘野鼠去草实而食之"，置身于荒凉恶劣的绝境仍能就地取材以果腹，贫贱不移之志略见一斑；汉节是他心中矢志不渝的信仰，"杖汉节牧羊，卧起操持，节旄尽落"，无论"卧起"，须臾不离，如影随形，可见其对大汉的忠诚、坚定与热爱。再如写李陵劝降的情节，通过言语神情来揭示人物的内心世界。"陵见其至诚，喟然叹曰"，"因泣下沾衿，与武决去"，这两处神情细节，写李陵的叹惋、感伤，从侧面烘托了苏武的高尚气节。

（3）语言描写个性鲜明。精当的语言描写，以言传情，可使人物性格更鲜明。面对叛徒卫律逼降时的托词"副有罪，当相坐"，苏武厉声斥责说："本无谋，又非亲属，何谓相坐？"一针见血，斩钉截铁，不留情面，使之颜面无存，理屈词穷，进而恼羞成怒，只得无耻地"举剑拟之"，而苏武岿然不为所动，凛然正气呼之欲出。面对李陵婉言劝降，苏武坦然而言，"虽蒙斧钺汤镬，诚甘乐之"，由此可见他大义凛然、视死如归的傲然风骨。作者叙述苏武在面对卫、李两人劝降时的措辞却大相径庭，何故？卫律本是汉人却投降匈奴，从民族大义来看，他是卖国求荣的叛徒，是背信弃义的罪人，这对于热爱祖国的苏武而言是敌人，因此苏武对他的无耻手段与傲慢神情先是"不应"，而后是声色俱厉地"骂"；而李陵原与自己"俱为侍中"，且"陵与子卿素厚"，是亦敌亦友的关系，因此苏武对他的循循善诱的劝降，则以不露锋芒、有理有节的方式婉拒。显而易见，作者在谋篇布局上善于别裁识断，取舍得当，着笔之处尽显详其之所详，略其之所略，且详中有略，略中有详，错落有致。

2.对比鲜明，形象突出。本文安排的对比主要有这样几处：

（1）苏武与张胜对比。张胜不明事理，是非不分，帮助缑王造反，事情败露后非但没有担当，反而叛变投降。而苏武清醒地认识到使节行为不当会引起两国纷争，甚至引发战争，意欲以死息祸；面对匈奴的劝降，始终不为所动，保持着可贵的民族气节。

（2）苏武与卫律对比。卫律卖国求荣，阴险狡诈，气焰嚣张，不可一世。而苏武为国效力，忠贞不贰，不卑不亢，一身正气，坦荡磊落。

（3）苏武与李陵对比。李陵善于动之以情晓之以理。他表现出满腹委屈的样子，极力埋怨汉武帝对待臣下的刻薄。宋代吕祖谦曾经指出："当陵之海上说苏武，陵母固未诛也，而激切捭阖，指斥汉失，若必欲降武者，则此言岂可尽信哉！"（《汉书评林》引）尽管李陵后来又表现出关心苏武生活的样子，赐以牛羊，但苏武确实没有相信他的话。李陵把个人利益放在首位，置国家民族利益于不顾；而苏武则置个人利益于不顾，一心一意为国家民族利益着想。两种思想，两种胸怀，两种境界，有如天渊之别。李陵越说得委婉动听，就越显得渺小可鄙；苏武越沉默寡言，就越显得可敬可佩。事情发展到后来，连李陵自己前后的言行也构成了对比。开始时甘于充当一名无耻的说客，经与苏武多次交谈，方始认识到人间还有"羞耻"二字，不得不自惭形秽道："嗟乎，义士！陵与卫律之罪上通于天！"就苏武形象的塑造而言，其光辉形象跃然纸上。

（4）卫律和李陵对比。匈奴派卫律和李陵招降苏武，招降的情形和说辞不同，塑造的人性也不同。卫律道："汉使张胜谋杀单于近臣，当死。单于募降者赦罪。"又言："苏君！律前负汉归匈奴，幸蒙大恩，赐号称王，拥众数万，马畜弥山，富贵如此！苏君今日降，明日复然。空以身膏草野，谁复知之！"卫律的招降采用了威逼利诱、软硬兼施的方法。而李陵道："前长君为奉车，从至雍棫阳宫，扶辇下除，触柱折辕，劾大不敬，伏剑自刎，赐钱二百万以葬。孺卿从祠河东后土，宦骑与黄门驸马争船，推堕驸马河中溺死，宦骑亡，诏使孺卿逐捕，不得，惶恐饮药而死。来时太夫人已不幸，陵送葬至阳陵。子卿妇年少，闻已更嫁矣。独有女弟二人，两女一男，今复十余年，存亡不可知。人生如朝露，何久自苦如此！"这里先告知家人的不幸遭遇。又言："陵始降时，忽忽如狂，自痛负汉，加以老母系保宫。子卿不欲降，何以过陵？"又用切身经历诉说同感。再言："且陛下春秋高，法令亡常，大臣亡罪夷灭者数十家，安危不可知，子卿尚复谁为乎？"最后指出汉王朝法令无常，"安危不可知"。李陵的招降采用了动之以情、晓之以理的方法。李陵和卫律不同，他不是无情无义、冷血自私的卖国者。他对汉王朝还有情感，对自己的叛国行为也有愧疚之意，但他意志不够坚定，对大汉不够忠诚，最终因一己之恩怨背义负信，投降匈奴，而后又悔恨不已，可见这个人物性格的懦弱和意志的不坚定。初心易得，始终难守，其李陵之谓也！

【诵读体情】

课文通过形形色色人物的对比映衬，读者可以看到一个有血有肉丰满鲜活的苏武。他有顾全大局的外交意识，有不卑不亢的外交礼仪，面对威逼利诱始终不为所动，长达十九年守节却依然不忘初心，方得始终。孟子曰："富贵不能淫，贫贱不能移，威武不能屈，此之谓大丈夫。"苏武不畏强权，是顶天立地的英雄豪杰。对国家的责任感和使命感支撑着他，给他以对抗逆境的勇气和力量，让他足以打破困顿的桎梏。沧海桑田，斗转星移，华夏文明弱而复强，衰而复兴。一大批胸怀天下、心系苍生的士大夫，铁骨铮铮、浩然正气，捍守河山，忧国忧民。浑身透着的，不是忠勇，不是孝悌，而是气节。而班固笔下的苏武，当之无愧地成了气节的代名词，岁月不居，时节如流，而一代又一代拥有着爱国情怀，彰显着浩然正气的"苏武"，却生生不息。让我们再次阅读课文，重温那段有着"苏武"足迹的故事吧！

这篇《苏武传》学习完一定收获颇丰吧，回答问题，检测一下吧。

1.鸿雁的典故出自《苏武传》，请认真阅读课文，找到这段并用白话文复述鸿雁传书的故事。

2.孔子有言："使于四方，不辱君命。"这正是苏武出使匈奴十九年最真实的写照。结合苏武事迹，谈谈你对这句话的理解。

第二单元 治国理政

大同与小康【1】

《礼记》

昔者，仲尼与于蜡宾事毕，出游于观之上，喟然而叹【2】。仲尼之叹，盖叹鲁也。言偃在侧，曰："君子何叹？"孔子曰："大道之行也，与三代之英，丘未之逮也，而有志焉"【3】。

"大道之行也，天下为公。选贤与能，讲信修睦【4】。故人不独亲其亲，不独子其子【5】；使老有所终，壮有所用，幼有所长，矜、寡、孤、独、废疾者皆有所养【6】；男有分，女有归【7】。货恶其弃于地也，不必藏于己【8】；力恶其不出于身也，不必为己【9】。是故谋闭而不兴，盗窃乱贼而不作【10】，故外户而不闭【11】。是谓'大同'【12】。"

今大道既隐，天下为家：各亲其亲，各子其子；货力为己；大人世及以为礼【13】，城郭沟池以为固；礼义以为纪——以正君臣，以笃父子，以睦兄弟，以和夫妇；以设制度，以立田里【14】；以贤勇知，以功为己。故谋用是作，而兵由此起。禹、汤、文、武、成王、周公，由此其选也【15】。此六君子者，未有不谨于礼者也。以著其义，以考其信，著有过，刑仁，讲让，示民有常【16】。如有不由此者，在执者去【17】，众以为殃。是谓'小康'。"

【注释】

【1】《大同与小康》——出自《礼记·礼运》。《礼记》原本不是"经"，而是孔子弟子后学解释《仪礼》所作的"记"，附于礼经《仪礼》各篇之末，阐述《仪礼》各篇的义理，至今《仪礼》十七篇中仍有十一篇遗有此制；后来由于篇幅不断增加，内涵逐渐丰富，于是独立成书。一说是战国至西汉初年之间儒家关于礼仪的散篇论著之汇编。"大同"一词，最早见于《庄子·在宥》。"小康"一词最早源出《诗经·大雅·民劳》。

【2】与：参加。蜡：古代国君的年末的祭祀礼节。宾：指作为陪祭。观：宫殿或宗庙门外两旁的高大建筑物。

【3】大道：指古代政治上的最高理想。行：施行、实行。逮：到，及，

这里未逮指没赶上好时代。

【4】选贤与（jǔ）能：把品德高尚、能干的人选拔出来。与，通"举"，推举，选举。讲信修睦（mù）：讲求诚信，培养和睦（气氛）。修，培养。

【5】亲：意动用法，以……为亲，抚养。下文"子其子"中的第一个"子"也是动词。子：以……为子。

【6】矜（guān）、寡、孤、独、废疾者：矜，老而无妻的人，矜，通"鳏"；寡，老而无夫的人；孤，幼而无父的人；独，老而无子的人；废疾，残疾，有残疾的人。

【7】男有分（fèn）：男子有职务。分，职分，指职业、职守。女有归：意思是女子有归宿。归，指女子出嫁。

【8】货恶（wù）弃于地也，不必藏于己：意思是人们憎恨把财货扔在地上的行为，却不一定要自己私藏。恶（wù），憎恶。藏，私藏。于，在。货恶，宾语前置。

【9】力恶其不出于身也，不必为己：意思是人们憎恨在公共劳动中不出力的行为，却不一定为自己谋私利。力恶，宾语前置。

【10】是故：即"故是"，可译为"因此""所以""这样一来"。谋闭而不兴：奸邪之谋不会发生。闭，杜绝。兴，发生。盗窃乱贼而不作：盗窃、造反和害人的事情不发生。乱，造反。贼，指害人。作，兴起。

【11】故：所以。外户：泛指大门。闭：用门闩插门。

【12】是：这。谓：叫作。大同：指儒家的理想社会或人类社会最高准则。同，有和平的意思。

【13】大人：指天子诸侯。世及：犹世袭。

【14】立田里：建立有关田里的制度。田里，阡陌闾巷。

【15】选：指选拔出的杰出人物。

【16】以著其义的著，显露，此引申为表彰。著有过的著，揭露过错。

【17】在埶者：指统治者，居统治地位的人。埶，同"势"，权势。去：罢免，废黜。

【初读知情】

《礼记》简介

《礼记》，儒家经典之一，是十三经的一种。《礼记》一说是孔子弟子及学生等后儒讲礼文章的集成，作者不止一人。西汉时候，博士戴圣讲授本书，对秦汉以前各种礼仪论著加以辑录、编纂而成，共四十九篇（原本

46 篇，其中三篇篇幅较长，分两部分，故有为 49 篇之说），称《小戴礼记》或《小戴记》，（相传戴德编撰 85 篇，叫《大戴礼记》，东汉后不流行，以小戴本专称《礼记》）。

《礼记》的内容，主要是记载和论述先秦礼制、礼仪，解释《仪礼》，记录孔子和弟子等问答，记述修身做人的准则。《礼记》与《仪礼》《周礼》合称"三礼"，对中国文化产生过深远的影响。

"大同"一词，最早见于《庄子·在宥（yòu）》："颂论形躯，合乎大同，大同无己。"在这里，"大同"，谓与天地万物融合为一，是说"养心"应当"忘物"。有关孔子"大同"思想，在《孔子家语》和《礼记》两书中均有记载。过去因对《孔子家语》真实性的疑虑，因此大多以《礼记·礼运》为准。

"小康"一词最早出自《诗经·大雅·民劳》："民亦劳止，讫可小康，惠此中国，以绥四方。"意思是说，老百姓终日劳作不止，最大的希望就是能过上小康社会生活。"小康"在《礼记·礼运》中有较系统的阐述，为仅次于"大同"社会的较为理想的社会模式。

参考课文注释，通读课文，初步感知课文内容。

【复读认情】

春秋战国时期，周王室逐步衰败，从此征战不断。中国社会经历了春秋时期的诸侯争霸以及战国时期的兼并战争。大国吞小国、强国凌弱国，使得战争频频发生，接连不断。所有的战争给人民生活带来沉重灾难、对生产造成严重破坏，给社会带来极度恐慌、混乱和危机。在这样的岁月里，人们自然向往和平，希望停息战乱，恢复邦国安宁。孔子认为，这是礼崩乐坏、政治失序带来的恶果，孔子总结历史，反思现实，提出一系列思想政治主张，形成了他的儒家理论学说，"大同"社会就成为他对最终社会政治理想的追求。他希望重塑社会秩序，恢复古代圣王之治。这种思想集中贯穿于其对大同社会理想的向往追求之中。阅读课文，思考理解：孔子理想中的大同、小康社会是什么样子，有哪些特征，二者的根本区别是什么？

文章开头安排孔子与子游对话，一个"叹"字，引出下文。然后通过两段话，分别对大同和小康社会进行了具体陈述。

孔子理想中的大同社会是什么样子呢？作者从以下两个方面来描述：

（1）提纲挈领，概述"大同"社会的体制："大道之行也……讲信修睦。"分三个层面陈述：第一是政权公有，"天下为公"，政权（也可包括社会所有财富）归全社会共同所有，而不属任何个人。第二是用人制度方面，

"选贤与能",社会管理者由社会成员选举产生,标准是"贤"和"能","贤"指品德高尚,"能"指才气出众,即:"德才兼备"。第三是社会生活总体状况,"讲信修睦",社会氛围和谐,成员之间,邻里之间,家家户户都有着良好的和睦关系,讲究诚信、崇尚和睦,社会和平安定。

(2)描绘了"大同"社会的基本特征和具体生活状态:"故人不独亲其亲……不必为己。"也可以归纳为三个方面:第一,全社会充满关爱,"不独亲其亲,不独子其子",意思是说社会成员——也就是每个公民都能推己及人,不仅仅关照自家的老人、抚育自己的儿女,对全社会所有家庭均以关照和付出爱,使全社会就同一家人一样。"老有所终,壮有所用,幼有所长",意思是对老、壮、幼等各个年龄段的群体都有合理的安排,特别是对特殊人群,弱困群体,如"矜、寡、孤、独、废疾者",这几种人要做好生活保障,给予扶持。第二,家庭生活,家家安居乐业。男子有稳定的职业,妇女有和乐的家庭。值得一提的是,中国古代以男耕女织为主要劳动生活方式,孔子在当时现实生产生活条件下,可以说男耕女织就是他认为理想的生产生活基本模式,按照这样子,就可以成就安居乐业。丰衣足食的家庭生活。思想、价值理念高度一致:货尽其用,人尽其力,存公心,无私心;"货恶其弃于地也,不必藏于己""力恶其不出于身也,不必为己",没有贪心和多得的想法。这一层主要是谈人们的思想观念。用现代话说是谈核心价值观。第三,对"大同"社会的整体氛围(和谐安定)做了本质性的概述:"谋闭而不兴,盗窃乱贼乱而不作""外户而不闭",也就是说没有奸诈、阴谋、邪恶、害人现象,也没有强抢偷盗、谋反作乱等不安定因素,白天不用说,夜晚都不用关门上闩。

总之,大同社会应该是没有剥削、平等、和平、稳定、富裕、道德,社会井然有序的和谐社会。

孔子的小康社会是什么样子?相对大同社会而言有明显的区别。大同之世是天下为公,选贤举能,道德社会,和谐安定;而小康之世是天下为家(私姓),以礼(仪)制管理社会,使之安定。

概括而言:二者的本质区别在于:大同是公天下,禅让制,人与人之间讲究信用,人人平等;小康是家天下,世袭制,人与人之间讲究礼制,有等级区分。

【点拨悟情】

1.手法巧妙,彰显文笔亮功力

(1)巧设情境,文赋情思呈并茂。文章在开头设置孔子与子游对话的场景，在文中不仅起到起兴的作用，而且使文思陈述赋予情感与感性。读者在此情境导引下，能够通过遐想、想象，感受具体场景，如在眼前，历历在目，活灵活现，鲜活生动，发人随境游思，产生情绪张力，具有较强的感染力。一句话，简洁巧妙，文情并茂。

（2）整散结合，形随意动亮神奇。文章语言整饬而又善于变化，整散结合，善于文字的铺陈、排比、对偶或对偶中灵活变化句子，使得语言灵活而不呆板，表达既照顾到形式美，又照顾到表达的意义，不以形式伤文害义，这与一些骈体文有着很大的区别。同时，使整篇文章既有文雅丽质的美，又有铺张扬厉之气。二者有机结合不仅让读者感受到形式之美——如神来之笔，同时能够体会到文意之美——神来之气，这正是作者创作技法上的巧妙高明之处。前面谈到《礼记》为儒家学子之作。文笔优美、文气儒雅，不难理解。

例如：

A．铺陈

单字铺，矜、寡、孤、独、废疾者皆有所养；禹、汤、文、武、成王、周公，由此其选也；四字铺，天下为公、选贤与能、讲信修睦。

B．对偶句：不独亲其亲，不独子其子；男有分，女有归；（对中善变）货恶其弃于地也，不必藏于己；力恶其不出于其身也，不必为己。

C．排比：老有所终，壮有所用，幼有所长。

既排比铺陈又对偶句子，如，以正君臣，以笃父子，以睦兄弟，以和夫妇，以设制度，以立田里等。

（3）两制比对，凸显本质出差别。文章分段落、分层次，分别从政权形式、经济特点、人际关系、社会道德、社会治安等方面，描述大同与小康社会，对比鲜明，结构凸显，脉络清晰，层次明了，便于读者在比较中分辨两种社会形态、特点和本质不同。

2.大志未酬，功绩卓著不可灭

（1）一声长叹，面对消逝感无奈。一个"叹"字，叹的是鲁——如今的鲁国，非我之想；叹的是大道之逝，一去不返；叹的是我，"丘之未逮""而有志"，反映了孔子对大道去而不返的无奈。孔子本是有大志的人物，他的思想是入世的，曰："修身、齐家、治国、平天下"，他追求的理想社会是恢复圣王之治，即复古，而不是创造新社会，然而面对现实，他也知道理想的社会已经一去不返，要恢复是不可能的，现在较现实的是小康之治，也即君臣礼仪之治，所以可以说在现实面前还是趋向礼制治理社会的思想。因此说，孔子他追求的大同，是他都认为不可能实现的社会。虽然有一定的模式框架的构思，但是只能是束手无策，一个叹字了结。这注定其大同社会理想也只能是乌托邦式的。

（2）影响深远，彪炳千古是丰碑。历代以来许多仁人志士把"大同"社会作为其政治理想追求。这种思想虽然认为为孔子首创，但实际上是儒、道、墨、农等多家多派社会学说的总结和发扬，同时对后世产生深远影响。

关于"大同"，孔子也不单单是简单的空想，其实他对这个社会模式也有一定的思考和构思，比如"老有所终，壮有所用，幼有所长"，"矜、寡、孤、独、废疾者皆有所养"；有关"贫"与"寡"的问题，《论语·季氏》记曰："丘也闻：有国有家者，不患寡而患不均，不患贫而患不安。盖均无贫，和无寡，安无倾。"孔子的大同理想是社会富足前提下的和谐，它与不少小国寡民的社会政治主张不同。孔子的大同思想，追求的不是局部的和谐，而是整个社会的和谐，这一点十分重要。孔子有家国天下的胸怀，他的大同思想对后世产生积极而深远的影响，如陶渊明、洪秀全、康有为、孙中山等，就是例子，而且他们在此基础上，不断丰富其内涵，不断寻求其路径策略，对社会革新和进步，起到了推动作用。就此而言，孔子为后世立起彪炳千古的丰碑，虽然他并不可能为后人创设实现的途径，但其功仍不可没，其贡献值得肯定。

（3）思古论今，"革命理想高于天"。革命理想即共产主义理想。古代有上天、天子之说，都是宿命论的学说。共产主义是马克思主义的科学理论。如今，在中国共产党领导下，我国在新民主主义的基础上，建立和巩固了社会主义制度，实现了站起来、富起来到强起来。国家强盛，民族复兴，社会主义的未来大有希望，共产主义理想未来可期。共产主义理想和目标远远高于过去的"大同"，远远高于过去所谓的"天"。

【诵读体情】

1.将本文翻译成现代汉语。

2.诵读原文并结合译文，深刻体会文白之别；体会文章内涵和高超技巧；在此基础上思考并按照下列要求写一篇短文。

2020 年我国实现了全面决胜小康的胜利，绝对贫困得到解决。试分析我们当代的社会主义小康和未来实现的共产主义社会，与孔子所说的小康、大同社会有何联系和本质区别，请写一篇不少于 500 字的短文，题目自拟。

隆中对

《三国志》

亮躬耕陇亩，好为《梁父吟》【1】。身长八尺，每自比于管仲、乐毅，时人莫之许也。惟博陵崔州平、颍川徐庶元直与亮友善，谓为信然。

时先主屯新野。徐庶见先主，先主器之，谓先主曰："诸葛孔明者，卧龙也，将军岂愿见之乎？"先主曰："君与俱来。"庶曰："此人可就见【2】，不可屈致也。将军宜枉驾顾之【3】。"

由是先主遂诣亮【4】，凡三往，乃见。因屏人曰："汉室倾颓，奸臣窃命，主上蒙尘。孤不度德量力【5】，欲信大义于天下【6】，而智术浅短，遂用猖蹶【7】，至于今日。然志犹未已，君谓计将安出？"

亮答曰："自董卓已来【8】，豪杰并起，跨州连郡者不可胜数。曹操比于袁绍，则名微而众寡，然操遂能克绍，以弱为强者，非惟天时，抑亦人谋也。今操已拥百万之众，挟天子而令诸侯，此诚不可与争锋。孙权据有江东，已历三世，国险而民附，贤能为之用，此可以为援而不可图也。荆州北据汉、沔，利尽南海，东连吴会，西通巴、蜀，此用武之国【9】，而其主不能守，此殆天所以资将军【10】，将军岂有意乎？益州险塞【11】，沃野千里，天府之土，高祖因之以成帝业。刘璋暗弱，张鲁在北，民殷国富而不知存恤，智能之士思得明君。将军既帝室之胄，信义著于四海，总揽英雄，思贤如渴，若跨有荆、益，保其岩阻【12】，西和诸戎，南抚夷越，外结好孙权，内修政理；天下有变，则命一上将将荆州之军向宛、洛，将军身率益州之众出于秦川，百姓孰敢不箪食壶浆以迎将军者乎【13】？诚如是，则霸业可成，汉室可兴矣。"

先主曰："善！"于是与亮情好日密。

关羽、张飞等不悦，先主解之曰："孤之有孔明，犹鱼之有水也。愿诸君勿复言。"羽、飞乃止。

【注释】

【1】《梁父（fǔ）吟》：又作《梁甫吟》，古歌曲名，好（hào）：喜爱。为：唱。

【2】就：接近、趋向。

【3】顾：拜访。

【4】诣（yì）：这里是拜访的意思。

【5】度（duó）德量力：衡量（自己的）德行（能否服人），估计（自己的）力量（能否胜人）。

【6】信：通"伸"，伸张。

【7】猖蹶：这里是失败的意思。

【8】已来：已，通"以"，表时间。

【9】国：地方。意思是兵家必争之地。

【10】殆（dài）：大概。

【11】险塞（sài），险峻的要塞。

【12】岩阻：这里指形势险要的地方。

【13】箪食壶浆：这里形容百姓热情迎接和款待自己所爱戴的军队。

【初读知情】

《隆中对》出自陈寿《三国志·蜀书·诸葛亮传》。陈寿（233—297），字承祚，历仕蜀汉、两晋，晋朝史学家。东汉末年，群雄逐鹿。刘备驻军新野时徐庶推荐了诸葛亮，为请他出山，刘备曾三次拜访。本文所选就是刘备三顾茅庐时与诸葛亮的谈话内容。

隆中，东汉时属南阳郡邓县，至晋改属。在襄阳西二十里。大约从东晋起，南阳、襄阳之间就开始了诸葛亮躬耕地之争。主要原因归根于中国行政区域的变化。东汉时期南阳是郡名（在现代相当于省），并不是今天的河南省南阳市（如今的南阳市在东汉时期是南阳郡辖下的宛县，即《隆中对》中"将荆州之军向宛、洛"的宛）。诸葛亮《出师表》中"臣本布衣，躬耕于南阳"便相当于现代人说自己是哪个省的人一样。

对，来源于两汉的察举制度。察举制中有"举贤良对策"之说，被举荐之人要经过国家策试，叫"策对（问）"，答卷叫"对策"。故"对"应当是对皇帝的对策才能用，刘备自称"帝室之胄"，此处使用应是对刘备的一种尊重。

东汉末年，宦官专权，朝政腐败，政治黑暗，民不聊生，阶级矛盾和统治阶级内部矛盾都极为尖锐，终于在公元 184 年爆发了全国规模的黄巾农民大起义。黄巾起义的浪潮沉重地打击了东汉豪强地主的反动统治，王朝大厦岌岌可危。为了维护风雨飘摇的统治，急忙调兵遣将，向农民起义军疯狂反扑；各地的豪强势力也趁机招兵买马，加入镇压农民起义军的行列。在此背景下，黄巾农民大起义失败后，地方豪强武装割据，"大者连郡国，中者婴城邑，小者聚阡陌"，形成了长达十年多之久的军阀混战。北方，经董卓、袁绍之争到袁绍、曹操之争，最后"挟天子以令诸侯"的曹操一家独大；而长江流域，刘表、刘焉刘璋父子、孙策各据一方。只有刘备先后依附公孙瓒、陶谦、曹操、袁绍后来又到荆州投靠刘表，企图以"帝室之胄"的身份，用"恢复汉室"的名义，广揽人才，称雄天下，却始终未赚得自己的一席之地，面对如此割据局面，其心中的渴望可想而知。

请大家自读原文，借助注释解决疑难语言点，读通读懂。注意文中画线句子的用法和意义。

【复读认情】

刚刚我们已经通读了全文，并解决了其中的语言障碍，现在请大家再次深入研读课文，重点理解隆中对策的内容，说说诸葛亮为刘备筹谋的是怎样的未来？这个未来分几步完成？刘备对此态度如何？结果怎样？

搞懂以上问题后，请大家再深入分析：为什么转战无数的刘备一经推荐就不顾天寒大雪向"躬耕陇亩"十年之久的诸葛亮请教统一天下的大计？这个流传千古的"三顾茅庐""顾"出了怎样的刘备和诸葛亮？诸葛亮的"躬耕陇亩"到底是真正的隐居，还是待时而飞？大家自查资料，结合时代背景和人物经历说说自己的看法。

【点拨悟情】

1.三顾频烦天下计，两朝开济老臣心

诸葛亮出身名门，才华横溢，史书上说他"少有逸群之才，英霸之器，身长八尺，容貌甚伟，时人异焉"。早孤，随叔父诸葛玄辗转南下，从袁术依刘表，玄卒，亮独自躬耕于南阳长达十年。

从隆中对策推断，生于战乱频繁的东汉末年的诸葛亮，对军阀混战带来的民生凋敝和社会动荡深有感触，这为早有"英霸之器"，常常以管仲、乐毅等为人生榜样的诸葛亮寻求统一天下的途径奠定了思想基础。由于局势混乱，叔父离世后他就隐居隆中，但隐居却不避世，他认真研读史籍总结经验，同时关注天下形势，对此起彼伏的政治集团进行冷静观察和客观分析，了解他们的成败得失，做出自我判断，并与避居当地的诸多名士交流探讨，纵论时势畅想未来。这样的隐居，实际上是在等待时机，期遇明主。一旦生逢明主，得遇机会，便"鞠躬尽瘁，死而后已"，为报答知遇，更为实现自己的政治理想和宏伟抱负耗尽毕生心血。这不光是自我价值的驱动，更是中国古代知识分子"以天下为己任"的责任意识和担当精神的体现，也是"君敬臣忠"之儒家义礼的典型范例。

再者诸葛亮之所以选择无尺寸地盘的刘备，正是在充分客观地审时度势之后，看中了其不甘人下，胸怀大志，急切渴望壮大实力逐鹿中原，却又因缺乏真正的谋略之士，茫然无所适从的现实状况，只有这样，才能最大限度发挥他的才能，体现其韬略的深远。而彼时无论曹操还是孙权处都有不止一个倚重的谋臣。历史也终究证明：恰恰是这耐得住寂寞的等待和冷静睿智的抉择，才最终成就了三分天下的鼎立三国。看来韬光养晦、待时而动，冷静自持，不盲目不从众，才是报效祖国、成就功业的真正秘诀。

2.前后互补，严谨细致的叙事结构

本文短小精练却言简意赅、文省而深刻，人物形象围绕"隆中对策"徐徐展开，层次清晰，结构谨严。

对前：通过正面叙述和他人的烘托，勾画出了诸葛亮与众不同的总体印象，一句"时人莫之许也"把诸葛亮深沉自持，不夸夸其谈，谨慎从事的性格表现出来。而刘备的枉驾三访更是引人深思，从侧面为凸显诸葛亮的非凡才智起到极大的渲染铺垫，之后的隆中对策也便显得水到渠成。

对中：作者让人物自己尽情发挥，先从不可以争的人、地说起，说明为什么不可争不可图；接着论哪些人可与争、哪些地方可以图；最后是实施的具体规划和步骤。由近及远，从内政、外交和军事路线各个方面层层深入，客观周详地描绘出了魏、蜀、吴鼎足三分的宏伟蓝图。至此诸葛亮的雄才大略、沉稳有度和刘备的欲图大志、求贤若渴的形象便鲜活地显现出来。

而对后的反响更是加深了这个印象，使人物形象更为丰满，叙事结构更为完整。作者不直接说先主与孔明如何日日交谈筹划未来，而是借关张的不悦来引发先主的鱼水之论，强化了明君贤相的典型形象和隆中对策的举足轻重。陈寿被时人誉为"善叙事，有良史之才"，于此可见一斑。

【诵读体情】

1.请大家反复阅读原文，仔细揣摩人物形象和语言特色。并试着用通畅的现代汉语翻译"隆中对策"的战略规划。结合诸葛亮《前出师表》，试着分析一下"隆中对策"的可行性和前瞻性。

2.古文学习，诵读十分重要。请大家在理解的基础上反复朗读，熟读成诵。并在诵读中大胆畅想：假如你是诸葛亮，该如何完成这高远的国家构想？

3.古人云："独学而无友，则孤陋寡闻。"请你找几个学伴扮演其中主要角色，再现隆中对的旷世风采！

朋党论

欧阳修

臣闻朋党之说，自古有之，惟幸人君辨其君子小人而已【1】。大凡君子与君子以同道为朋【2】，小人与小人以同利为朋，此自然之理也。

然臣谓小人无朋，惟君子则有之。其故何哉？小人所好者利禄也，所贪者财货也。当其同利时，暂相党引以为朋者【3】，伪也；及其见利而争先，或利尽而交疏，则反相贼害【4】，虽其兄弟亲戚，不能自保。故臣谓小人无朋，其暂为朋者，伪也。君子则不然。所守者道义，所行者忠信，所惜者名节【5】。以之修身，则同道而相益；以之事国，则同心而共济【6】；终始如一，此君子之朋也。故为人君者，但当退小人之伪朋【7】，用君子之真朋，则天下治矣。

尧之时，小人共工、驩兜等四人为一朋【8】，君子八元【9】、八恺十六人为一朋【10】。舜佐尧，退四凶小人之朋，而进元、恺君子之朋，尧之天下大治。及舜自为天子，而皋、夔、稷、契等二十二人并立于朝【11】，更相称美【12】，更相推让，凡二十二人为一朋，而舜皆用之，天下亦大治。《书》曰【13】："纣有臣亿万，惟亿万心【14】；周有臣三千，惟一心【15】。"纣之时，亿万人各异心，可谓不为朋矣，然纣以亡国。周武王之臣，三千人为一大朋，而周用以兴【16】。后汉献帝时【17】，尽取天下名士囚禁之【18】，目为党人【19】。及黄巾贼起【20】，汉室大乱，后方悔悟，尽解党人而释之【21】，然已无救矣。唐之晚年，渐起朋党之论【22】。及昭宗时【23】，尽杀朝之名士，咸投之黄河，曰："此辈清流，可投浊流【24】。"而唐遂亡矣。

夫前世之主，能使人人异心不为朋，莫如纣；能禁绝善人为朋，莫如汉献帝；能诛戮清流之朋，莫如唐昭宗后世；然皆乱亡其国。更相称美推让而不自疑，莫如舜之二十二臣，舜亦不疑而皆用之；然而后世不诮舜为二十二朋党所欺【25】，而称舜为聪明之圣者，以能辨君子与小人也。周武之世，举其国之臣三千人共为一朋，自古为朋之多且大，莫如周；然周用此以兴者，善人虽多而不厌也【26】。

嗟呼！治乱兴亡之迹【27】，为人君者，可以鉴矣【28】。

【注释】

【1】惟：只。幸：希望。

【2】大凡：大体上。道：一定的政治主张或思想体系。

【3】相党：互相勾结。

【4】贼害：残害。

【5】守：信奉。名节：名誉气节，这是士大夫最自重的品行。

【6】之：指代上文的"道义""忠信""名节"。修身：按一定的道德规范进行自我修养。济：取得成功。

【7】退：排除，排斥。

【8】共（gòng）工、驩兜（huān dōu）等四人：指共工、驩兜、鲧（gǔn）、三苗，即后文被舜放逐的"四凶"。

【9】八元：传说中上古高辛氏的八个才子。即伯奋、仲堪、叔献、季仲、伯虎、仲熊、叔豹、季狸。"元"是善良的意思。他们具有忠、肃、共、懿、宣、慈、惠、和八种品德，具体说就是忠心奉上、严肃谨慎、临事恭敬、懿美淳厚、宣传德教、慈爱遍民、恩惠百姓、和蔼可亲。

【10】八恺：传说中上古高阳氏的八个才子。即苍舒、隤敳（tuí ái）、梼戭（táo yǎn）、大临、尨降、庭坚、仲容、叔达。"恺"是和惠的意思。

【11】皋（gāo）、夔（kuí）、稷（jì）、契（xiè）：传说他们都是舜时的贤臣，皋掌管刑法，夔掌管音乐，稷掌管农业，契掌管教育。《史记·五帝本纪》载："舜曰：'嗟！（汝）二十有二人，敬哉，惟时相天事。'"

【12】更（gēng）相：互相。

【13】《书》：《尚书》，也称《书经》。

【14】惟：语气词，这里表判断语气。

【15】周：指周武王，周朝开国君主。

【16】用：因此。

【17】后汉献帝：东汉最后一个皇帝刘协。逮捕，囚禁"党人"应是桓帝、灵帝时的宦官所为。

【18】尽取天下名士囚禁之：东汉桓帝时，宦官专权，一些名士如李膺等二百多人反对宦官被加上"诽讪朝廷"的罪名，逮捕囚禁。到灵帝时，李膺等一百多人被杀，六七百人受到株连，历史上称为"党锢之祸"。

【19】目：作动词用，看作。

【20】黄巾贼：此指张角领导的黄巾军。"贼"是旧时统治者对农民起义的诬称。

【21】解：解除，赦免。

【22】朋党之论：唐穆宗至宣宗年间（821—859），统治集团内形成的牛僧孺为首的牛党和以李德裕为首的李党，朋党之间互相争斗，历时四十余年，史称"牛李党争"。

【23】昭宗：唐朝将要灭亡时的一个皇帝。杀名士投之黄河本发生于唐哀帝天佑二年，哀帝是唐代最后一个皇帝。

【24】"此辈清流"两句：这是权臣朱温的谋士李振向朱温提出的建议。朱温在白马驿（今河南洛阳附近）杀大臣裴枢等七人，并将他们的尸体投入黄河。清流，指品行高洁的人。浊流，指品格卑污的人。

【25】诮（qiào）：责备。

【26】厌：通"餍"，满足。

【27】迹：事迹。

【28】鉴：动词，照，引申为借鉴。

【初读知情】

俗话说"知人论世"，也讲"文如其人"。我们只有全面了解一个文人或志士的人生阅历和其与众不同的价值取向后，才能更清晰而深刻地理解其作品中所表现出来的那种独到的境界，但对于本文的作者，一般人只知道欧阳修（1007—1072），字永叔，号醉翁、晚号六一居士，吉州永丰（今江西省吉安市永丰县）人，北宋政治家、文学家、史学家。官至翰林学士、枢密副使、参知政事，谥号文忠，世称欧阳文忠公。与韩愈、柳宗元和苏轼合称"千古文章四大家"。又与韩愈、柳宗元、苏轼、苏洵、苏辙、王安石、曾巩被世人称为"唐宋散文八大家"。

其实欧阳修还有鲜为人知的其他方面，一方面他是一位博学家，一生涉猎很广，在许多方面取得了一般人难以企及的成就。在金石学方面，他编辑和整理了周代至隋唐的金石器物、铭文碑刻上千种，并撰写成《集古录跋尾》十卷四百多篇学术价值很高的文稿，简称《集古录》，是现存最早的金石学著作；在史学方面，除了参加修订《新唐书》250卷外，又亲自撰写了《五代史记》（《新五代史》）；在经学方面，他研究《春秋》，能不拘守前人的学说，提出自己独到的见解；在农学方面，他曾到民间广泛调研，将洛阳牡丹的栽培历史、种植技术、品种、花期以及赏花习俗等做了详尽的考察和总结，撰写了《洛阳牡丹记》一书,包括《花品序》《花释名》《风俗记》三篇。书中列举牡丹品种24种,是历史上第一部具有重要学术价值的研究牡丹花的专著;在书法方面,他也有极高的造诣,朱熹说:"欧阳公作字如其为人,外若优游,中实刚劲。"由此可见,欧阳修是一位博学而又多才的政治家。

另一方面,或许因他的文学成就过高而被冲淡了,其实他人生历经坎坷,仕途几度沉浮。北宋景德四年(1007),欧阳修出生于绵州(今四川绵阳),当时他父亲任绵州推官,已经56岁了。3年后,父亲去世。欧阳修是家里的独子,与母亲郑氏相依为命,孤儿寡母只得到湖北随州去投奔欧阳修的叔叔。叔叔家不是很富裕,好在母亲郑氏是受过教育的大家闺秀,用荻秆在沙地上教欧阳修读书写字。他天资聪颖,又刻苦勤奋,其叔由此看到了家族振兴的希望,曾对欧阳修的母亲说:"嫂子不必担忧家贫子幼,你的孩子有奇才,不仅可以创业光宗耀祖,他日必然闻名天下。"

家境的不幸和成长的艰难造就了他勤奋好学,百折不挠的性格,也培养了他办事认真,不畏权贵,爱憎分明,坚持正义,清正廉洁的品格。当我们了解欧阳修这些不平凡的人生经历后,自然就会对他在大是大非面前保持冷静头脑严密的思维,对被政敌指控为"朋党"时,站在历史的高度,从"兴国"还是"亡国"的层面旁征博引,纵横捭阖,以无可辩驳的逻辑力量,拨云见日,不仅捍卫了自身的利益,更将对手置于死地。因为正义之情贯穿全文,加之博学之辩为之护航,使之立于不败之地。

欧阳修早年坎坷的人生历练,反而成了他日后奋发有为的基石。还真印证了"逆境出英才"的古训,欧阳修的成长经历是非常励志的,我们从他身上汲取精神食粮,激励着我们奋发努力。

【复读认情】

欧阳修为什么要写这篇文章,又要达到什么样的目的呢?我们不妨翻阅一下当时的历史,欧阳修生活的时代,当时革新派与守旧派的斗争相当激烈。

从宋仁宗时期起,官僚集团中的"朋党"之争日益盛行。"朋党"现象虽不起始于宋代,却是宋代政治史上挥之不去的阴影,"朋党"之祸成为宋代政治生态最为突出的现象。在历史上,"朋党"从来都不是一个褒义词。它起初指同类之人为了私自的目的而互相勾结,后引申为士大夫各树党羽、互相倾轧。

庆历三年(1043),韩琦、范仲淹、富弼等执政,欧阳修、余靖等也出任谏官。这时开始实行一些政治改革。但他们这些进步人士早已被保守派官僚指为"朋党"。宋仁宗在宝元元年（1038）特意下过"戒朋党"的诏书。到了庆历三年（1043），吕夷简虽然被免职，但他在朝廷内的影响还是根深蒂固的。为了反对改革，以夏竦为首的一伙保守派官僚就正式攻击范仲淹、欧阳修是"党人"。范仲淹因为直言遭到贬职，欧阳修在朝廷上争论力救。结果欧阳修被连坐范仲淹也被贬。还有一些大臣也因为力救范仲淹而被贬，当时便有一些大臣将范仲淹及欧阳修等人视为朋党。后来仁宗时范仲淹与欧阳修再次被召回朝廷委以重任。欧阳修当时担任谏官，欧阳修就在庆历四年（1044）奋笔写就这篇雄文——《朋党论》，并呈献给当时的最高统治者，对多年的政敌进行一次彻底的理论清算，也是对郁积在自己胸中的不平的一次痛快的倾吐。

《朋党论》这篇著名奏章，被评为欧阳修最好的文章之一，也是"文起八代之衰"的古文运动中最好的文章之一；在汉语言文学传世的政论散文中，也是最好的文章之一。该文实践了欧阳修"事信、意新、理通、语工"的理论主张。反复诵读这篇美文，看看作者是以何等的度量来对待政敌的，又是以何等的博学和何等缜密的思维来使自己变被动为主动的。

【点拨悟情】

我们平时在阅读的过程中是否有这样的体验呢？偶尔读到一篇绝妙的作品时，会情不自禁地跟作者产生强烈的共鸣，时而心花怒放，时而手舞足蹈，时而拍案而起，时而拂袖而去，不由自主地情绪波动。可是要让我们说说为什么会这样时，似乎又说不清楚，真有一种"只可意会，不可言传"的感觉。真乃：酒不醉人人自醉，杯杯美酒沁心扉。美文佳作醉千回，回回难解其中味。其实，我们看美景也好，赏佳作也罢，只要我们选择好合适的角度，横看的"岭"和侧看的"峰"我们都能领略得到，那么《朋党论》的美要如何去欣赏呢？

1.不避锋芒，顺势夺枪，反客而为主。这是一篇驳论文。文章起笔不凡，"朋党之说，自古有之"，对于小人用来陷人以罪、一般人都闻"朋党"而色变的"朋党之说"，欧阳修并不有意回避，更不着急辩解，相反倒是明确地承认"朋党古则有之"，这样便顺势夺取了政敌手中用于进攻的武器，而将主动权牢牢地掌握在自己手中，使自己立于不败之地。"朋党"，在欧阳修以前的古书中，基本上是作为贬义出现的，在本文中，欧阳修能力排众议，大胆地提出了"朋党自古就有并有君子小人之分"。这种提法本身就有些骇世惊俗，作者是需要有一定勇气的。看似简单，实则包含三个方面内容：首先，"朋党之说，自古有之"，无可大惊小怪；其次，"朋党"有别，性质不同，所起作用不同。"朋党"有"君子真朋"与"小人伪朋"之别；再次，人君要善于辨别，更要懂得并重用于国于君于民有利的"真朋"。作者首先从道理上论述君子之朋与小人之朋的本质区别；继而引用了六件史实，以事实证明了"朋党"的"自古有之"；最后通过对前引史实的分析，正反两面深入剖析，有力论证了人君用小人之朋，则国家乱亡，用君子之朋，则国家兴盛的道理。文章写得不枝不蔓，中心突出，有理有据，剖析透辟，具有不可辩驳的逻辑力量。

2.旗帜鲜明，对比展开，理不言而自明。本文是一封奏章。它具有鲜明的针对性和强烈的战斗性。文章开篇就提出论点，说明"朋党"自古有之，问题的关键在于人君要善于区别出哪是"君子之朋党"，哪是"小人之朋党"。接着剖析"君子之朋"和"小人之朋"的根本区别，然后通过征引六件史实，证明人君重用君子之朋，国家就兴，天下就治；反之，天下就乱，国家就亡，最后提醒仁宗一定要从历史史实中吸取教训。结尾又与开篇相呼应，使得文章观点鲜明，论据充足，行文婉曲，结构完整，有很强说服力。纵观全文，既有理论，又摆事实，逐层辩证，又层层对比，语言简洁，词锋犀利，在欧阳修的驳论文章中颇有代表性。苏轼曾有评曰："其言简而明，信而通，引物连类，析之以至理，以服人心。""事实胜于雄辩"，对比之中"用真朋""退伪朋"的道理不言自明。

3.立意高远，大气磅礴，不战而服人。文贵以情动人，亦贵以理服人，但更贵以气夺人。在历代人心目中，"朋党"是围绕私利而组成的集团，其"结党"目的是为营私，根本就无道义可言。同党之人为遂其私欲而不择手段，肆意诬陷非党之人，污染官场风气，扰乱统治秩序。对统治者来说，"朋党"现象是不祥之物，"朋党"兴则国衰亡。由于这种观念已深入人心，无论何人，一旦被指为"朋党"，不仅意味着政治生命的完结，而且也会在道义上背上恶名。因此，以"朋党"之名攻击政敌，历来是官僚政治集团斗争的可怕武器。

欧阳修被政敌指为"党人"，但他并没有站在自身的角度叫冤屈，并非为一己私利而鸣不平，更没有为报个人恩怨而和政敌针锋相对地交锋，而是站在国家"治"与"乱"，社稷"兴"与"亡"的高度来立论，立论基础很显然高人一等。再者，行文大气磅礴，不愧为"大家""史家""博家"之作，作者引经据典，旁征博引，丰富而详实的史料，信手拈来，正反展开，进攻防守，进退自如，大有走马下坡，势如破竹的气势。这样的论证使自己的主张牢不可破，使政敌的险恶无处遁形，使统治者能明辨是非，治国理政时能正确决策。

【诵读体情】

人常说"经典不厌百回读，越读味越长"。本文精准的用词、恰当的修辞、严密的推理、详实的史料、严谨的句式、多种表达方式综合使用，读起来荡气回肠，听起来无可辩驳。如果我们再转换成现代汉语，文白对着来读，那雄辩的气势、那从容的气度、那丰富的文采、那充沛的情感、那严密的推理、那严谨的结构、那精准的史料……"呜呼妙哉！"简直无可名状！我们在尽情地诵读的同时，请思考以下问题：

1.欧阳修人生路是坎坷不平的，但最后竟然在多方面取得了巨大的成就，想想当我们，在生活中遇到一点困难的时候还会抱怨命运的不公甚至畏缩不前吗？你从作者的人生经历上获得了哪些精神力量呢？请结合自身实际写一点感悟性心得吧。

2.欧阳修的论辩技巧实在是高超，反复诵读中我们会受到巨大的启示，那么，在我们的日常生活中有时或许会被人误解甚至是恶意的诬陷，那你将如何进行自卫又将如何揭穿对方的阴谋进而使自己立于不败之地呢？请结合本文的特点总结几点反驳技巧，以便提升我们严密的论辩思维。

3.试将本文翻译成现代汉语，文白对照着反复诵读，仔细体会作为一个政治家、一个文学家、一个博学家所体现出来的那种不以一己私利为主而以国家安危为重的博大胸怀。然后深刻反思一个问题：在实现中华民族的伟大复兴这一"中国梦"的时候你将怎样完成你的使命？

六国论

苏洵

六国破灭，非兵不利【1】，战不善【2】，弊在赂秦【3】。赂秦而力亏，破灭之道也。或曰【4】："六国互丧，率赂秦耶【5】？"曰："不赂者以赂者丧，盖失强援【6】，不能独完。"故曰："弊在赂秦也。"

秦以攻取之外【7】，小则获邑，大则得城。较秦之所得，与战胜而得者，其实百倍；诸侯之所亡，与战败而亡者，其实亦百倍。则秦之所大欲【8】，诸侯之所大患，固不在战矣。思厥先祖父【9】，暴霜露，斩荆棘，以有尺寸之地。子孙视之不甚惜【10】，举以予人，如弃草芥。今日割五城，明日割十城，然后得一夕安寝。起视四境，而秦兵又至矣。然则诸侯之地有限，暴秦之欲无厌【11】，奉之弥繁，侵之愈急。故不战而强弱胜负已判矣。至于颠覆【12】，理固宜然【13】。古人云："以地事秦【14】，犹抱薪救火，薪不尽，火不灭。"此言得之【15】。

齐人未尝赂秦，终继五国迁灭【16】，何哉？与嬴而不助五国也【17】。五国既丧，齐亦不免矣。燕赵之君，始有远略，能守其土，义不赂秦【18】。是故燕虽小国而后亡，斯用兵之效也。至丹以荆卿为计【19】，始速祸焉【20】。赵尝五战于秦，二败而三胜。后秦击赵者再【21】，李牧连却之【22】。洎牧以谗诛【23】，邯郸为郡，惜其用武而不终也。且燕赵处秦革灭殆尽之际，可谓智力孤危【24】，战败而亡，诚不得已。向使三国各爱其地【25】，齐人勿附于秦，刺客不行，良将犹在，则胜负之数【26】，存亡之理，当与秦相较【27】，或未易量【28】。

呜呼！以赂秦之地封天下之谋臣，以事秦之心礼天下之奇才，并力西向，则吾恐秦人食之不得下咽也【29】。悲夫！有如此之势，而为秦人积威之所劫【30】，日削月割，以趋于亡。为国者无使为积威之所劫哉【31】！

夫六国与秦皆诸侯，其势弱于秦【32】，而犹有可以不赂而胜之之势。苟以天下之大【33】，下而从六国破亡之故事【34】，是又在六国下矣。

【注释】

【1】兵：兵器

【2】善：好。

【3】弊在赂秦：弊病在于贿赂秦国。赂，贿赂。这里指向秦割地求和。

【4】或曰：有人说。这是设问。下句的"曰"是对该设问的回答。

【5】率：都，皆。

【6】盖：承接上文，表示原因，有"因为"的意思。

【7】攻取：用攻战（的办法）而夺取。

【8】所大欲：所最想要的（东西）。大，最。

【9】厥先祖父：泛指他们的先人祖辈，指列国的先公先王。厥，其。先，对去世的尊长的敬称。祖父，祖辈与父辈。

【10】视：对待

【11】厌：同"餍"，满足。

【12】颠覆：灭亡。

【13】理固宜然：（按照）道理本来就应该这样。

【14】事：侍奉。"以地事秦……火不灭"：语见《史记·魏世家》和《战国策·魏策》。

【15】此言得之：这话对了。得之，得其理。之，指上面说的道理。

【16】迁灭：灭亡。古代灭人国家，同时迁其国宝、重器，故说"迁灭"。

【17】与嬴：亲附秦国。与，亲附。嬴，秦王族的姓，此借指秦国。

【18】义：名词作动词，坚持正义。

【19】本句是说燕子丹用荆轲刺秦王作为计策，开始（加速）祸端。

【20】始：才。速：招致。

【21】再：又一次。

【22】却：使……退却（动词的使动用法）。

【23】洎：及，等到。以：因为。谗：小人的坏话。

【24】智力：智谋和力量（国力）。

【25】向使：以前假如。

【26】胜负之数，存亡之理：胜负存亡的命运。数，天数。理，理数。皆指命运。

【27】当：同"倘"，如果。

【28】易量：容易判断。

【29】食之不得下咽也：指寝食不安，内心惶恐。下，向下，名作动。咽，吞咽。

【30】而：却。积威：积久而成的威势。劫：胁迫，劫持。

【31】为国者无使为积威之所劫哉：治理国家的人不要被积久的威势胁迫啊！

【32】于：比。

【33】苟：如果。以：凭着。

【34】下：降低身份。

【初读知情】

苏洵（1009—1066），字明允，汉族，眉州眉山（今属四川眉山）人。北宋文学家，与其子苏轼、苏辙合称"三苏"，均被列入"唐宋八大家"。苏洵长于散文，尤擅政论，议论明畅，笔势雄健，有《嘉祐集》传世。唐宋八大家都有谁？《六国论》的创作背景是怎样的？让我们一起来重温一下创作背景吧。

　　《六国论》选自《嘉祐集》卷三。这是苏洵所写的《权书》中的一篇，《权书》共 10 篇，都是史论的性质。苏洵写这篇文章并不是单纯地评论古代的历史事件，而是借古讽今，警告北宋统治者不要采取妥协苟安的外交政策。

　　联系文后注释把课文通读一遍。

【复读认情】

　　苏洵为什么会写这篇文章呢？总体来看，有许多文史家都很关注"六国被秦国灭亡的教训"这一话题。仅"三苏"就每人写了一篇《六国论》。苏轼的《六国论》，针对六国久存而秦速亡的对比分析，突出强调了"士"的作用。苏轼认为，六国诸侯卿相皆争养士，是久存的原因。只要把那些"士"养起来，老百姓想造反也找不到带头人了，国家就可以安定了。苏辙的《六国论》则是针对六国不免于灭亡的史实，指出他们相继灭亡的原因是不能团结一致，共同抗战，灭国是咎由自取。

　　苏洵的《六国论》不同于以上两篇。苏洵不是就事论事，而是借题发挥。苏洵的写作目的不在于总结六国灭亡的教训，而在于警告宋朝统治者勿蹈六国灭亡的覆辙。借古喻今，以谈论历史供当今统治者借鉴，这是苏洵比其二子高出的地方。由历史情况看，一方面六国灭亡的原因并不是"赂秦"。六国的失败，主要是政治上保守，因循守旧，不重视改革，不能坚持"合纵"政策去对付秦国的"连横"政策，被秦国远交近攻的手段各个击破。另一方面，秦孝公任用商鞅变法，使秦国国力大增，具备了统一中国的实力。加上战国时期长期的战乱，民不聊生，人们渴望实现由分裂到统一这一愿望。秦灭六国，一统中国，是历史发展的必然趋势。苏洵对此心中了然，他在文中也承认这一点："以赂秦之地，封天下之谋臣；以事秦之心，礼天下之奇才，并力西向，则吾恐秦人食之不得下咽也。"然而作者用意不在此，他的意图是点明赂秦是六国灭亡的原因，以此警告宋朝统治者，不要用贿赂的方法对待契丹和西夏，要用武力，要抵抗。明代何仲默说过："老泉论六国赂秦，其实借论宋赂契丹之事，而卒以此亡，可谓深谋先见之识矣。"

　　宋朝建国后，宋太祖片面地接受唐朝藩镇割据，尾大不掉，以至灭亡的教训，采取了"虚外实内"的政策，削弱边关的实力，调集重兵驻守京城。结果造成了边关的空虚。辽国乘虚而入，屡犯边疆。宋太宗继位后，曾两次派兵击辽，均遭失败。后宋太宗两次进攻幽州，企图夺回幽云十六州，又遭败绩。真宗景德元年（1004），辽大兵压境，直逼澶州城下（今河南濮阳），威胁汴京开封。于是，宋与辽签订了"澶渊之盟"，答应向辽输岁币银十万两，绢二十万匹。到了仁宗庆历二年（1042），辽再次要挟，宋只得增加币银十万两，绢十万匹。第二年（1043），西夏也来要，又是赐岁币银十万两，绢十万匹，茶三万斤。人民的血汗就在这种纳赐之中，付之东流。苏洵对此痛心疾首，他借古喻今，纵横恣肆，痛陈利弊，对当权者进行规劝，希望其改弦易辙，增强国力，与敌斗争。苏洵的议论虽不无可商榷处，但总的立论是正确的，并且不幸为苏洵所言中：就在苏洵死后六十年，终于发生了"靖康之变"（1126），北宋重蹈了六国的覆辙，为后起的金所灭，徽、钦二帝被俘，客死异国他乡。

《六国论》除去在立论上具有借题发挥、借古喻今的写作特点外，在论证的严密性、语言的生动性上也堪称典范。第一段的逻辑性是非常严密的。作者开篇亮出观点："六国破灭，非兵不利，战不善，弊在赂秦。"开宗明义，直截了当，使读者一眼就抓住了论者的中心。然后，作者解释论点："赂秦而力亏，破灭之道也。"这就指出了贿赂的危害，言简意赅，要言不烦。再后，作者设问："六国互丧，率赂秦耶？"答曰："不赂者以赂者丧，盖失强援，不能独完。"这就使得文章逻辑严密，无懈可击。最后一句总结全段："故曰：'弊在赂秦也。'"这一段起到了"纲"的作用，后面的二、三两段实际上是围绕第一段展开的。

本文的语言生动有力。议论性的句子简洁有力，叙述性的句子生动感人。比如："思厥先祖父，暴霜露，斩荆棘，以有尺寸之地。子孙视之不甚惜，举以予人，如弃草芥。今日割五城，明日割十城，然后得一夕安寝。起视四境，而秦兵又至矣。"这些叙述语言本身带有主观感情，还有描述的特点。作者还运用引用、对比、比喻等手法，使语言灵活多样，增强了表达效果。本文的句式也整饬有度，特别是四字句占了一定比例，读起来铿锵有力，掷地有声，富有节奏感。文章史实论据典型、充分，分析、对比、比喻等论证具有很强的逻辑性和说服力，句式多变，感情激切，富有感染力。本文虽是史论，但作者本意不在于论证六国灭亡的原因，而在于引出历史教训，讽谏北宋王朝放弃妥协苟安的政策，警惕重蹈六国灭亡的覆辙。

欧阳修评价苏洵的文章说："吾阅文士多矣，独喜尹师鲁、石守道，然意犹有所未足，今见子（苏洵）之文，吾意足矣。"的确如此，苏洵此文，奔腾上下，纵横出入，气势犹如江河决口。他见识深远，眼光犀利，议论精辟透彻，足警世人。无怪乎本文近千年来盛传不衰！

这篇文章，论点鲜明，论据充分，论证严密，试用自己的话复述主要内容。熟读课文之后，请概述《六国论》的主要内容，并从读者的视角阐述一下苏洵为什么会写六国论。

【点拨悟情】

1.借古讽今，针砭时弊

战国时期，七雄争霸。为了独霸天下，各国之间不断进行纷争。最后秦国逐个击破灭亡了六国。六国的灭亡存在多方面原因，其灭亡的根本原因实际是秦国经过商鞅变法的彻底改革，提高了生产力水平，确立了先进的生产关系，经济基础得到较快的发展，军事实力超过了六国。同时，秦灭六国，有其历史的必然性，那就是顺应了当时历史发展的大势——走向统一。本文属于史论，但并不是就历史谈历史，也不是进行史学的分析，而是以古鉴今，借史立论，抓住一个问题，选择一个角度，持之有故、言之成理地确立自己的论点，进而进行深入论证，来阐明自己对现实政治的主张。所以我们分析这篇文章，不是看它是否全面、准确地评价了历史事实，而是应该着眼于其强烈的现实针对性。本文从历史与现实相结合的角度，依据史实，抓住六国破灭"弊在赂秦"这一点来立论，针砭时弊，切中要害，表明了作者明达而深湛的政治见解。文末巧妙地联系北宋现实，点出全文的主旨，语意深切，发人深省。

2.论点鲜明，论证严密

本文为论说文，其结构完美地展现了论证的一般方法和规则，堪称古代论说文的典范。文章一开篇就提出六国破灭"弊在赂秦"的论点；然后以史实为依据，分别就"赂秦"与"未尝赂秦"两类国家从正面加以论证；又以假设进一步申说，如果不赂秦则六国不至于灭亡，从反面加以论证；从而得出"为国者无使为积威之所劫"的论断；最后借古论今，讽谏北宋统治者切勿"从六国破亡之故事"。文章围绕中心论点展开论证，既深入又充分，逻辑严密，无懈可击。全文纲目分明，脉络清晰，结构严整。不仅句与句、段与段之间有紧密的逻辑联系，而且古今相映，首尾呼应。文中运用引证、假设、例证等，特别是对比的论证方法。如"赂者"与"不赂者"对比；秦与诸侯双方土地得失对比，既以秦受赂所得与战胜所得对比，又以诸侯行赂所亡与战败所亡对比；赂秦之频与"一夕安寝"对比；以六国与北宋对比。通过对比增强了"弊在赂秦"这一论点的鲜明性、深刻性。

3.语言生动，气势充沛

在语言上，本文除了具有一般论说文言简意赅、用词准确的特点之外，还具有语言生动形象的特点。在论证中穿插"思厥先祖父……而秦兵又至矣"的描述，无疑是引古人之言来形象地说明道理，用"食之不得下咽"来形容"秦人"的惴惴不安，大大增强了文章的表达效果。本文的字里行间都饱含着作者的感情。不仅有"呜呼""悲夫"等强烈感情的嗟叹，而且在夹叙夹议的文字中，也流露着作者的情感。例如对"以地事秦"的憎恶，对"义不赂秦"的赞赏，对"用武而不终"的惋惜，对为国者"为积威之所劫"的痛惜、激愤，都溢于言表，有着强烈的感染力，使文章不仅以理服人，而且以情感人。再加上对偶、对比、比喻、引用、设问等修辞方式的运用，使文章"博辨以昭"（欧阳修语），不仅章法严谨，而且富于变化，承转灵活，纵横恣肆，起伏跌宕，雄奇遒劲，具有雄辩的力量和充沛的气势。

【诵读体情】

史实告诉我们，其实统一天下，并不一定要有过于强大的军队，有的应该是顺应世变的气势。商汤凭七百里的地方，统治了天下；周文王以百里之地，号令诸侯。凭的是什么？是气势！秦国有强大的气势，而诸侯畏惧它的气势，这就是六国灭亡的真正原因。

1.请你参看注释将本文翻译成现代汉语。分别用文言文和白话文朗读课文，体会文白之别，感受原文的魅力，体会作者的情感。并谈谈在《六国论》中，苏洵阐述的哪些道理值得我们借鉴呢。

2.联系史实和现实深刻反思"弱国无外交"的深刻内含，谈谈为什么2021年3月18日中共中央政治局委员、中央外事工作委员会办公室主任杨洁篪，国务委员兼外长王毅在安克雷奇同美国国务卿布林肯、总统国家安全事务助理沙利文举行中美高层战略对话中，杨洁篪"你们没有资格在中国的面前说，你们从实力的地位出发同中国谈话"的发言，大长全体中国人的志气。

第三单元 治国修身

大学之道

《大学》

　　大学之道【1】，在明明德【2】，在亲民【3】，在止于至善。知止而后有定【4】，定而后能静，静而后能安，安而后能虑，虑而后能得【5】。物有本末，事有终始。知所先后，则近道矣。古之欲明明德于天下者，先治其国；欲治其国者，先齐其家【6】；欲齐其家者，先修其身【7】；欲修其身者，先正其心；欲正其心者，先诚其意；欲诚其意者，先致其知【8】；致知在格物【9】。物格而后知至，知至而后意诚，意诚而后心正，心正而后身修，身修而后家齐，家齐而后国治，国治而后天下平。自天子以至于庶人【10】，壹是皆以修身为本【11】。其本乱而末治者否矣【12】。其所厚者薄，而其所薄者厚【13】，未之有也【14】!

【注释】

　　【1】大学之道：大学的宗旨。"大学"一词在古代有两种含义：一是"博学"的意思；二是相对于小学而言的"大人之学"。古人八岁入小学，学习"洒扫应对进退，礼乐射御书数"等文化基础知识和礼节；十五岁入大学，学习伦理、政治、哲学等"穷理正心，修己治人"的学问。所以，后一种含义其实也和前一种含义有相通的地方，同样有"博学"的意思。"道"的本义是道路，引申为规律、原则等，在中国古代哲学、政治学里，也指宇宙万物的本原、个体，一定的政治观或思想体系等，在不同的上下文环境里有不同的意思。

　　【2】明明德：前一个"明"作动词，有使动的意味，即"使彰明"，也就是发扬、弘扬的意思。后一个"明"作形容词，明德也就是光明正大的品德。

　　【3】亲民：根据后面的"传"文，"亲"应为"新"，即革新、弃旧图新。亲民，也就是新民，使人弃旧图新、去恶从善。

　　【4】知止：知道目标所在。

【5】得：收获。

【6】齐其家：管理好自己的家庭或家族，使家庭或家族和和美美，蒸蒸日上，兴旺发达。

【7】修其身：修养自身的品性。

【8】致其知：使自己获得知识。

【9】格物：认识、研究万事万物。

【10】庶人：指平民百姓。

【11】壹是：都是。本：根本。

【12】末：相对于本而言，指枝末、枝节。

【13】厚者薄：该重视的不重视。薄者厚：不该重视的却加以重视。

【14】未之有也：即未有之也。没有这样的道理（事情、做法等）。

【初读知情】

"大学之道"是儒学经典《大学》开篇第一句。《大学》原为《礼记》第四十二篇。宋朝程颢、程颐兄弟把它从《礼记》中抽出，编次章句，与《论语》《孟子》《中庸》相配合，到朱熹将《大学》《中庸》《论语》《孟子》合编注释，称为"四书"，《大学》便成了"四书"之一，成为儒家经典，创造性地提出了从修身、而后齐家、再次治国，最后至平天下的修身治国之道。至于《大学》的作者，程颢、程颐认为是"孔氏之遗言也"。

朱熹把《大学》重新编排整理，分为"经"一章，"传"十章，认为，"经一章盖孔子之言，而曾子述之；其传十章，则曾子之意而门人记之也"。就是说，"经"是孔子的话，由曾子记录下来；"传"是曾子解释"经"的话，由曾子的学生记录下来。

朱熹（1130—1200），字元晦、一字仲晦，号晦庵、晦翁、考亭先生、云谷老人、沧州病叟、逆翁。汉族，祖籍南宋江南东路徽州府婺源县（今江西婺源），出生于南剑州尤溪。19岁进士及第，曾任荆湖南路安抚使，仕至宝文阁待制。为政期间，申敕令、惩奸吏，治绩显赫。南宋著名的理学家、思想家、哲学家、教育家、诗人、闽学派的代表人物，世称朱子，是孔子、孟子以来最杰出的弘扬儒学的大师。

【复读认情】

结合注释，我们了解到，大学之道的"大学"其两种含义都有"博学"

之意，这与我们今天讲的大学内涵有相通之处吗？试着用自己的话说说对大学之道"大学"的理解吧？

儒家在责任等问题上，注重个人的自我修养，强调"利他"，以实现对社会和国家的责任，作为儒家经典之一的《大学》明确表达了修身治国的思想。

"大学之道"是儒学"三纲八目"的追求，"三纲领"根本，"八条目"是方法，强调道德修养、修心炼己是治理人心和德治社会的前提。"明明德，在亲民，在止于至善"的"三纲"，准确地揭示了儒学的基本精神，也道出了《大学》的主旨，这也是儒学"垂世立教"的目标所在。"三纲"第一条"明明德"即弘扬光明正大的品德，这光明正大的品德包含了人性中所有的优良品质，然而，《大学》的修身思想，仅仅是弘扬自我的美德吗？

第二条是"亲民"，重点是让人们改邪归正，保存善良和美好，从而使人成为"德性仁爱"的"新人"。修身不能局限于自身，而要通过个人自我改变人民，使世界人民成为新人，这才是最终的结果。

第三条是"止于至善"，善良是无限的，是个人自我修养的最终目标，这里的"止"是停止吗？当然不是，而是要知道做什么以及要达到的目标。永远不能停止追求很高的善意，达到了仍要追求卓越，从而将自己培养成为一个优秀的人，更为重要的是，要发挥示范作用，使更多的人成为全社会的好人，即由自我善良而带动他人善良。

所谓"八目"指"格物、致知、诚意、正心、修身、齐家、治国、平天下"，这既是为达到"三纲"而设计的条目，也是儒学为我们所展示的人生进修阶梯，这个过程包括"内修"和"外治"两大方面：前面四目"格物、致知、诚意、正心"是"内修"，后面三目"齐家、治国、平天下"是"外治"，中间的"修身"一环，是联结"内修"和"外治"的枢纽，它与前面的"内修"连在一起，是独善其身，与后面的"外治"连在一起，是"兼济天下"。

【点拨悟情】

《大学之道》提出"三纲领""八条目"，强调修身是根本，修身的目的是治国平天下，这说明治国平天下和个人修身立德是一致的。在长期占据中国封建统治思想主导地位的儒家文化中，修身、齐家、治国、平天下乃文人志士之所向往，个人、家族、民族、国家、天下联系密切。在古代中国人看来，个人、家族、民族、国家、天下并没有刻意分割，因而得以统一。这就启发我们：新时代，新征程，年轻一代一定要让个人梦想与中华民族伟大复兴中国梦同频共振，将中国精神一以贯之，立鸿鹄志，求真学问，练大本领，当实干家，谱写青春华章。

修身作为根本，一定要诚其意，也就是使意念真诚，不要自欺欺人，一切都发自内心。而要做到真诚，最大的考验是"慎其独"，即在一个人独处的时候也一定要谨慎；修身还须正其心，也就是心要专一，不被愤怒、恐惧、喜好、忧虑等情绪所干扰。在人的心理因素中，情感与理智是一对矛盾，正其心，就是要以端正的心思（理智）来驾驭感情，调节自己，以保持中正平和的心态，集中精神修养品性。三心二意，为情所牵，必不能达修身之目的。

由格物、致知、诚意、正心几个阶梯而实现内修的要求之后，进而要实行外治的功夫——齐家、治国、平天下。治国必先齐其家是以家族为中心的宗法制社会的现象，虽然现代社会情况已不同，但《大学》告诫为政者要以身作则，"君子有诸己而后求诸人，无诸己而后非诸人""其所令反其所好，而民不从""所藏乎身不恕，而能喻诸人者，未之有也"。这些思想仍可作为今日之为政者的座右铭。

平天下在治其国。一是强调在上位的君子应实行絜矩之道。絜指量度，矩指尺子，絜矩之道是指一言一行要有示范作用。二是强调民心的重要性：得众则得国，失众则失国。三是强调德与才比较，德为本，财为末。为政者若把财视为根本，就会与民争利。君王聚财敛货，民心就会失散；君王散财于民，民心就会聚在一起。四是强调德是为政之宝。忠诚信义，便会获得一切；骄奢放纵，便会失去一切。在用人上，必须爱憎分明，把德放在第一位。

《大学》的中心思想是讲修身，"自天子以至于庶人，壹是皆以修身为本"。以个人修身为中心，向内延伸到主观世界，与格物、致知、诚意、正心结合起来；向外延伸到客观世界，与齐家、治国、平天下结合起来。个人不能脱离社会而孤立存在，修身要与社会担当相结合，是儒学的显著特征之一。

【诵读体情】

"大学之道"是指"明明德，在亲民，止于至善"，这既是《大学》的提纲挈领，也是儒学"垂世立教"的根本。两千多年来，一代又一代知识分子追求"穷则独善其身，达则兼济天下"的人生境界，大学之道实质上已经不仅仅是一系列学说性质的进修步骤，而是具有浓厚实践色彩的人生追求阶梯了。它铸造了一代又一代中国知识分子的人格心理，时至今日，仍然在我们身上发挥着潜移默化的作用。不管我们积极还是消极，"格、致、诚、正、修、齐、治、平"的观念总是影响着我们的思想，左右我们的行动，我们的人生历程也是在儒学的进修阶梯上展开的。

结合注释再次阅读《大学之道》，请从以下几点出发，进行深入思考和探究。

1."大学之道"中的三纲八目分别指什么？请用现代汉语讲述三纲八目的具体内容。

2.准确流利地翻译全文，结合自身通过学习所获得的精神境界，再次体悟儒家经典《大学之道》的精髓。

知识的海洋是浩瀚无垠的。让我们再次诵读《大学之道》，深刻领会课文主旨，积极践行真善美的价值观，努力攀登人生求知的最高境界吧！

典论·论文

曹 丕

文人相轻，自古而然。傅毅之于班固【1】，伯仲之间耳【2】，而固小之【3】，与弟超书曰【4】："武仲以能属文【5】为兰台令史，下笔不能自休【6】。"夫人善于自见，而文非一体，鲜能备善【7】，是以各以所长，相轻所短。里语曰【8】："家有弊帚，享之千金【9】。"斯不自见之患也。

今之文人：鲁国孔融文举【10】、广陵陈琳孔璋【11】、山阳王粲仲宣【12】、北海徐干伟长【13】、陈留阮瑀元瑜【14】、汝南应玚德琏【15】、东平刘桢公干【16】，斯七子者【17】，于学无所遗，于辞无所假【18】，咸自以骋骥騄于千里【19】，仰齐足而并驰。以此相服，亦良难矣【20】！盖君子审己以度人，故能免于斯累【21】，而作论文。

王粲长于辞赋，徐干时有齐气【22】，然粲之匹也。如粲之《初征》《登楼》《槐赋》《征思》，干之《玄猿》《漏卮》《圆扇》《橘赋》，虽张、蔡不过也【23】，然于他文，未能称是。琳、瑀之章表书记【24】，今之隽也。应玚和而不壮，刘桢壮而不密。孔融体气高妙，有过人者，然不能持论，理不胜辞，至于杂以嘲戏【25】。及其所善，扬、班俦也【26】。

常人贵远贱近，向声背实，又患暗于自见，谓己为贤。

夫文本同而末异,盖奏议宜雅,书论宜理,铭诔尚实,诗赋欲丽【27】。此四科不同,故能之者偏也;唯通才能备其体【28】。

文以气为主,气之清浊有体,不可力强而致【29】。譬诸音乐,曲度虽均,节奏同检,至于引气不齐,巧拙有素,虽在父兄,不能以移子弟【30】。

盖文章,经国之大业【31】,不朽之盛事。年寿有时而尽,荣乐止乎其身,二者必至之常期【32】,未若文章之无穷。是以古之作者,寄身于翰墨,见意于篇籍,不假良史之辞,不托飞驰之势【33】,而声名自传于后。故西伯幽而演易,周旦显而制礼,不以隐约而弗务,不以康乐而加思【34】。夫然,则古人贱尺璧而重寸阴,惧乎时之过已【35】。而人多不强力【36】;贫贱则慑于饥寒,富贵则流于逸乐,遂营目前之务,而遗千载之功。日月逝于上,体貌衰于下,忽然与万物迁化,斯志士之大痛也!【37】

融等已逝,唯干著论,成一家言。

【注释】

【1】傅毅:东汉文学家,字武仲,茂陵(今陕西兴平东北)人。班固:字孟坚,东汉安陵(今陕西咸阳东)人。

【2】伯仲:兄弟排行。伯仲之间:意思是彼此相差无几。

【3】小之:看不起他(傅毅)。

【4】超:班固的弟弟班超,字仲升,曾出使西域。

【5】属(zhǔ)文:写文章。属,连缀。兰台令史:汉代整理王朝图书和办理书奏的官。

【6】下笔不能自休:写起文章来没完没了不知休止。

【7】鲜:很少有人。备善:全都精通。

【8】里语:俗话。里,同"俚"。

【9】享:当。

【10】鲁国:今山东曲阜。孔融:字文举。

【11】广陵:今江苏扬州。陈琳:字孔璋。

【12】山阳:今山东南部。王粲:字仲宣。

【13】北海:今山东昌乐县境。徐干:字伟长。

【14】陈留:今河南开封。阮瑀:字元瑜。

【15】汝南:今河南汝南东南。应玚:字德琏。

【16】东平:今山东东平东。刘桢:字公干。

【17】斯七子者:这七个人。"建安七子"之称始见于此。

【18】遗：遗漏。假：依傍。

【19】咸：都。

【20】以此相服，亦良难矣：以七子各自的才能，要互相推服，也很难的了。良，很。

【21】审：辨识。度：估量。累：弊病。

【22】齐气：一般解释为古代齐国地方习俗文气舒缓。这里是指徐干文章气势比较舒缓。

【23】《初征》《登楼》等篇是王粲所作的赋；《玄猿》《漏卮》等篇是徐干所作的赋。张、蔡：张衡和蔡邕。张衡，东汉文学家和科学家。蔡邕，东汉文学家，字伯喈，有《蔡中郎集》。

【24】章表书记：章，臣子上给皇帝的书。表，汉魏以来，臣子向皇帝表白心迹的书。书记，一般公文和应用文。

【25】体气：气质。这几句意思是：孔融的禀性和才气都很高妙，有过人的地方，但不善于写理论文章。他的文章辞藻胜于说理，还常常掺杂一些嘲戏的词句

【26】扬：扬雄，字子云，西汉末年的著名学者和辞赋家。班：班固。俦：匹侣，同辈。

【27】奏议宜雅：奏章议事要典雅庄重。书论宜理：书信和议论文要有条理。铭诔尚实：记载功德的铭文和记叙死者生平的诔文应崇尚真实。诗赋欲丽：诗歌、辞赋要辞藻华丽。

【28】科：科目，种类。通才：全才。

【29】气之清浊有体，不可力强而致：文气的或清或浊应有类型和来源，不是勉强可以达到的。

【30】曲度：曲谱。均：相同。检：法度。引气：运气行腔。素：素质，指人的天赋、本性。

【31】经国：治国。

【32】荣乐：荣耀欢乐。止乎其身：限于自己一身。二者：指年寿有尽，荣乐止身。常期：一定的限期。

【33】寄身于翰墨：从事文章著作。翰墨，笔墨，文章。见（xiàn）意：表露心意。篇籍：篇章，书籍。飞驰：指达官显贵。

【34】西伯：指周文王。文王曾被纣王囚于羑里，因推演《易》象而作卦辞。周旦：即周公旦，武王之弟，成王的叔父。成王即位时年幼，由周公旦摄政。曾改定官制，创制礼法。不以隐约而弗务：不因为贫困失志

而不写文章。隐约，穷困。不以康乐而加思：不因为富贵安乐而转移心思（不写文章）。加，转移。

【35】惧乎时之过已：深恐时间流逝过去。

【36】强力：努力。

【37】慑：害怕。流于逸乐：纵情享乐。流，放纵。迁化：变化。与万物迁化：指死亡。斯：这。大痛：最大的悲痛。

【初读知情】

曹丕（187—226），字子桓，曹操次子。在建安二十五年（220）废除汉献帝，自己做了皇帝，国号魏，建都洛阳。在位七年，谥号为"文"，世称"魏文帝"。曹丕博通经史，雅好文学，作为建安文学的代表之一，曹丕在文学创作的实践和理论探索上都做出了积极贡献。清代学者沈德潜在《古诗源》中这样评价曹丕："子桓诗有文士气，一变乃父悲壮之习矣。要其便娟婉约，能移人情。"曹丕的表现游子思妇离情别绪的作品《燕歌行》成为文学史上今见最早的完整的七言诗。在文学理论方面，曹丕的《典论·论文》是我国第一篇文学专论。魏晋南北朝被公认为"文学自觉"的时代，而文学自觉的重要标志之一就是：文学理论的发展和兴盛，由此可见，《典论·论文》作为第一篇文学专论是极具开创之功的，它标志着"文学自觉时代"的到来。

《三国志·魏书·文帝纪》载：

帝初在东宫，疫疠大起，时人彫伤，帝深感叹，与素所敬者大理王朗书曰："生有七尺之形，死惟一棺之士，唯立德扬名，可以不朽，其次莫如著篇籍。疫疠数起，士人彫落，余独何人能全其寿？"故论撰所著《典论》、诗赋，盖百余篇。①

从《三国志》这段话可知本文创作背景：曹丕本人有感于汉魏之交，战争频仍，瘟疫四起，生命难持的现实，以期通过"立德、立言"显身扬名，传于后世。这也是曹丕对个体生命意义和价值的深入思考，体现出"文学自觉"的另一个标志就是"人的觉醒"。

【复读认情】

1.文学批评论（审己度人）

《典论·论文》开篇提出"文人相轻，自古而然"这种不良的风气，并指

---

① 陈寿. 三国志（卷2）[M]. 北京：中华书局，1982：88.

出造成这种习气的原因：①贵远贱近，向声背实；②暗于自见，谓己为贤。

文非一体，鲜能善备。鉴于以上原因，曹丕先驳后立。在"文体""文气"说的基础上，曹丕提出了正确的文学批评观——"审己以度人"。在评论文学作品时，既要有自知之明，又要善于知人，才可以避免自高自大。

2.创作风格论

（1）文气说（创作主体）。曹丕认为作家的作品都与作家本人的先天的气质、禀赋、体性有关，在《典论·论文》中，他提出"文气说"："文以气为主，气之清浊有体，不可力强而致。譬诸音乐，曲度虽均，节奏同检，至于引气不齐，巧拙有素，虽在父兄，不能以移子弟。"这段论述揭示了作家天性与作品风格之间的关系，启发我们在研究作品风格特色时必须首先去了解作家的性格特点。这种"气"有清浊之分，是先天本具的，不可复制的，也无法传授与习得。曹丕以音乐来做比指出"曲度虽均，节奏同检，至于引气不齐，巧拙有素，虽在父兄，不能以移子弟"。同样的曲调，同样的节奏，由于弹奏者的行腔运气方法不同、素质不同，表演就有了巧拙之别。文学创作亦如此，曹丕指出文学风格的多样性和作家的创作个性有着密切关系。作家个性气质不同，写出的作品风格也各具特色，各有所长，难以兼备。如曹丕列举建安七子之"徐干时有齐气"（指徐干具有齐地的文风舒缓的特点），"应玚和而不壮"（应玚平和而不雄壮），"刘桢壮而不密"（刘桢雄壮而不细密），"孔融体气高妙"（孔融才性气质高孔融超灵妙）。

（2）四科八类（文体分类及不同文体的特征）。"夫文本同而末异，盖奏议宜雅，书论宜理，铭诔尚实，诗赋欲丽。此四科不同，故能之者偏也；唯通才能备其体。"

"文本同而末异"，所谓"本"指的是作品的思想感情和表现内容；所谓"末"指的是作品的表现形式，在这里指不同文体各具特点。

"奏议宜雅，书论宜理，铭诔尚实，诗赋欲丽"这是中国古代文论史上关于文体分类最早、最概括的理论观点。奏、议类文体是臣下上呈供统治者阅览的一类文书，所以，这两种文体归为一类，都应体现典雅性。书、论是议论性文章，应具有较强的说理性。铭、诔这两种文体主要记录死者的功德和寄托哀思，应崇尚真实性。诗、赋类文体属于抒情性质的文体，属于纯文学，应当辞藻华丽讲究文采。

结合创作主体的"文气"不同，创作内容的文体特征各异，曹丕提出"此四科不同，故能之者偏也；唯通才能备其体"。就是说作者各有自己擅长的文体，各种文体都擅长的只有通才才能做到。

3.文学价值论

曹丕提出：盖文章，经国之大业，不朽之盛事。将文学提高到至高无上的地位。其中"经国之大业"强调文学的政治功利性。这是对孔子"兴观群怨"观点和《诗大序》"经夫妇，成孝敬，后人伦，美教化"观点的继承，同时，又是在前人基础上的提升，他直接指出文学的价值——经世治国。

"不朽之盛事"则是作家对个体生存价值的思考。曹丕并不单纯强调文学的政治教化功能，他所称的文章是"奏、议、书、论、铭、诔、诗、赋"等各类文体，这些"文章"都是作者人生实践的结晶，正如"西伯幽而演易，周旦显而制礼，不以隐约而弗务，不以康乐而加思"，曹丕用西伯文王被商纣王拘禁而演《周易》与周公姬旦辅佐成王制定礼制的例子，说明文章是作家个体自我价值的体现，而这种个体价值"不假良史之辞，不托飞驰之势，而声名自传于后"，超越了以往依靠史书和权势来显身扬名的俗见，而自成不朽。

【点拨悟情】

在了解了《典论·论文》的作者、创作背景，以及文章内容后，我们来对本论文的写作特点进行总结。

1.例证典型，先驳后立

作者曹丕以班固轻视文学才华不相上下的傅毅之例子契入，指出"文人相轻"的原因"不自见之患"。并从建安文学的杰出代表中挑出七人：孔融、陈琳、王粲、徐干、阮瑀、应场、刘桢作为一个作家群体"建安七子"，他们也是各恃其才，各骋其能，不能相服。在确凿证据的基础上，提出"文人相轻"的两层原因："贵远贱近，向声背实"；"暗于自见，谓己为贤"。曹丕先驳后立，指出当下错误的文学批评，并提出正确的评价方法"审己以度人"。

2.由浅入深，见地深刻

前面论述从"一般社会心理和作家个人修养方面，推求文人相轻现象产生的原因"，接下来，曹丕向更深层次去追索，那么上述种种表现，实际上都可以归结为对于文学特点及其发展规律的无知。这样，曹丕的文章就自然而然地过渡到对两个核心的理论问题——文体论和文气说——的阐释。因为从创作的主体来说，是人各有气；而就作品这一客体来说，则文非一体。①

---

① 李壮鹰．中国古代文论教程[M]．北京：高等教育出版社，2005：128.

3.立论新颖，论证严密

曹丕是我国文学批评史上提出"文气说"的第一人。他说"文以气为主，气之清浊有体，不可力强而致。譬诸音乐，曲度虽均，节奏同检，至于引气不齐，巧拙有素，虽在父兄，不能以移子弟"。"气"指作家创作的个性特点和独创特色。"文气说"是对作家创作个性的确认。

总之，曹丕由小及大、由微至著，从作家群体的批评风气，到作家个体创作特色，到文章文体特色，到文章的价值与功用都做了论述，"《典论·论文》可以看作是我国文学走向自觉的理论标志"①。

【诵读体情】

材料一：

曹丕在《与王朗书》中表述了他著述《典论·论文》的原因："生有七尺之形死有一棺之土。唯立德扬名可以不朽，其次莫如著篇籍。疫疠数起，士人凋落，余独何人能全其寿？故论撰所著《典论》、诗赋，盖百余篇。"

材料二：

《典论·论文》作为一篇散文，【美】宇文所安说："或许可称之为曹丕的最佳之作，而它的力量来自深入曹丕骨髓的焦虑。"②

材料三：

鲁迅在《魏晋风度及文章与药与酒之关系》中说："用近代的文学眼光看来曹丕的一个时代可说是'文的自觉时代'，或如近代所说是为艺术而艺术的一派。"

结合上面三则材料思考：曹丕的创作缘由和创作价值？

墨池记

曾 巩

临川之城东，有地隐然而高【1】，以临于溪【2】，曰新城。新城之上，有池洼然而方以长【3】，曰王羲之之墨池者，荀伯子《临川记》云也。羲之尝慕张芝，临池学书，池水尽黑，此为其故迹，岂信然邪【4】？

方羲之之不可强以仕【5】，而尝极东方【6】，出沧海【7】，以娱其意

---

①李壮鹰. 中国古代文论教程[M]. 北京：高等教育出版社，2005：127.
② 宇文所安. 中国文论：英译与评论[M]. 上海：上海社会科学院出版社，2003：74.

于山水之间【8】；岂有徜徉肆恣【9】，而又尝自休于此邪【10】？羲之之书晚乃善【11】，则其所能，盖亦以精力自致者【12】，非天成也。然后世未有能及者【13】，岂其学不如彼邪【14】？则学固岂可以少哉【15】，况欲深造道德者邪【16】？

墨池之上，今为州学舍【17】。教授王君盛恐其不章也【18】，书'晋王右军墨池'之六字于楹间以揭之【19】。又告于巩曰："愿有记。"推王君之心【20】，岂爱人之善，虽一能不以废【21】，而因以及乎其迹邪【22】？其亦欲推其事以勉其学者邪【23】？夫人之有一能而使后人尚之如此【24】，况仁人庄士之遗风余思，被于来世者何如哉！

庆历八年九月十二日，曾巩记。

【注释】

【1】隐然而高：微微地高起。隐然，不显露的样子。

【2】临：从高处往低处看，这里有"靠近"的意思。

【3】洼然：低深的样子。方以长：方而长，就是长方形。

【4】信然：果真如此。邪：吗，同"耶"。

【5】强以仕：勉强要（他）做官。王羲之原与王述齐名，但他轻视王述，两人感情不好。后羲之任会稽内史时，朝廷任王述为扬州刺史，管辖会稽郡。羲之深以为耻，称病去职，誓不再仕，从此"遍游东中诸郡，穷诸名山，泛沧海"。

【6】极东方：游遍东方。极，穷尽。

【7】出沧海：出游东海。沧海，指东海。

【8】娱其意：使他的心情快乐。

【9】岂有：莫非。徜徉肆恣：尽情游览。徜徉，徘徊，漫游。肆恣，任意，尽情。

【10】休：停留。

【11】晚乃善：到晚年才特别好。《晋书·王羲之传》："羲之书初不胜庾翼、郗愔，及其暮年方妙。尝以章草答庾亮，而翼深叹伏。"

【12】盖：大概，副词。以精力自致者：靠自己的精神和毅力取得的。致，取得。

【13】及：赶上。

【14】岂其学不如彼邪：是不是他们学习下的功夫不如王羲之呢？岂，是不是，表示揣测，副词。学，指勤学苦练。

【15】则学固岂可以少哉：那么学习的功夫难道可以少下吗？则，那么，连词。固，原来，本。岂，难道，表示反问，副词。

【16】深造道德：在道德修养上深造，指在道德修养上有很高的成就。

【17】州学舍：指抚州州学的校舍。

【18】教授：官名。宋朝在路学、府学、州学都置教授，主管学政和教育所属生员。其：指代墨池。章：通"彰"，显著。

【19】楹间：指两柱之间上方挂匾额的地方。楹，房屋前面的柱子。揭：挂起，标出。

【20】推：推测。

【21】一能：一技之长，指王羲之的书法。不以废：不让它埋没。

【22】因以及乎其迹：因此推广到王羲之的遗迹。

【23】推：推广。学者：求学的人。

【24】夫：语气词，放在句首，表示将发议论。尚之如此：像这样尊重他。尚，尊重，崇尚。

【初读知情】

曾巩（1019－1083），字子固，建昌南丰（今江西南丰）人。他于宋仁宗嘉祐二年（1057）考取了进士，历任太平州司法参军、馆阁校勘、集贤院校理、越州通判，济州、福州知州，史馆修撰等职，最后官至中书舍人。曾巩是北宋著名的散文家，也是唐宋八大家之一。他的文章注重儒家道统，典重平实，不太讲求文采；但议论精辟透彻，叙事条理清晰，讲究行文的章法和布局，对后世产生了重要影响。他的著作有《元丰类稿》。

《墨池记》是北宋文学家曾巩创作的一篇散文。文章从传说中王羲之的墨池遗迹入笔，巧妙机智地借题发挥，撇下"墨池"之真假不说，而是重点论述王羲之的成功取决于其后天的不懈努力，顺理成章地强调了学习的重要性。全文交替使用记叙和议论，使文章的节奏呈现出不断起伏的层层波澜，从而突出了主题。是一篇文情并茂而又议论风生、结构谨严而又笔法洒脱的优秀作品。

联系课文后面的注释，把文章通读一遍吧。

【复读认情】

《墨池记》是作者什么时候写的？这是作者应抚州州学教授王盛之请

而写的，是作者的一篇流传很广的作品。文章从传说中王羲之墨池遗迹入笔，首先简洁明白饶有生趣地介绍墨池的地理位置以及来历，王盛题"晋王右军墨池"六字，并盛情邀请曾巩作记，就是为了借助贤人的名声和遗迹，来显扬本土人文景观，弘扬本土文化的精髓。

文章思想并无新颖之处，但如何体现了作者讲求行文布局，叙事条理清楚的特点？首段简略叙述墨池的处所、形状和来历，可谓简洁而明晰。接着开始议论，首先用揣测的语气含糊地认可是王羲之的"故迹"，然后把笔锋转向探讨王羲之成功的原因，从"羲之之书晚乃善"的事实，说明一种技能的成功，是"以精力自致"的，进而提出"深造道德"，更须努力。最后说明写作缘由，谈书法是"题中"之意，而谈"道德"，谈"仁人庄士之遗风"永垂后世，则属"题外"之意。全篇因物引人，由人喻理，又据理诲人，逐层深入，说理透辟而态度温和，颇见长者开导后生的儒雅气度。文章一边叙事，一边议论，叙议结合，借事立论，因小见大，言近旨远，十分切题。文中多处使用设问句，看似提问，实是肯定，语言委婉含蓄，引人深思。

把每一段都认真分析一下，看看作者是如何做到边叙事，边议论的。全文仅有三段，第一段的开头，不求开门见山，落笔点题，而是着眼于整体，落墨于大处，表面上写的全是新城，没有一个字提到墨池，其实却为我们粗线条地勾勒出墨池四周的地理环境，就像电影中的一个"全景镜头"。接着，作者收拢视线，缩小范围，由大及小，最后才突现出墨池。"新城之上，有池洼然而方以长，曰王羲之之墨池者，荀伯子《临川记》云也。"写到这里，题中"墨池"两字方才正式写出，又用"洼然而方以长"六个字，勾勒出墨池的外形特征，读者眼前顿时出现了墨池的"特写镜头"。这里应该提出的是："曰王羲之之墨池者"这一判断，是借古人荀伯子的口说出的，作者并不亲自道破，写法巧妙而富有情趣。传说中的王羲之的墨池，除了临川城东一处，此外还有多处，对于临川墨池的传说是否真实可靠，作者也仅仅是转述荀伯子的《临川记》的说法。之后用了"岂信然邪"这样一个设问句：难道这是真的吗？未加深论，这是作者写法的又一巧妙之处。以上是文章的第一段。从地理位置、外形特点、得名缘由三个方面，简明扼要地介绍了临川墨池的有关情况，给人留下了清晰的整体形象。行文曲折有致，构思精巧缜密，读来引人入胜。"临池学书，池水尽黑"八个字，说明了王羲之平时学书的刻苦专一，"费尽精力"，这就为下文的即事立论，提供了论据，埋下了伏笔。

写到这里，文章似乎可以顺势发展，进入议论了。可是作者并不急于要发表议论，而是在第二段的前半部分插进了一段回忆性的文字，追叙了王羲之的一段经历。前四句通过王羲之不愿为官而"极东方，出沧海"到处游览的具体行动，刻画出他厌恶浑浊官场，喜爱山水名胜，追求自在闲适生活的清高品格，同时又为引出"自休于此"做好准备；后两句"岂有徜徉肆恣，而又尝自休于此邪？"用设问推测的语气，指出他曾到过临川一带，也就间接地解释了临川城东为什么会留下墨池遗迹的原因，补充说明了临川墨池的来历。

经过对墨池位置、形状、来历等的简要介绍，进行层层铺垫之后，作者才由叙述转为议论，从墨池遗迹而生发出一番富有哲理的精辟论述："羲之之书晚乃善，则其所能，盖亦以精力自致者，非天成也。"这几句意思是：王羲之的书法到晚年才达到精妙绝伦的程度。他的书法成就是勤学苦练得来的，绝不是天生就有的。王羲之是杰出书法家，素有"书圣"美名。但据《晋书·王羲之传》所载，他的书法起初不比同时的书法家庾翼、郗愔（yīn)高明，直到晚年才臻于精善，进入妙境。有一次庾翼见到他用草书写的一封信，不由得大为惊叹，认为可与"草圣"张芝比肩。这里所谓"羲之之书晚乃善"，指的就是这一历史事实。作者紧紧抓住"晚乃善"三字，作为立论的重要依据，抓住问题的核心，只用三言两语，就顺理成章地做出了"则其所能，盖亦以精力自致者，非天成也"的正确论断，语气委婉但又十分坚定。其论证之精警，文笔之简洁，在古代散文中也算是出类拔萃的。为使文意进一步向纵深开阔，作者接着又用"然"字引出下文："然后世未有能及者，岂其学不如彼邪？则学固岂可以少哉，况欲深造道德者邪？"后来的人没有能赶得上王羲之的，莫非他们在学习方面所下的苦功不够吗？这样看来，在学习上下的苦功是不能少的呵！更何况要在道德方面达到很高的成就呢？这一段是全文的中心，重点突出了一个"学"字。

然而作者写作的最终目的，又并非是单纯强调学习，在他看来，提高道德修养，尤其重要。于是段末又用"深造道德"的学习尤不可废。这里的"岂其学不如彼邪？"和"况欲深造道德者邪？"两个疑问句式，都是表示完全肯定的语气。文章第三部分，作者掉转笔锋，折回墨池本身，全文显得峰回路转，波澜起伏。"墨池之上，今为州学舍"二句，是说现在这里已经成为州学的校舍，这是补写墨池的现状，由此便自然引出了州学教授王盛索文的经过："教授王君盛恐其不章也，书'晋王右军墨池'之六字于楹间以揭之。又告于巩曰：'愿有记。'""恐其不章"的"章"是"昭彰"

的"彰"的假借字，意思是显著、为人周知。"王右军"，王羲之曾经官至右军将军，所以史称"王右军"。"楹"，就是房屋前面的柱了。"揭"，原意是揭示、高举，这里引申为悬托。州学教授王盛担心墨池来历不能广为人知，于是书写了"晋王右军墨池"六字，悬挂在楹柱之间，又对作者说，希望能写一篇"记"。这几句写出了王盛对王羲之的褒扬之意，也交代了《墨池记》的写作缘起，文笔极其简洁。之后，文章分作两层，推究王盛这样做的用心。第一层："推王君之心，岂爱人之善，虽一能不以废，而因以及乎其迹邪？"意思是说：我推测王君的心意，难道是由于他喜爱别人的长处，即使是一技之长，也不让他埋没不闻，因而连他的遗迹也一并重视吗？这是对王盛仰慕王羲之的解释；第二层："其亦欲推其事以勉其学者邪？"大意就是：莫非又是想借推广王羲之的感人事迹来勉励那些州学生吗？这一层是结合王盛的特殊身份，就勉励求学者而发的。两层意思全属推测之词，因而都没用设问口气，由此可见作者用笔精细，连微小之处也不轻易放过。"勉其学者"四字，一方面点出了王盛此举的苦心，同时也是作者"记"的深意所在；再就结构而言，又可看作是上文"学岂可少"这一全文主旨的具体阐发。在推测王盛心意、点明写作缘起的基础上，作者即事生情，再次发表议论说："夫人之有一能而使后人尚之如此，况仁人庄士之遗风余思，被于来世者何如哉！""风余思"指流传下来的好作风好品德。"被于来世"指影响到后世。全文用"何如哉"三字作结非常妙，妙就妙在作者不把原意直接说破，而由读者自己去体味，这就产生了意在言外、余味无穷的艺术效果。以"仁人庄士"的"遗风余思"必将长期流传、产生深远影响作结，这对当时的学子文人，具有强大的激励作用，同时收到了深化主题的艺术功效。

　　熟读文章，理解了文章的内容及行文布局的特点之后，简要说明王盛教授约曾巩作记的原因是什么？

【点拨悟情】

　　1.夹叙夹议，主旨突出。从题目来看，《墨池记》属于记叙古迹的那类"记"体散文，但是作者并未停留于对古迹本身的烦琐记叙，而是充分发挥其长于说理的艺术才能，紧紧围绕墨池这一贯穿全文的中心线索，一面记叙，一面议论，夹叙夹议，以议为主，无论记叙议论，都能挥洒自如。记叙部分既描写了新城的方位、地势、环境，又叙说了墨池的来历，还介绍了王羲之的生活经历和他的理想情趣。生动别致，脉络分明。

所有记叙文字，又只是作为引出议论的陪衬和发端。议论部分文笔精练，逻辑性很强。例如，作者依据王羲之书法"晚乃善"的史实，只用一个"晚"字，便理由充足地说明了王羲之的精湛笔艺，是"精力自致"，"非天成"的道理。至于后世没有赶超过王羲之，也不是由于缺乏天才，而是"其学不如彼"，即主观努力不如他，所以最后的结论便自然而然地落到了"学岂可少"上，指出了问题的关键是刻苦学习的精神不能少。这样作者只需三言两语，便切中肯綮，收到点石成金之效；主旨一经点明，随即戛然而止，给人留下了思索的余地。全文通过记叙、议论的交替出现，显示出不断起伏的层层波澜，突出了勉人为学的鲜明主题，从而使得这篇"记"体散文，成为一篇文情并茂而又议论风生、结构谨严而又笔法活脱的优秀说理小品。

2.小中见大，层层深入。这篇短文的一个显著特点是以小见大，用小题目做大文章。题目是为墨池作记，但实际上，传为王羲之墨池旧迹的，还有浙江会稽等多处。从曾巩此文"此为其故迹，岂信然邪"的语气来看，他对临川墨池是否确为王羲之的真迹，也是抱着怀疑态度的。因此，他略记墨池的处所、形状以后，把笔锋转向探讨王羲之成功的原因："盖亦以精力自致者，非天成也。"也就是说，并非"天成"，而是后天勤学苦练的结果。这是本文的第一层意思。这层意思由物及人，点出了作者真正的写作意图。

但文章的主旨并不仅仅如此，作者由此进一步通过类比来引申推广：

（1）学习书法与"欲深造道德者"是相同的，从学习书法推及道德修养，通过类比，强调都不是先验的，而是后天获得的。

（2）由"人之有一能"尚且为后人追思不已，推及"仁人庄士之遗风余思"将永远影响后世。把书法与风节品德进行类比，从具体的书法家推及更广泛的仁人志士。这两点推论都极为自然，充分表现出曾巩思路的开阔，见识的高阔。这是本文的第二层意思，也是文章的真正主旨所在。沈德潜评本文说："用意或在题中，或出题外，令人徘徊赏之。"（《八大家文读本》卷二十八）"题中""题外"，就分别指的是上述所述的两层意思。

更有人认为，说是"题外"实际还在"题中"。这两层意思不仅由小及大，从前者推出后者，顺理成章；而且，从讲书法到讲道德，从讲怀念书法家到追慕先德，都和题意紧紧相扣。为什么能这样说呢？因为墨池旧址"今为州学舍"；本文又是作者应"教授王君"的请求而作；王教授的目的又是"勉其学者"。所以，重点是要"勉"。于是，从学习书法到道德风节，自然是勉励学生的必备的内容。如果死扣"墨池"，只讲书法，就远离了作记本意了。所以，这第二层意思，就一般写法来说，是"题外"；就本文来说，实在还在"题中"。

3.句式多样，一唱三叹。这篇短文的另一特点是多用设问句和感叹句。全文可分十四句，其中设问句五句："岂信然邪？""而又尝自休于此邪？""况欲深造道德者邪？""而因以及乎其迹邪？""以勉其学者邪？""也"字句两句："荀伯子《临川记》云也""非天成也"。最后又以一个感叹句作结："况仁人庄士之遗风余思，被于来世者何如哉！"这些句式的大量运用，使这篇说理短文平添了一唱三叹的情韵。特别是五个设问句，兼收停顿、舒展之功，避免一泻无余之弊，低回吟诵，令人玩味不尽。前人以"欧曾"并称，在这点上，曾巩是颇得欧阳修"六一风神"之妙的。

【诵读体情】

任何人的成功都不是随随便便的。《墨池记》通过介绍墨池的地理位置、形状及王羲之"临池学书，池水尽黑"的传奇故事，阐明一个浅显易懂的道理：即只有经过勤奋刻苦地练习，坚持不懈地努力，人们才能在学业事业等方面有所成就。结合课文，思考以下问题：

1.精读课文后，思考王羲之在书法上取得卓越成就的原因是什么？

2.把课文翻译成白话文，用自己的话讲述墨地遗迹的由来。

3.阅读庄子《佝偻承蜩》的寓言故事，并与《墨池记》做比较，谈谈两篇文献的哲理有何相同之处。

用"术业有专攻"来形容王羲之再恰当不过了，面对自己热爱的书法，他日复一日、年复一年地勤加练习，终于成为名扬古今的大书法家。让我们再重温一下《墨池记》，感受一下他勤奋刻苦的求学态度吧！

黄生借书说

袁 枚

黄生允修借书。随园主人授以书【1】，而告之曰：书非借不能读也。子不闻藏书者乎？七略、四库【2】，天子之书，然天子读书者有几？汗牛塞屋【3】，富贵家之书，然富贵人读书者有几？其他祖父积，子孙弃者无论焉【4】。

非独书为然，天下物皆然。非夫人之物而强假焉【5】，必虑人逼取，而惴惴焉，摩玩之不已，曰："今日存，明日去，吾不得而见之矣。"若业为吾所有，必高束焉，庋藏焉【6】，曰"姑俟异日观"云尔。

余幼好书，家贫难致。有张氏藏书甚富。往借不与，归而形诸梦。其切如是【7】。故有所览辄省记【8】。通籍后【9】，俸去书来，落落大满，素蟫灰丝，时蒙卷轴。然后叹借者之用心专，而少时之岁月为可惜也！

今黄生贫类予，其借书亦类予；惟予之公书与张氏之吝书若不相类【10】。然则予固不幸而遇张乎，生固幸而遇予乎？知幸与不幸，则其读书也必专，而其归书也必速。为一说，使与书俱【11】。

【注释】

【1】随园：袁枚中年辞官后居住的别墅。

【2】七略、四库：西汉末学者刘向和儿子刘歆整理校订内府藏书。七略分为辑略、六艺略、诸子略、兵书略、诗赋略、术数略、方技略等。四库指经、史、子、集四类。这里的七略、四库指内府藏书。

【3】汗牛塞屋：搬运起来使牛累的流汗，放在家里塞满了屋子。这里形容藏书多。汗，名词作动用，使……流汗。

【4】祖父：祖父和父亲。子孙，即儿子和孙子。

【5】夫（fú）人：那人。指向别人借书的人。强（qiǎng）：勉强。

【6】庋（guǐ）藏：保存。庋，阁板。

【7】切：迫切。如是：像这样。

【8】省（xǐng）记：记。

【9】通籍：出仕，做官。做了官，名字不属于"民籍"，所以说"通籍"。

【10】公：动词，与别人共用。

【11】为一说，使与书俱：作一篇说，让（它）同书一起（交给黄生）。

【初读知情】

"说"是古代散文的一种文体，可叙可议，也可抒情。一般是随感而发。本文从"黄生借书这件事说起……"。通读课文，初步感知文章内容。想想"书非借不能读也"这句话在文章中的地位和作用怎样。

在古代，由于受历史条件限制，书籍刻印数量有限，想得到想看的书比现在要难得多；又由于下层社会人士经济状况不力，往往想买也买不起，因此许多穷家子弟读书是靠借别人的书来读。本文就是袁枚为前来借书的家庭拮据的青年学子黄允修而写的一篇议论性文章。然而因为书少而珍贵，大多数藏书者一般不愿外借他人，古代有外借者傻，借书者痴的说法，所以要是能借到书来读，在古代是很不容易的事。黄允修家贫却又喜欢读书，与作者早年极其类似的经历触发了袁枚的"惺惺相惜"之情，于是很器重他，也想帮助他。事实上，袁枚不仅借书给黄生，还支持他一部分生活用费。

【复读认情】

　　袁枚（1716—1798），字子才，号简斋，晚年自号仓山居士、随园主人、随园老人。祖籍浙江慈溪，生活在钱塘（今杭州），世称"随园先生"。袁枚少有才名，擅长写诗文。乾隆四年（1739），进士出身，授翰林院庶吉士。乾隆七年（1742），外调江苏，先后于溧水、江宁、江浦、沭阳共任县令七年，为官颇有声望，但仕途不顺，无意吏禄。袁枚倡导"性灵说"，要抒写性灵，写出诗人的个性，生活的真情实感。他的主张渗透在诗文中而且具有鲜明的特点。他是著名的诗人，与赵翼、张问陶并称性灵派"三大家"。他又是古文学家，与赵翼、蒋士铨合称为乾嘉"三大家"（或江右三大家），他的文笔与大学士纪昀齐名，时称"南袁北纪"。文集有《小仓山房诗文集》《随园诗话》《随园食单》《子不语》《续子不语》等。散文代表作《祭妹文》，古文论者将其与唐代韩愈的《祭十二郎文》并提。

　　作为议论体文章，本文一开始就提出"书非借不能读"的观点——中心论点。然后先从反面列举拥有"七略、四库"的天子不读书，拥有"汗牛塞屋"的富贵人不读书，以及"祖父积，子孙弃"更不读书三种现象，从反面说明"书非借不能读"的道理。接着，又从自己幼年借书而不得，故"有所览辄省记"和做官后"俸去书来"却常常"素蟫灰丝，时蒙卷轴"的亲身经历（正面），从正反两方面证明"书非借不能读"的道理。最后从黄生和袁枚自己的相似经历，让黄生明白"知幸与不幸，则其读书也必专，而其归书也必速"。既是勉励，也是鞭策。

【点拨悟情】

　　1.文序融合，理透情随。文章属"说"体类议论文，围绕"书非借不能读"这个中心论点，鲜明地阐述观点，层次清楚地阐明事理，出人意料，引人深思；又能结合自身切身体会，运用正反对比手法，逐层展开论述，层层推进，水到渠成，逻辑性强，令人信服。但从另外一个角度看，文章一开始有"黄生允修借书。随园主人授以书，而告之曰"，结尾又有"今黄生贫类予……为一说，使与书俱"。文章又兼具"赠序"的特点，二者的有机融合将情与理推向很高的境界，增强了说服力和说理效果。

2.语重心长，情真意切。课文中的事例都是日常见闻和身边的事例，随手拈来，真实可信，不仅更有说服力，而且让人感到亲切、诚恳、真诚。特别是行文中采用了夹叙夹议，偶尔穿插抒情等手法，如，"然后叹借者之用心专，而少时之岁月为可惜也！""然则予固不幸而遇张乎，生固幸而遇予乎？"在议理中抒发与切身相关的感受，使文章显得清淡、自然，诚恳、亲切。本文是长者写给青年后生的随感，充分体现了作者对黄生的鞭策、厚爱和嘱托，语重心长，情真意切。

3.说古论今，意义犹深。文章虽然写于清代，但对于当代青年来说仍然具有深远的现实意义和价值。当代青年生活的时代，有优越的读书条件，不仅自己可以买书，而且学校也有藏书。特别是在信息和网络普及的今天，读书变得很容易。但是事实是，青年人很少静下心来读读书，而是沉迷于网络游戏、聊天，尤其是语文专业的学生真正认认真真读过四大名著的寥寥无几，不能不说是一种遗憾！

其实，读书不读书与"借书来读"没有必然关系，但生活中的的确确借来的书人们往往读得快，特别珍惜读书的机会，然而，当自己真正有了要读的书，就会束之高阁，而且还美其名曰"有时间随时可读"，这是不是一个值得深思的问题呢？今天再读袁枚的《黄生借书说》是不是有新的启迪呢？

【诵读体情】

1.《黄生借书说》开篇即提出"书非借不能读也"的观点，在当今科技发达，电脑手机等普及的时代，你有何新看法？

2.请把课文翻译成白话文，体会文言和白话的特点，感受文言在用词上的凝练性和白话在表义上的通俗性。

3.进一步理解文意，把握主旨，体会作者对黄生寄于的厚望和勉励之情。

问　说

刘　开

君子之学必好问。问与学，相辅而行者也，非学无以致疑，非问无以广识。好学而不勤问，非真能好学者也。理明矣，而或不达于事，识其大矣，而或不知其细，舍问，其奚决焉？

贤于己者，问焉以破其疑，所谓就有道而正也【1】。不如己者，问焉以求一得，所谓以能问于不能，以多问于寡也。等于己者，问焉以资切磋，所谓交相问难【2】，审问而明辨之也。《书》不云乎？"好问则裕【3】。"《孟子》论"求放心"【4】，而并称曰"学问之道"，学即继之以问也。子思言"尊德性"【5】，而归于"道问学"，问且先于学也。

古之人虚中乐善，不择事而问焉，不择人而问焉，取其有益于身而已。是故狂夫之言，圣人择之【6】，刍荛之微，先民询之【7】，舜以天子而询于匹夫，以大知而察及迩言，非苟为谦，诚取善之弘也【8】。三代而下，有学而无问，朋友之交，至于劝善规过足矣，其以义理相咨访，孜孜焉唯进修是急，未之多见也，况流俗乎【9】？

是己而非人，俗之同病。学有未达，强以为知【10】，理有未安，妄以臆度【11】，如是，则终身几无可问之事。贤于己者，忌之而不愿问焉，不如己者，轻之而不屑问焉，等于己者，狎之而不甘问焉【12】，如是，则天下几无可问之人。人不足服矣，事无可疑矣，此唯师心自用。夫自用，其小者也；自知其陋而谨护其失，宁使学终不进，不欲虚以下人，此为害于心术者大，而蹈之者常十之八九。

不然，则所问非所学焉：询天下之异文鄙事以快言论【13】；甚且心之所已明者，问之人以试其能，事之至难解者，问之人以穷其短。而非是者，虽有切于身心性命之事，可以收取善之益，求一屈己焉而不可得也。嗟乎！学之所以不能几于古者【14】，非此之由乎？

且夫不好问者，由心不能虚也；心之不虚，由好学之不诚也。亦非不潜心专力之故，其学非古人之学，其好亦非古人之好也，不能问宜也。

智者千虑，必有一失。圣人所不知，未必不为愚人之所知也；愚人之所能，未必非圣人之所不能也。理无专在，而学无止境也，然则问可少耶？《周礼》，外朝以询万民【15】，国之政事尚问及庶人，是故贵可以问贱，贤可以问不肖，而老可以问幼，唯道之所成而已矣。孔文子不耻下问【16】，夫子贤之。古人以问为美德，而并不见其有可耻也，后之君子反争以问为耻，然则古人所深耻者，后世且行之而不以为耻者多矣，悲夫！

【注释】

【1】就有道而正：到有学行的人那里判定是非。《论语·学而》："君

子食无求饱，居无求安，敏于事而慎于言，就有道而正焉，可谓好学也已。"

【2】交相问难（nàn）：互相诘问。难，驳诘。

【3】好问则裕：《尚书·仲虺之诰》："好问则裕，自用则小。"裕，丰富。

【4】求放心：求其放心，找回自己的放纵散漫的心。《孟子·告子上》："学问之道无他，求其放心而已矣。"

【5】尊德性：《中庸》："故君子尊德性而道问学。"意思是君子重视品德，还要好问勤学。子思：孔子的孙子孔伋，传说《中庸》是他著的。

【6】狂夫之言，圣人择之：《史记·淮阴侯列传》："狂夫之言，圣人择焉。"《论语·微子》："楚狂接舆歌而过孔子曰：'凤兮！凤兮！何德之衰？往者不可谏，来者犹可追。已而！已而！今之从政者殆而！'孔子下，欲与之言。趋而辟（避）之，不得与之言。"狂夫，言行被认为不太正常之人。

【7】刍荛之微，先民询之：《诗·大雅·板》："先民有言，询于刍荛。"先民，指古代圣人先王。刍荛，指樵夫。刍，割草。荛（ráo），砍柴。

【8】舜以天子而询于匹夫…诚取善之弘也：《史记·五帝本纪》记载，舜曾设置"纳言"的官，征求平民的意见。本句是说，舜通过设置纳言官来征求平民意见，不是无道理的谦虚，而是取益的举措。

【9】流俗：世俗之人。

【10】强以为知：不理解偏偏以为理解。

【11】妄以臆度：凭主观猜测。度（duó），猜测。

【12】狎：接近而不庄重。

【13】异文鄙事：奇字僻典和琐屑事物。

【14】几：接近。

【15】《周礼》，外朝以询万民：《周礼·秋官·小司寇》："小司寇之职，掌外朝之政，以致万民而询焉。"意即在周代，就有小司寇官，专门负责向平民百姓征求意见，用当代话说叫"问政于民"。

【16】孔文子不耻下问：《论语·公冶长》："子贡问曰：孔文子何以谓之文也?子曰：敏而好学，不耻下问，是以谓之文也。"孔文子：卫国大夫孔圉，以好学勤问出名，"文"是谥号。

【初读知情】

这是一篇"说"体性议论文。问，就是质疑，提出问题。文章一开始就开门见山提出了自己鲜明的观点"君子之学必好问"，可见，问是多么重要！

古今中外，关于"问"的论述很多。《礼记·学记》就有"善问者，如攻坚木，先其易者，后其节目"，俗语也说，"好问的人，只做了五分钟的愚人；耻于发问的人，终身为愚人"；苏联的普列汉诺夫说，"有教养的头脑的第一个标志就是善于提问"；爱因斯坦说，"提出问题比解决问题更重要"；海森堡说，"提出正确的问题，往往等于解决了问题的大半"等等，这些话语都是在强调"问"的价值和意义。然而，在现实生活中，我们经常看到一个幼儿充满好奇，围着父母问这问那，没完没了；但是长大以后，特别是上了大学以后，问问题的人越来越少，即便老师怎么启发都"无动于衷"，好像没有问题。真的是这样的吗？请你带着这个问题读读刘开的《问说》，想想是不是有同感。

本文选自《孟涂文集》。刘开（1784—1824），字明东，又字方来，号孟涂，清代桐城人，是清朝桐城派诗人、散文家。师承姚鼐，与同乡方东树、上元管同、歙县梅曾亮并称"姚门四大弟子"。刘开生平以教书为业，授课之余，潜心散文创作与文论研究，对桐城派创作理论的形成做出了贡献，对当时的散文创作，具有一定指导意义。

【复读认情】

文章开头提出中心论点后，简要论述了"学"与"问"相辅而行的关系，强调"非学无以致疑，非问无以广识"，学与问相辅而行的关系。

接着，从古之圣人与今人对"问"的不同态度进行对比，先说古之圣人"不择事""不择人"而问，目的是"取其有益于身"，并从"贤于己""不如己""等于己"列举了"问"的类型，用《尚书》《孟子》、子思的事例证明。后说今人"有学无问"，指出其实质是"唯进修是急"的本质。至于"流俗""是己而非人"，对事情的态度是"强以为知""妄以臆度"，结果是"终身几无可问之事"；对人的态度是"贤于己者"不愿问，"不如己者"不屑问，"等于己者"不甘问，其结果是"天下几无可问之人"。之后又进一步列举一些有"问"的行动的人也不过是"所问非所学"，专门找一些"异文鄙事"来问，目的不过是"试其能""穷其短"而已；除此之外，即便有"取善之益"也认为是"屈己"，根本就不会去问，其实质就是"心不虚""学不诚"。

最后，引用"智者千虑，必有一失"，强调人无完人，各有所长。提出"贵可以问贱，贤可以问不肖，而老可以问幼"，问与不问，"唯道之所成"，这个"道"就是不择事，不择人，"取其有益于身"。而要做到这样，必须"不耻下问"。

作者的论证思路理清了吗？想想看，文章用了哪些证据和哪些论证方法？

【点拨悟情】

1.观点鲜明,思维严密。本文是比较规范的议论文。第一部分(第1段):引论。作者先提出"君子之学必好问"的中心论点,接着辩证地分析"问"与"学"相辅而行的关系,再转而强调指出:好学一定要勤问。第二部分(第2~6段):本论。从正反两方面详细阐明为什么要勤问。第三部分(第7段):结论。提出不仅要问,还要不耻下问。

在本论部分。先从正面阐明"问"的重要作用,一方面说古人问不择人,问必有得;无论是问"贤于己者",还是问"不如己者",或者是问"等于己者"都有收获;另一方面,先是暗引儒家经典,后是明引大师的话,证明"问"是进德修业的重要条件,增强文章的说服力,深刻地阐明了中心论点。然后论述怎样才算好问和问应持什么态度。列举了举古人好问典范,并对比古今之人的不同表现:古人好问,不择事,不择人,能取善之弘;今人有学而无问,为下文针砭时弊做了铺垫。进而转入分析今人的错误表现,今人"是己非人",从事(问的内容)和人(问的对象)两方面进行批评,形成了鲜明的对比,增强了论辩力和效果。

2.针砭现实,振聋发聩。刘开生平以教书为业,授课之余,潜心散文创作与文论研究,推崇秦汉散文和唐宋散文创作主张,他认为文章创作要"以汉人之气体,运八家之成法,本之以六经,参之以周末诸子""然后变而出之,用之于一家之言"。像"夫文之本出于道,道不明,则言之无物;文之成视乎辞,辞不达,则行之不远",则是对唐宋古文运动主张的继承和阐发。刘开的这些主张和见解,对桐城派创作理论的形成做出了贡献,也体现在了他的文章创作中。他不仅褒扬古代圣贤文人,更多的是针砭现实,批判今人"是己非人""唯进修是急",揭露今人"贤于己者"不愿问,"不如己者"不屑问,"等于己者"不甘问的现象和本质是"心不虚""学不诚"。针砭时事,言辞犀利,直切要害,振聋发聩。

3.语言古朴,一气呵成。像韩愈的《师说》一样,本文在语言风格上古朴厚重,句式上注意整齐的排偶句与灵活的散文交错运用,在散句中穿插相当多的排偶句,奇偶互现,错落有致,以取得波澜起伏,气势雄壮的效果。

【诵读体情】

1.根据注释把《问说》翻译成现代文,并把译文改成一篇演讲稿,把自己当作作者做一次演讲吧!

2.有人认为,《问说》就是模仿韩愈《师说》创作的,无论在命题、立意、论证方法或语言风格上,都可以看出有模仿韩愈《师说》的痕迹。你相信吗? 请拿来韩愈的《师说》比较一番吧!

第四单元　人格魅力

孙膑与庞涓

《史记》

孙武既死，后百余岁有孙膑。膑生阿、鄄之间，膑亦孙武之后世子孙也。孙膑尝与庞涓俱学兵法。庞涓既事魏，得为惠王将军，而自以为能不及孙膑，乃阴使召孙膑。膑至，庞涓恐其贤于己，疾之，则以法刑断其两足而黥之【1】，欲隐勿见【2】。

齐使者如梁，孙膑以刑徒阴见，说齐使【3】。齐使以为奇，窃载与之齐【4】。齐将田忌善而客待之。

忌数与齐诸公子驰逐重射。孙子见其马足不甚相远，马有上、中、下辈。于是孙子谓田忌曰："君弟重射，臣能令君胜。"田忌信然之，与王及诸公子逐射千金。及临质，孙子曰："今以君之下驷与彼上驷，取君上驷与彼中驷，取君中驷与彼下驷。"既驰三辈毕，而田忌一不胜而再胜【5】，卒得王千金。于是忌进孙子于威王。威王问兵法，遂以为师。

其后魏伐赵，赵急，请救于齐。齐威王欲将孙膑，膑辞谢曰："刑余之人不可。"于是乃以田忌为将军，而孙子为师，居辎车中，坐为计谋。田忌欲引兵之赵，孙子曰："夫解杂乱纷纠者不控卷【6】，救斗者不搏撠【7】，批亢捣虚，形格势禁【8】，则自为解耳。今梁赵相攻，轻兵锐卒必竭于外，老弱罢于内【9】。君不若引兵疾走大梁，据其街路，冲其方虚，彼必释赵而自救。是我一举解赵之围而收弊于魏也。"田忌从之。魏果去邯郸，与齐战于桂陵，大破梁军。

后十三岁，魏与赵攻韩，韩告急于齐。齐使田忌将而往，直走大梁。魏将庞涓闻之，去韩而归，齐军既已过而西矣。孙子谓田忌曰："彼三晋之兵，素悍勇而轻齐，齐号为怯，善战者因其势而利导之。兵法，百里而趣利者蹶上将，五十里而趣利者军半至。使齐军入魏地为十万灶，明日为五万灶，又明日为三万灶。"庞涓行三日，大喜，曰："我固知齐军怯，入吾地三日，士卒亡者过半矣。"乃弃其步军，与其轻锐倍日并行逐之。孙膑度其行，暮当至马陵。马陵道狭，而旁多阻隘，可伏兵，乃斫大树白而书之曰："庞涓死于此树之下"。于是令齐军善射者万弩，夹道而伏，期曰"暮见火举而俱发"。庞涓果夜至斫木下，见白书，乃钻火烛之。读其书未毕，齐军万弩俱发，魏军大乱相失。庞涓自知智穷兵败，乃自刭，曰："遂成竖子之名！"齐因乘胜尽破其军，虏魏太子申以归。

孙膑以此名显天下，世传其兵法。

【注释】

【1】黥：墨刑。用刀刺刻犯人的面额后涂以墨。
【2】见：同"现"，出现，显现。
【3】说（shuì）：陈述己见，规劝对方，即游说。
【4】窃：暗地里，秘密地。
【5】再胜：两次获胜。
【6】杂乱纷纠：事情好像纠缠在一起的乱丝，没有头绪。控卷（quán）：不能紧握拳头。控，控制，操纵，引申为握掌。卷，通"拳"。
【7】撠：刺。
【8】批亢捣虚：撇开敌人充实的地方，冲击敌人空虚的地方。形格势禁：（敌人）局势发生了被阻遏的变化，对原来的进攻计划必然有所顾忌。格，被阻遏。禁，顾忌。
【9】罢：通"疲"，疲惫。

【初读知情】

1.将下面每句话翻译成白话文，注意画线的词语
①自以为能不及孙膑，乃阴使召孙膑。

②以法刑断其两足而黥之，欲隐勿见。

③孙膑以刑徒阴见，说齐使。

④齐使以为奇，窃载与之齐。

⑤忌数与齐诸公子驰逐重射。

⑥君弟重射，臣能令君胜。

⑦田忌一不胜而再胜。

⑧夫解杂乱纷纠者不控卷，救斗者不搏撠，批亢捣虚，形格势禁，则自为解耳。

⑨齐使田忌将而往，直走大梁。

⑩乃斫大树白而书之。

2.给课文每一段加个小标题，想想，你是如何看待孙膑和庞涓的？

【复读认情】

本文选自《史记·孙子吴起列传》，是孙武和吴起的传记，在孙武传记后，记述了孙武的后代孙膑的人生事略。

孙膑与庞涓是同学，但是故事却让人高兴不起来。先是庞涓自觉"能不及孙膑""恐其贤于己，疾之"，从而产生陷害之心，孙膑遭受刖刑，几乎成了废人。之后，孙膑逃离魏国，被齐王赏识，通过"田忌赛马"小露才华，又通过"围魏救赵""马陵之战"展示卓越的军事才能，并"名显天下，世传其兵法"；而庞涓也在"遂成竖子之名"中自杀身亡。

从这几个故事中，你对孙膑与庞涓的个性会有所认识。俗语曰，君子报仇十年不晚。你认为孙膑是有仇必报的人吗？为什么？

【点拨悟情】

1.通过典型的重大事件塑造人物。课文重点通过"田忌赛马""桂陵之战""马陵之战"塑造了孙膑运筹帷幄、善于谋略的军事家形象。"田忌赛马"中，他把马分为上中下三等，田忌的下等马对齐王的上等马，上等马对齐王的中等马，中等马对齐王的下等马，略施小计，便赢得了齐王的"千金"，可谓崭露头角。在"桂陵之战"中，他声东击西，攻其必救，围魏而救赵，战于桂陵，大破魏军。在"马陵之战"中，更是知己知彼，精于算计，用"减灶法"迷惑魏军和庞涓，庞涓果然中计，自刭于马陵道中。在简要的叙述中，孙膑的军事家、谋略家形象跃然纸上。

2.用语言和细节刻画人物。课文中刻画庞涓和孙膑时，往往用寥寥数语就刻画出鲜明的个性和形象。"田忌赛马"中孙膑一句"君弟重射，臣能令君胜"表现出孙膑的自信，对指导田忌赛马取胜信心满满，充满必胜的信念。正因为孙膑自信满满才让田忌也信心满满，最后赢得齐王的重金。"围魏救赵"故事中，当齐王让他当将帅时，他的一句"刑余之人不可"，显示他的低调和清醒，而当田忌想直接去解赵国之围时，孙膑用"解杂乱纷纠者不控卷，救斗者不搏撽"做比喻，提出"批亢捣虚，形格势禁"，使得"围魏救赵"策略顺利施行，既解了"赵围"，又收了"魏弊"。"马陵之战"中，他抓住庞涓骄傲自大和轻敌冒进的弱点，精心设计"减灶法"和"斫树写字"计谋，显示了他知己知彼，战之必胜的个性和谋略。

而对于庞涓，作者通过几十个字的叙述，就把庞涓"自以为是""嫉贤妒能"和"阴险恶毒"的个性表露无遗。在"马陵之战"中，当他看到齐军三日之内火灶从十万减到三万时，"大喜"，仅仅两个字的细节描写，形象地刻画出得意忘形、轻敌冒进的致命弱点，而当他"智穷兵败"时，还不忘说一句"遂成竖子之名"，实在可谈可笑。

3.行文简洁，意蕴深厚。课文在叙述时文字简洁，内涵丰富，给读者留下许多想象的空间。同时，叙述中也包含了作者对人物的褒贬与态度，虽然没有一个褒贬之词，但褒贬一看就十分明了。

【诵读体情】

1.由明代余邵鱼、冯梦龙和清代蔡元放整理改编的长篇历史小说《东周列国志》第八十七~第八十九回演绎了本文的故事，请读读小说，比较一下小说与传记文学的不同。

2.请你再读读《史记·管晏列传》中的"管鲍之交"故事，谈谈人与人之间应该如何相处？说说"生我者父母，知我者鲍子也"中蕴含的人与人之间相处的真谛。

管仲夷吾者，颍上人也。少时常与鲍叔牙游，鲍叔知其贤。管仲贫困，常欺鲍叔，鲍叔终善遇之，不以为言。已而鲍叔事齐公子小白，管仲事公子纠。及小白立为桓公，公子纠死，管仲囚焉。鲍叔遂进管仲。管仲既用，任政于齐，齐桓公以霸，九合诸侯，一匡天下，管仲之谋也。

管仲曰："吾始困时，尝与鲍叔贾，分财利多自与，鲍叔不以我为贪，知我贫也。吾尝为鲍叔谋事而更穷困，鲍叔不以我为愚，知时有利不利也。

吾尝三仕三见逐于君，鲍叔不以我为不肖，知我不遇时也。吾尝三战三走，鲍叔不以我为怯，知我有老母也。公子纠败，召忽死之，吾幽囚受辱，鲍叔不以我为无耻，知我不羞小节而耻功名不显于天下也。生我者父母，知我者鲍子也。"

鲍叔既进管仲，以身下之。子孙世禄于齐，有封邑者十余世，常为名大夫。天下不多管仲之贤而多鲍叔能知人也。

——《史记·管晏列传》

3. "管鲍之交"给我们的启示是：人与人之间要"相知"。你觉得庞涓与孙膑"相知"吗？课文中只是对庞涓有"自以为能不及""恐其贤于己"，却并没有关于孙膑的这方面叙述，试比较一下二人个性的不同，总结出二人的个性特征。

廉颇蔺相如列传

《史记》

廉颇者，赵之良将也。赵惠文王十六年，廉颇为赵将，伐齐，大破之，取阳晋，拜为上卿，以勇气闻于诸侯。蔺相如者，赵人也，为赵宦者令缪贤舍人【1】。

赵惠文王时，得楚和氏璧。秦昭王闻之，使人遗赵王书，愿以十五城请易璧【2】。赵王与大将军廉颇诸大臣谋：欲予秦，秦城恐不可得，徒见欺；欲勿予，即患秦兵之来。计未定，求人可使报秦者，未得。宦者令缪贤曰："臣舍人蔺相如可使。"王问："何以知之？"对曰："臣尝有罪，窃计欲亡走燕，臣舍人相如止臣，曰：'君何以知燕王？'臣语曰：'臣尝从大王与燕王会境上，燕王私握臣手，曰"愿结友"【3】。以此知之，故欲往。'相如谓臣曰：'夫赵强而燕弱，而君幸于赵王，故燕王欲结于君。今君乃亡赵走燕，燕畏赵，其势必不敢留君，而束君归赵矣【4】。君不如肉袒伏斧质请罪，则幸得脱矣。'臣从其计，大王亦幸赦臣。臣窃以为其人勇士，有智谋，宜可使。"于是王召见，问蔺相如曰："秦王以十五城请易寡人之璧，可予不【5】？"相如曰："秦强而赵弱，不可不许。"王曰："取吾璧，不予我城，奈何？"相如曰："秦以城求璧而赵不许，曲在赵。赵予璧而秦不予赵城，曲在秦。均之二策，宁许以负秦曲。"王曰："谁可使者？"相如曰："王必无人，臣愿奉璧往使【6】。城入赵而璧留秦；城不入，臣请完璧归赵。"赵王于是遂遣相如奉璧西入秦。

秦王坐章台见相如，相如奉璧奏秦王【7】。秦王大喜，传以示美人及左右，左右皆呼万岁。相如视秦王无意偿赵城，乃前曰："璧有瑕，请指示王【8】。"王授璧，相如因持璧却立，倚柱，怒发上冲冠，谓秦王曰："大王欲得璧，使人发书至赵王，赵王悉召群臣议，皆曰'秦贪，负其强，以空言求璧，偿城恐不可得'。议不欲予秦璧。臣以为布衣之交尚不相欺，况大国乎！且以一璧之故逆强秦之欢，不可【9】。于是赵王乃斋戒五日，使臣奉璧，拜送书于庭。何者？严大国之威以修敬也【10】。今臣至，大王见臣列观，礼节甚倨；得璧，传之美人，以戏弄臣。臣观大王无意偿赵王城邑，故臣复取璧。大王必欲急臣，臣头今与璧俱碎于柱矣！"相如持其璧睨柱，欲以击柱【11】。秦王恐其破璧，乃辞谢固请，召有司案图，指从此以往十五都予赵。相如度秦王特以诈详为予赵城，实不可得，乃谓秦王曰："和氏璧，天下所共传宝也，赵王恐，不敢不献【12】。赵王送璧时，斋戒五日，今大王亦宜斋戒五日，设九宾于廷，臣乃敢上璧。"秦王度之，终不可强夺，遂许斋五日，舍相如广成传【13】。相如度秦王虽斋，决负约不偿城，乃使其从者衣褐，怀其璧，从径道亡，归璧于赵。

秦王斋五日后，乃设九宾礼于廷，引赵使者蔺相如。相如至，谓秦王曰："秦自缪公以来二十余君，未尝有坚明约束者也。臣诚恐见欺于王而负赵，故令人持璧归，间至赵矣【14】。且秦强而赵弱，大王遣一介之使至赵，赵立奉璧来。今以秦之强而先割十五都予赵，赵岂敢留璧而得罪于大王乎？臣知欺大王之罪当诛，臣请就汤镬，唯大王与群臣孰计议之【15】。"秦王与群臣相视而嘻。左右或欲引相如去，秦王因曰："今杀相如，终不能得璧也，而绝秦赵之欢，不如因而厚遇之，使归赵，赵王岂以一璧之故欺秦邪！"卒廷见相如，毕礼而归之【16】。

相如既归，赵王以为贤大夫，使不辱于诸侯，拜相如为上大夫。秦亦不以城予赵，赵亦终不予秦璧。

其后秦伐赵，拔石城。明年，复攻赵，杀二万人。

秦王使使者告赵王，欲与王为好会于西河外渑池【17】。赵王畏秦，欲毋行。廉颇、蔺相如计曰："王不行，示赵弱且怯也。"赵王遂行，相如从。廉颇送至境，与王诀曰："王行，度道里会遇之礼毕，还，不过三十日。三十日不还，则请立太子为王，以绝秦望【18】。"王许之，遂与秦会渑池。秦王饮酒酣，曰："寡人窃闻赵王好音，请奏瑟。"赵王鼓瑟。秦御史前书曰"某年月日，秦王与赵王会饮，令赵王鼓瑟"。蔺相如前曰："赵王窃闻秦王善为秦声，请奏盆瓴秦王，以相娱乐【19】。"秦王怒，不许。于是相如前进瓴，因跪请秦王。秦王不肯击瓴。相如曰："五步之内，相如请得以颈血溅大王矣!"左右欲刃相如，相如张目叱之，左右皆靡。于是秦王不怿，为一击瓴【20】。相如顾召赵御史书曰"某年月日，秦王为赵王击瓴"。秦之群臣曰："请以赵十五城为秦王寿。"蔺相如亦曰："请以秦之咸阳为赵王寿。"秦王竟酒，终不能加胜于赵。赵亦盛设兵以待秦，秦不敢动【21】。

既罢归国，以相如功大，拜为上卿，位在廉颇之右。廉颇曰："我为赵将，有攻城野战之大功，而蔺相如徒以口舌为劳，而位居我上，且相如素贱人【22】，吾羞，不忍为之下。"宣言曰："我见相如，必辱之。"相如闻，不肯与会。相如每朝时，常称病，不欲与廉颇争列。已而相如出，望见廉颇，相如引车避匿【23】。于是舍人相与谏曰："臣所以去亲戚而事君者，徒慕君之高义也。今君与廉颇同列，廉君宣恶言而君畏匿之，恐惧殊甚，且庸人尚羞之，况于将相乎! 臣等不肖，请辞去。"蔺相如固止之，曰："公之视廉将军孰与秦王【24】？"曰："不若也。"相如曰："夫以秦王之威，而相如廷叱之，辱其群臣，相如虽驽，独畏廉将军哉？顾吾念之，强秦之所以不敢加兵于赵者，徒以吾两人在也。今两虎共斗，其势不俱生。吾所以为此者，以先国家之急而后私仇也。"廉颇闻之，肉袒负荆，因宾客至蔺相如门谢罪【25】。曰："鄙贱之人，不知将军宽之至此也。"卒相与欢，为刎颈之交。

【注释】

【1】宦者令：宦官的首领。舍人：有职务的门客。

【2】秦昭王：即秦昭襄王，名则。遗（wèi）：送。

【3】亡走燕：逃到燕国去。何以知燕王：根据什么知道燕王（会收留你）。境上：指燕赵两国的边境。

【4】乃：却，竟然。束君归赵：把您捆绑起来送还赵国。

【5】不：同"否"。

【6】奉：捧着。

【7】章台：秦宫名，旧址今陕西长安故城西南角。奏：进献。

【8】偿赵城：把十五城补偿给赵国。瑕：玉上的斑点或裂痕。

【9】布衣之交：平民间的交往。古代平民只穿麻衣、葛布，故称布衣。逆：拂逆，触犯。

【10】严：尊重，敬畏。修敬：致敬。

【11】急：逼迫。睨（nì）：斜视。

【12】特：只，只是。详为：假装做。详，同"佯"，假装。共传：等于说公认。

【13】舍：安置。广成传（zhuàn）：广成，宾馆名。传，传舍，宾馆。

【14】缪公：即秦穆公。缪，同"穆"。坚明约束：坚决明确地遵守信约。约束，信约。间（jiàn）：抄小路，与上文"从径道亡"相应。

【15】就汤镬（huò）：指接收烹刑。汤，沸水。镬，大锅。孰：同"熟"，仔细。

【16】因而厚遇之：趁此优厚地款待他。卒廷见相如：终于在朝堂上接见蔺相如。毕礼而归之：举行完廷见的外交大礼然后送他回国。

【17】为好：修好。西河外渑（miǎn）池：西河，黄河西边。渑池，今河南渑池。

【18】诀：告别。度道里会遇之礼毕：估算前往渑池的路程和会谈完毕的时间。道里，路程。绝秦望：断绝秦国要挟胁迫的念头。

【19】御史：官名。战国时御史专管图籍，记载国家大事。秦声：秦国的音乐。盆缻（fǒu）：均为瓦器。秦人敲打盆缻作为唱歌时的节拍。

【20】怿（yì）：愉快。

【21】竟酒：直到酒宴完毕。盛设兵：多布置军队。

【22】相如素贱人：指蔺相如这个人做过太监的家臣，向来微贱。素，素来，向来。

【23】引车避匿：将车子调转躲避。

【24】孰与秦王：与秦王相比怎么样？孰与，与……相比。孰，谁，哪一个。

【25】负荆：背着荆条，表示愿受鞭打。因：通过。

【初读知情】

本文节选自《史记·廉颇蔺（lìn）相如列传》。原为廉颇、蔺相如、赵奢、李牧等人的合传。这是原传的第一大部分。列传，古代纪传体史书中的一种体例，用来记叙帝王、诸侯以外的历史人物的事迹。

1.作家作品。司马迁（约前145—约前90），西汉著名史学家、文学家和思想家。字子长，夏阳（今陕西韩城南）人。其父司马谈是一位博学多闻的学者，任汉朝太史令（掌管起草文书、编写史料，兼管国家典籍、天文历法的官职），司马迁少年时代就受到良好的家庭教育。20岁以后，司马迁遍游祖国南北，考察风土人情、文物古迹、搜集史料、研究社会，为他以后创作《史记》准备了丰富的材料。元封三年（前108），司马迁继父职，任太史令，得以博览皇家珍藏的大量图书、档案和文献，为《史记》的写作提供了丰富的资料。公元前98年，李陵兵败投降了匈奴，他因为替李陵辩解，触怒了汉武帝，被迫入狱，受到了宫刑。他在狱中完成了我国最早的纪传体通史——《史记》。

《史记》：是我国第一部纪传体通史。共130篇。记述传说中的黄帝至汉武帝时期近三千年的历史。鲁迅称之为"史家之绝唱，无韵之《离骚》"。

2.文体简介。传记，是记录某人生平事迹的文字。《史记》全书共130篇，包括下列五种体裁：

本纪（12）：按年代记叙帝王言行和政绩。

世家（30）：记叙诸侯国的兴衰和杰出人物的事迹。

列传（70）：记叙各类名人的生平和事迹。

表（10）：按年代谱列各时期重大事件。

书（8）：记录各种典章制度的沿革。

其中，本纪、世家和列传都属于传记文。

3.找出课文中包含的三个小故事。

（1）完璧归赵：蔺相如用自己的机智聪明成功将和氏璧完整送回赵国，既没有激怒秦国，也没有丢掉自己的性命。

（2）渑池之会：秦王想借此侮辱赵王，但是蔺相如成功让秦王击缶而挽回赵国面子，渑池会成功。

（3）负荆请罪：廉颇因为蔺相如以口舌之便而位居其上而气愤，扬言要侮辱蔺，蔺相如知道后为了国家不与其冲突，廉颇知道后负荆请罪，诚恳认错。

4.说说你对廉颇和蔺相如的印象。

【复读认情】

战国后期，七雄并峙，战火频繁。七国之中秦国最强大，它采取"远交近攻"的政策，各个击破，力图吞并六国。赵是北方还有点实力的国家，秦一时难以吞并，便用诡诈的手段掠夺它的土地和财物。赵依仗廉颇、蔺相如二人，军事上严密戒备，外交上不卑不亢，维护了国家的尊严，保护了国家的安全。本文着重记叙了二人团结合作，与强秦抗争的故事。

（1）文章开头与一般传记写法相同，介绍了廉颇、蔺相如的身份地位。

从节选的这一部分看，文章以记述蔺相如为主，为什么开篇对廉颇介绍得比较详细而对蔺相如介绍的比较简略？且将廉颇置于蔺相如之前？

（2）"为宦者令缪贤舍人"这句话的含义是什么？在全文中有什么作用？

（3）在"完璧归赵"这一故事中，作者花了大量笔墨描叙了蔺相如与秦王斗争的过程。在"完璧归赵"的欺诈与反欺诈斗争中，表现了蔺相如怎样的思想性格。

（4）渑池会是在怎样的背景下举行的？

（5）秦王为什么主动提出举行这次会晤？赵王为什么"畏秦，欲毋行"？（秦王不怀好意，借会晤取得战场上没有取得的东西，所以赵王畏秦诈骗。）

（6）渑池相会一方面突出了蔺相如临危不惧、从容应对的机智和勇敢，另一方面也写到了廉颇。说一说表现了廉颇怎样的思想性格。

（7）诵读蔺相如"夫以秦王之威……先国家之急而后私仇也"这一段话，然后回答问题：明人李贽评相如"引车避匿"一事说："节节见相如智勇俱妙。"试结合这段话说说"妙"在什么地方。（相如深知廉颇公忠体国之心，故以"秦王之威"相比，又以"国家之急"相许，足见其胸襟阔大，如此方能使廉颇顿悟已非。）

（8）廉颇始而"宣恶言"，闻蔺相如语即"肉袒负荆"，"至蔺相如门谢罪"，这前后对比说明了什么？

【点拨悟情】

1.分析文章选材特点

（1）文章写的是合传。两个人物一生事迹很多，在纷繁庞杂的素材中，作者是如何选择材料的？

明确：作者紧紧围绕主旨，从廉、蔺二人一生纷繁的材料中，从不同的侧面选取了既分别突出两人功绩又与两人相互关联的三件事。这三件事既有独立性，又有连贯性，情节相当完整，最能表现人物思想性格，最具代表性。前两件反映秦赵两国之间的矛盾，后一件反映国内矛盾，人物性格就在矛盾的发展中得以体现。选材是相当典型的。

（2）作者对于已选材料又是怎样精当剪裁，使得文章主次分明，详略得当的？

明确：作者根据主旨的需要，对于已选材料，分别采取了明写、暗写、详写、略写的方法。明写者详，暗写者略。

表现在人物描写上，作者以蔺相如为主，详写、明写；以廉颇为辅，略写、暗写。但文中都能做到各尽其妙，使廉、蔺二人的性格同样鲜明、突出。"完璧归赵"完全写蔺相如，主要表现他"国家兴亡、匹夫有责"的胸怀和智勇双全的品质。"渑池相会"详写蔺相如，主要表现他的机智果敢；略写廉颇，表现他参与决策，勇而有谋，以军事力量支持蔺相如外交斗争的爱国行动。"将相交欢"合写两人，还是以蔺相如为主，通过蔺相如的先国后私，廉颇的勇于改过，把两人的思想统一到爱国这一基本点和共同点上。

在事件经过的叙述上也有详略之分。如"完璧归赵"部分，对秦决策写得详，入秦经过写得略；对秦斗争写得详，斗争结果写得略。

2.分析文章塑造人物的手段

（1）作者通过哪些角度来描写人物形象？

明确：以蔺相如为例，作者运用了正面和侧面的描写角度。

间接（侧面）描写。如在蔺相如出场之前，通过缪贤举荐介绍"其人勇士，有智谋，宜可使"，未见其人，先闻其事，使读者对蔺相如有一个初步的印象。文章中还用环境烘托的手段，侧面显示了蔺相如的勇敢。如献璧时，秦王"左右皆呼万岁"显示了秦廷的威严气氛，渑池会时"左右欲刃相如"显示了场面的危险。这些都烘托出蔺相如不为所慑的机智果敢的性格。

直接（正面）描写。如直接描写蔺相如的形态：在面对秦王无诚意给城邑时，他"怒发上冲冠"；在应对秦王的无礼时，"相如张目叱之，左右皆靡"，充分显示了蔺相如的刚烈勇猛的形象。文章中，还通过大段对话的叙述，对蔺相如进行语言描写。在行动描写上也非常传神精彩，如在献璧时"持璧却立，倚柱""持璧睨柱"，渑池会上"相如前进缶，因跪请秦王"，将相和中"引车避匿"等。

（2）本文如何利用对比手段？

明确：本文最为成功的写作亮点便是对比的应用。本文大量应用对比手段，至少包括以下一些方面。

第一，文章开篇以廉颇的高贵与蔺相如出身卑贱相对比。"廉颇者，赵之良将也""以勇气闻于诸侯"；"蔺相如者，赵人也，为赵宦者令缪贤舍人"。从而造成强烈的反差。

第二，文章初始中缪贤肉袒伏斧请罪与结尾廉颇肉袒负荆请罪对比并呼应。体现蔺相如有谋与品行高尚。

第三，完璧归赵这一情节中用赵国君臣的束手无策反衬蔺相如的成竹在胸。秦王从无礼到毕礼前后的变化形成对比。体现了蔺相如有理有利有节。

第四，渑池会一节中，用秦王的色厉内荏，窘态毕露来反衬蔺相如的智勇双全。以廉颇失败（"其后秦伐赵，拔石城。明年，复攻赵，杀二万人。"）反衬蔺相如在渑池会上的成功。

第五，在将相和中，以廉颇的咄咄逼人与蔺相如的退让形成对比，以廉颇狭隘思想反衬了蔺相如高尚情操。另外，文中还通过蔺相如之口，将廉颇与秦王相对比，表现了廉颇在威仪上较秦王的差距，反衬了蔺相如的忍让。

（3）个性化的对话描写

在全文的描述中，对话占了大量篇幅。蔺相如出场前先通过缪贤与赵王的对话来介绍，给读者初步印象。

在具体情节的描写中，对话占了约一半的比重，通过对话描写情节，是本文一大特色，使读者身临其境，如同观看话剧一般。

完璧归赵及渑池会中：蔺相如在秦廷及会场上多次慷慨陈词，据理力争。时而语气平和，时而直言明辩，时而大声斥责，语言有理有据有节，充分表现出一个不畏强暴、有智有勇，长于辞令的外交家形象。

在将相和中，以廉颇狂妄言论表现了他的自大与狭隘，非常符合廉颇的武将作风。当后来廉颇知过改过、负荆请罪，又坦诚道："鄙贱之人，不知将军宽之至此也！"语言不多但充分表现出廉颇直率的性格。

【诵读体情】

一、关于和氏璧

1.和氏献璧

《韩非子》：楚人和氏得玉璞（pú）（于）于楚山中，奉而献之（于）厉王。厉王使玉人相之，玉人曰："石也。"王以和氏为诳（kuáng）而刖（yuè）其左足。及厉王薨（hōng），武王即位，和又奉其璞而献之武王。武王使玉人相之，又曰："石也。"王又以和为诳而刖其右足。武王薨，文王即位，和乃抱其璞而哭于楚山之下，三日三夜，泣尽而继之以血。王闻之，使人问其故，曰："天下之刖者多矣，子奚哭之悲也？"和曰："吾非悲刖也，悲夫宝玉而题之以石，贞士而名之以诳，此吾所以悲也。"王乃使玉人理其璞而得宝焉，遂名曰"和氏之璧"。

（摘自《短篇文言文译注》P263~264；另见高2002级三册课本P358）

2.和氏璧传奇

（1）和氏璧的来历。

春秋时期，楚国有个人叫卞和，在楚山中得到一块璞（里面包着玉的石头），他就献给楚厉王。楚厉王让玉匠鉴定，玉匠说是一块普通的石头。楚厉王认为卞和欺骗他，就砍掉了卞和的左脚。

后来，楚武王即位，卞和又捧着璞来献给楚武王。楚武王也让玉匠鉴定，玉匠又说是石头。楚武王也认为卞和欺骗他，就砍掉了卞和的右脚。

到了楚文王即位的时候，卞和抱着璞在楚山下大哭，一连哭了三天三夜，眼泪都哭干了，流出血来。楚文王听说后觉得奇怪，就派人去问卞和："天下被砍去脚的人很多，你为何哭得这么悲伤？"卞和答道："我并不是为被砍掉脚而悲伤，我是为宝玉被称作石头而悲伤，为忠贞之士被称作行骗之徒而悲伤。"楚文王就命令玉匠剖开璞，果然得到宝玉，因此，就把这块玉命名为"和氏璧"。

（2）赵惠文王怎么得到和氏璧的？

自楚文王后，和氏璧一直留在楚国。到楚威王时，楚相昭阳有一次举行盛大宴会，拿来和氏璧让大家观赏，结果席间和氏璧不翼而飞。昭阳怀疑是张仪所偷，因为当时楚威王不收留张仪，张仪穷困潦倒，寄昭阳门下。昭阳把张仪打得皮开肉绽，打死过去好几次，张仪这才离开楚国，到秦国去。后来昭阳曾出千金求购此璧，但偷璧的人不敢出献，因此昭阳最终没能找到和氏璧。

有一天，一位远客来到赵国宦者令缪贤的府前，拿着一块玉璧叫卖。缪贤见此璧白润无瑕，宝光闪烁，就花了五百金买下。后来缪贤让玉匠前来相玉，玉匠大吃一惊，说这就是真正的和氏璧。缪贤异常惊喜，连忙秘藏起来。但早已有人将此事报告了赵惠文王，赵王向缪贤索取，因为缪贤非常喜爱和氏璧，所以没有立即献璧。赵王大怒，趁出猎之机，突然来到缪贤家里，搜走了和氏璧。

赵惠文王就是这样得到楚国的和氏璧的。《廉颇蔺相如列传》上缪贤说的"臣尝有罪"就指此事。

（3）和氏璧价值十五座城吗？

说和氏璧价值连城当然是夸张的，秦昭王用十五座城来交换，当然只不过是一种欺骗的手段罢了。但和氏璧的确不同于一般的玉璧，它有独特的功能。

据古书记载，和氏璧大致是圆形中有一小圆孔的板状体，就好像是一个中间掏个圆孔的圆饼。把它放在黑暗处，它能熠熠发光，能除尘埃，能避邪魅，因此又称"夜光之璧"。把它放在座位间，冬天则非常暖和，可以用来代替火炉；夏天则非常凉爽，百步之内，蝇蚋不入。

所以称和氏璧为稀世珍宝、"天下所共传之宝"是一点也不过分的。

（4）秦昭王得到和氏璧了吗？

当时，给缪贤相玉的玉匠偶尔来到秦国，给秦昭王治玉，玉匠无意夸起了和氏璧，提到它的下落。秦昭王知道赵惠文王得到璧，便想把璧骗到手，于是才有了"完璧归赵"这个故事。

由于蔺相如的勇敢机智，秦昭王的阴谋没能得逞，秦昭王最终也没能得到和氏璧，直到秦始皇灭了楚国后，才得到和氏璧。

（5）和氏璧的下落。

秦始皇统一六国后，令良工巧匠将和氏璧加以雕琢，让李斯在上面刻写了"受命于天，既寿永昌"八个字，制成传国玉玺，从此成为君权的象征。

秦灭亡后，和氏璧又到了汉高祖刘邦的手中。

在以后的改朝换代中，和氏璧便一代一代辗转相传下来。直到唐朝第九代李从珂时，契丹人耶律光打进洛阳，李从珂抱着和氏璧出逃，在玄武楼被火烧死，和氏璧从此下落不明。（摘自1999年12月21日《语文报》）

二、古人对于完璧归赵的认识

蔺相如"完璧归赵"历来被人们称道。明代文学家王世贞却对此质疑，作《蔺相如完璧归赵论》，全盘否定。读读这篇史论，说说王氏是从哪些方面批评"完璧归赵"一事的，他的见解是否有道理。

蔺相如完璧归赵论

蔺相如之完璧【1】，人皆称之【2】。予未敢以为信也。

夫秦以十五城之空名，诈赵而胁其璧。是时言取璧者情也，非欲以窥赵也【3】。赵得其情则弗予，不得其情则予；得其情而畏之则予，得其情而弗畏之则弗予。此两言决耳【4】，奈之何既畏而复挑其怒也！

且夫秦欲璧，赵弗予璧，两无所曲直也。入璧而秦弗予城，曲在秦。秦出城而璧归【5】，曲在赵。欲使曲在秦，则莫如弃璧；畏弃璧，则莫如弗予。夫秦王既按图以予城，又设九宾，斋而受璧，其势不得不予城。璧入而城弗予，相如则前请曰："臣固知大王之弗予城也。夫璧，非赵宝乎，而十五城秦宝也。今使大王以璧故，而亡其十五城。十五城之子弟，皆厚怨大王以弃我如草芥也。大王弗予城，而绐赵璧【6】，以一璧故，而失信于天下，臣请就死于国，以明大王之失信。"秦王未必不返璧也。今奈何使舍人怀而逃之，而归直于秦！是时秦意未欲与赵绝耳。令秦王怒而僇相如于市【7】，武安君十万众压邯郸【8】，而责璧与信【9】，一胜而相如族，再胜而璧终入秦矣。

吾故曰，蔺相如之获全于璧也，天也。若其劲渑池，柔廉颇，则愈出而愈妙于用，所以能完赵者，天固曲全之哉！

【注释】

【1】完璧：指完璧归赵。

【2】称：称道，称颂。

【3】是时言取璧者情也，非欲以窥赵也：这时秦国声言要取璧是实情，不是想要借此打赵国的主意。情，实情。

【4】此两言决耳：这只要两句话就决断了。

【5】出：交出，拿出。

【6】绐（dài）：欺骗，欺诈。

【7】令：假如。僇：通"戮"。

【8】武安君：即白起，秦国大将。

【9】责璧与信：意思是索取璧和责令赵国守信。责，索取、责令。族：灭族。

答：设计本题的目的是让学生读读史论，学习从不同的方面思考问题，质疑问难。王世贞《蔺相如完璧归赵论》从两个方面批评"完璧归赵"一事。

一方面说明"是时言取璧者情也，非欲以窥赵"，指出"完璧归赵"是"既畏而复挑其怒也"。

另一方面说明"秦欲璧，赵弗予璧，两无所曲直"，"秦王既按图以予城，又设九宾，斋而受璧，其势不得不予城"，指出"使舍人怀而逃亡"的做法是错误的。作者的看法是否正确，可让学生结合当时的历史背景讨论，只要言之成理就可以。

三、附录

历代名家评《廉颇蔺相如列传》

1.茅坤：两人为一传，中复附赵奢，已而复缀李牧，合为四人传，须详太史公次四人线索，才知赵之兴亡矣。（选自《史记钞》卷四九）

2.凌稚隆：相如渑池之会，如请秦王击缶，如召赵御史书，如请咸阳为寿，一一与之相匹，无纤毫挫于秦，一时勇敢之气，真足以褫秦人之魄者，太史公每于此等处，更著精神。（选自《史记评林》卷八一）

3.李晚芳：人徒以完璧归赵，渑池抗秦二事，艳称相如，不知此一才辩之士所能耳，未足以尽相如；惟观其引避廉颇一段议论，只知有国，不知有己，深得古人公尔国尔之意，非大学问人，见不到，亦道不出，宜廉将军闻而降心请罪也。人只知廉颇善用兵,能战胜攻取耳,亦未足以尽廉颇;观其与赵王诀,如期不还,请立太子以绝秦望之语,深得古人社稷为重之旨,非大胆识,不敢出此言,非大忠勇不敢任此事。钟伯敬谓,二人皆古大臣风,斯足以知廉蔺者也。篇中写相如智勇,纯是道理烂熟胸中,其揣量秦王情事,无不切中者,理也。措辞以当秦王,令其无可置喙者,亦理也。卒礼而归之,非前倨而后恭,实理顺而人服耳。观其写持璧睨柱处,须眉毕动;进缶叱左右处,声色如生。奇事编得奇文以传之,遂成一段奇话,琅琅于汗青糜间,千古凛凛。廉将军居赵,事业甚多,《史》独纪其与王诀及谢如二事而已,非略之也。见此二事,皆非常事,足以概廉将军矣。读此可悟作史去取之法。(选自《读史管见》卷二《廉蔺列传》)

4.合纵连衡:战国时弱国联合进攻强国,称为合纵。随从强国去进攻其他弱国,称为连衡,也叫合横、连横。战国后期,秦最强大,合纵就指齐、楚、燕、赵、韩、魏等国联合抗秦,连衡就指这些国家中的某几国跟从秦国进攻其他国家。一说南北为纵,六国地连南北,故六国联合抗秦谓之合纵;东西为横,秦地偏西,六国居东,故六国服从秦国谓之连衡。公孙衍、张仪、苏秦、庞煖即当时著名的纵横家。

柳子厚墓志铭

韩 愈

子厚,讳宗元。七世祖庆,为拓跋魏侍中,封济阴公【1】。曾伯祖奭,为唐宰相,与褚遂良、韩瑗俱得罪武后,死高宗朝【2】。皇考讳镇,以事母弃太常博士,求为县令江南【3】。其后以不能媚权贵,失御史。权贵人死,乃复拜侍御史【4】。号为刚直,所与游皆当世名人【5】。

子厚少精敏,无不通达。逮其父时,虽少年,已自成人,能取进士第,崭然见头角【6】。众谓柳氏有子矣。其后以博学宏词,授集贤殿正字【7】,蓝田蔚。俊杰廉悍,议论证据今古,出入经史百子,踔厉风发,率常屈其座人【8】。名声大振,一时皆慕与之交。诸公要人,争欲令出我门下,交口荐誉之【9】。

贞元十九年,由蓝田尉拜监察御史【10】。顺宗即位,拜礼部员外郎【11】。遇用事者得罪,例出为刺史【12】。未至,又例贬永州司马【13】。居闲,益自刻苦,务记览,为词章,泛滥停蓄,为深博无涯涘【14】。而自肆于山水间。

元和中，尝例召至京师；又偕出为刺史，而子厚得柳州【15】。既至，叹曰："是岂不足为政邪？"因其土俗，为设教禁，州人顺赖。其俗以男女质钱，约不时赎，子本相侔，则没为奴婢【16】。子厚与设方计，悉令赎归【17】。其尤贫力不能者，令书其佣，足相当，则使归其质【18】。观察使下其法于他州，比一岁，免而归者且千人【19】。衡湘以南为进士者，皆以子厚为师，其经承子厚口讲指画为文词者，悉有法度可观【20】。

其召至京师而复为刺史也，中山刘梦得禹锡亦在遣中，当诣播州【21】。子厚泣曰："播州非人所居，而梦得亲在堂，吾不忍梦得之穷，无辞以白其大人；且万无母子俱往理。"【22】请于朝，将拜疏，愿以柳易播，虽重得罪，死不恨【23】。遇有以梦得事白上者，梦得于是改刺连州【24】。呜呼！士穷乃见节义。今夫平居里巷相慕悦，酒食游戏相徵逐，诩诩强笑语以相取下，握手出肺肝相示，指天日涕泣，誓生死不相背负，真若可信；一旦临小利害，仅如毛发比，反眼若不相识【25】。落陷阱，不一引手救，反挤之，又下石焉者，皆是也。此宜禽兽夷狄所不忍为，而其人自视以为得计。闻子厚之风，亦可以少愧矣。

子厚前时少年，勇于为人，不自贵重顾籍，谓功业可立就，故坐废退。既退，又无相知有气力得位者推挽，故卒死于穷裔【26】。材不为世用，道不行于时也。使子厚在台省时，自持其身，已能如司马刺史时，亦自不斥；斥时，有人力能举之，且必复用不穷。然子厚斥不久，穷不极，虽有出于人，其文学辞章，必不能自力，以致必传于后如今，无疑也。虽使子厚得所愿，为将相于一时，以彼易此，孰得孰失，必有能辨之者【27】。

子厚以元和十四年十一月八日卒，年四十七【28】。以十五年七月十日，归葬万年先人墓侧【29】。子厚有子男二人：长曰周六，始四岁；季曰周七，子厚卒乃生【30】。女子二人，皆幼。其得归葬也，费皆出观察使河东裴君行立【31】。行立有节概，重然诺，与子厚结交，子厚亦为之尽，竟赖其力。葬子厚于万年之墓者，舅弟卢遵【32】。遵，涿人，性谨慎，学问不厌【33】。自子厚之斥，遵从而家焉，逮其死不去。既往葬子厚，又将经纪其家，庶几有始终者。

铭曰："是惟子厚之室，既固既安，以利其嗣人。"

【注释】

【1】七世：史书记柳宗元七世祖柳庆在北魏时任侍中，入北周封为平齐公。子柳旦，任北周中书侍郎，封济阴公。韩愈所记有误。侍中：门下

省的长官，掌管传达皇帝的命令。北魏时侍中位同宰相。拓跋魏：北魏国君姓拓跋（后改姓元），故称。

【2】曾伯祖奭（shì）：字子燕，柳旦之孙，柳宗元高祖子夏之兄。当为高伯祖，此作曾伯祖误。柳奭在贞观年间（627－649）为中书舍人，因外甥女王氏为皇太子（唐高宗）妃，擢升为兵部侍郎。王氏当了皇后后，又升为中书侍郎。永徽三年（652）代褚遂良为中书令，位相当于宰相。后来高宗欲废王皇后立武则天为皇后，韩瑗和褚遂良力争，武则天一党人诬说柳要和韩、褚等谋反，被杀。褚（chǔ）遂良：字登善，曾做过吏部尚书、同中书门下三品、尚书右仆射等官。唐太宗临终时命他与长孙无忌一同辅助高宗。后因劝阻高宗改立武后，遭贬忧病而死。韩瑗（yuàn）：字伯玉，官至侍中，为救褚遂良，也被贬黜。

【3】皇考：古时在位皇帝对先皇的尊称，后引申为对先祖的尊称，在本文中指先父。太常博士：太常寺掌宗庙礼仪的属官。柳镇在唐肃宗时授左卫率府兵曹参军，辅佐郭子仪守朔方。后调长安主簿，母亲去世后守丧，后来命为太常博士。柳镇以有尊老孤弱在吴，再三辞谢，愿担任宣称（今属安徽）县令。这里说"以事母弃太常博士"，可能是作者的失误。

【4】权贵：这里指窦参。柳镇曾迁殿中侍御史，因不肯与御史中丞卢佋、宰相窦参一同诬陷侍御史穆赞，后又为穆赞平反冤狱，得罪窦参，被窦参以他事陷害贬官。权贵人死：其后窦参因罪被贬，第二年被唐德宗赐死。侍御史：御史台的属官，职掌纠察百僚，审讯案件。

【5】号为刚直：郭子仪曾表柳镇为晋州录事参军，晋州太守骄悍好杀戮，官吏不敢与他相争，而柳镇独能抗之以理，所以这样说。所与游皆当世名人：柳宗元有《先君石表阴先友记》，记载他父亲相与交游者计六十七人，书于墓碑之阴。并说："先君之所与友，凡天下善士举集焉。"

【6】逮（dài）其父时：在他父亲在世的时候。柳宗元童年时代，其父柳镇去江南，他和母亲留在长安。至十二三岁时，柳镇在湖北、江西等地做官，他随父同去。柳镇卒于贞元九年（793），柳宗元年二十一岁。逮，等到。已自成人：柳宗元十三岁即作《为崔中丞贺平李怀光表》，刘禹锡作集序说："子厚始以童子，有奇名于贞元初。"取进士第：贞元九年（793）柳宗元进士及第，年二十一。

【7】博学宏词：柳宗元于贞元十二年（796）中博学宏词科，年二十四。唐制，进士及第者可应博学宏词考选，取中后即授予官职。集贤殿：集贤殿书院，掌刊辑经籍，搜求佚书。正字：集贤殿置学士、正字等官，

正字掌管编校典籍、刊正文字的工作。柳宗元二十六岁授集贤殿正字。

【8】踔（chuō）厉风发：议论纵横，言辞奋发，见识高远。踔，远。厉，高。

【9】令出我门下：意谓都想叫他做自己的门生以沾光彩。交口：异口同声。

【10】蓝田：今属陕西。尉：县府管理治安，缉捕盗贼的官吏。监察御史：御史台的属官，掌分察百僚，巡按郡县，纠视刑狱，整肃朝仪诸事。

【11】礼部员外郎：官名，掌管辨别和拟定礼制之事及学校贡举之法。柳宗元得做此官是王叔文、韦执谊等所荐引。

【12】用事者：掌权者，指王叔文。唐顺宗做太子时，王叔文任太子属官，顺宗登位后，王叔文任户部侍郎，深得顺宗信任。于是引用新进，施行改革。旧派世族和藩镇宦官拥立其子李纯为宪宗，将王叔文贬黜，后来又将其杀戮。和柳宗元同时贬作司马的共八人，号"八司马"。例出：按规定遣出。永贞元年（805），柳宗元被贬为邵州（今湖南邵阳）刺史。

【13】例贬：依照"条例"贬官。永州：今湖南零陵县。司马：本是州刺史属下掌管军事的副职，唐时已成为有职无权的冗员。

【14】居闲：指公事清闲。记览：记诵阅览。此喻刻苦为学。无涯涘（sì）：无边际。涯、涘，均是水边。

【15】偕出：元和十年（815），柳宗元等"八司马"同时被召回长安，但又同被迁往更远的地方。柳州：唐置，属岭南道，即今广西柳州。

【16】子：子金，即利息。本：本金。相侔（móu）：相等。

【17】与设方计：替债务人想方设法。

【18】书：写，记下。佣：当雇工。此指雇工劳动所值，即工资。

【19】观察使：又称观察处置使，是中央派往地方掌管监察的官。下其法：推行赎回人质的办法。

【20】衡湘：衡山、湘水，泛指岭南地区。为：应试。

【21】中山：今河北定州。刘梦得：名禹锡，彭城（今江苏铜山）人，中山为郡望。其祖先汉景帝子刘胜曾封中山王。王叔文失败后，刘禹锡被贬为郎州司马，这次召还入京后又贬播州刺史。诣：前往。播州：今贵州绥阳。

【22】亲在堂：母亲健在。大人：父母。此指刘禹锡之母。句谓这种不幸的处境难以向老母讲。

【23】拜疏（shū）：上呈奏章。以柳易播：意指柳宗元自愿到播州去，

让刘禹锡去柳州。

【24】"遇有"句：指当时御史中丞裴度、崔群上疏为刘禹锡陈情一事。刺：用作动词。连州：唐属岭南道，州治在今广东连州。

【25】如毛发比：譬喻事情之细微。比，类似。

【26】穷裔：穷困的边远地方。

【27】台省：御史台和尚书省。为将相于一时：被贬"八司马"中，只有程异后来得到李巽推荐，位至宰相，但不久便死，也没有什么政绩。此处暗借程异作比。

【28】元和：唐宪宗年号（806—820）。十四年：即819年。十一月八日：一作"十月五日"。

【29】万年：在今陕西临潼东北。先人墓：在万年县之栖凤原。见柳宗元《先侍御史府君神道表》。

【30】周七：即柳告，字用益，柳宗元遗腹子。

【31】河东：今山西永济。裴行立：绛州稷山（今山西稷山）人，时任桂管观察使，是柳宗元的上司。

【32】卢遵：柳宗元舅父之子。

【33】涿（zhuō）：今河北涿州。

【初读知情】

韩愈（768—824），字退之，号昌黎，故世称韩昌黎，谥号文公，故世称韩文公，唐朝河南河阳（今河南孟州）人，是唐宋八大家之一。晚年任吏部侍郎，故又称韩吏部。在文学上，韩愈提出了"文以载道"和"文道结合"的主张，反对六朝以来骈偶之风。韩愈的作品非常多，现存诗文700余篇，其中散文近400篇。其赋、诗、论、说、传、记、颂、赞、书、序、哀辞、祭文、碑志、状、表、杂文等各种体裁的作品，均有卓越的成就，故有"文章巨公"和"百代文宗"之名，有"文起八代之衰"的美称。

墓志铭，古代文体的一种，刻石纳入墓内或墓旁，表示对死者的纪念，以便后人稽考。墓志铭通常分为两部分：前一部分是序文，记叙死者世系、名字、爵位及生平事迹等，称为"志"；后一部分是"铭"，多用韵文创作，表示对死者的悼念和赞颂。《虢州司户韩府君墓志铭》《国子助教河东薛君墓志铭》《秘书少监赠绛州刺史独孤府君墓志铭》等都是韩愈的作品。与这些作品相比《柳子厚墓志铭》在文章题目上有什么不同？表现了韩愈对柳宗元什么样的情感？为什么是他给柳宗元写墓志铭？

联系文后注释把课文通读一遍吧。

【复读认情】

柳宗元在中央是"礼部员外郎"，在地方是"柳州刺史"，按照惯例，墓志铭应写官衔，而这篇文章却根据"朋友相呼以字"的规矩，称《柳子厚墓志铭》，定下朋友的基调。而且读了这篇文章，你会发现，韩愈全文是以朋友之义为主线来称赞柳宗元的，文章、政事只是作为旁及的材料。

韩愈和柳宗元同是唐代古文运动中桴鼓相应的领袖，私交甚深，友情笃厚。除了古文运动之外，你还知道哪些韩愈和柳宗元息息相通之处？韩愈写过不少哀悼和纪念文字，这是其中较有代表性的一篇。在这篇文章中，韩愈叙述了好友柳宗元的哪些事？他是怎么评价柳宗元的？再读文本，试着用你的语言概括一下吧。

【点拨悟情】

这篇散文首先叙述了柳宗元的家世，着重凸显了其父为人孝道、性格刚直。接着叙述了柳宗元少年得志，才情过人，在仕途中遭遇骤升，又遭遇远贬。在叙述柳宗元仕途骤升时，是权贵们争相拉拢的结果，而不是他自己苟苟钻营之故；叙述永贞革新失败柳宗元遭贬时，也是讲他这一遭遇不过是受人连累之故，而且这段叙述很简略。接着叙述了柳宗元在永州时一方面纵情山水，刻苦为辞章；另一方面解决男女质钱而被没为奴婢的陋俗，表现出了为政的才能。接着叙述柳宗元复召京师刺史而又被改贬为柳州刺史的经过，凸显出了柳宗元对朋友的风义。接着评价总结了柳宗元一生得失，既抒发了对柳宗元遭遇的惋惜与同情，后更庆慰因此遭遇柳宗元发愤为文致使其文章流传后世。接着交代了柳宗元之死及归葬的过程，抒发了对其家室子女未来的关切之情。最后是用三句铭辞，再次抒发了自己对柳宗元的一往情深。

《柳子厚墓志铭》显示出了韩愈高超的裁剪之功，请你再读原文，看看韩愈详写了哪些内容，略写了哪些内容呢。对呀，韩愈在叙述柳宗元生平事迹时突出详细写了他文学好，做基层长官做得好，有益于人民，当了个好老师，弘扬师道，强调柳宗元讲道德重义气，重点议论节气，因"穷""困"而更显节义，而略写永贞革新。可以看出文章处处表现出了韩愈的用心良苦，他在想方设法地称赞柳宗元。整篇文章写得酣畅淋漓，顿挫盘郁,字字句句都是韩愈至性至情之所发,感人肺腑!

《柳子厚墓志铭》浸透和倾注了韩愈丰沛的情感,在文中,韩愈愤激之笔频出,不平之鸣屡见,形成了夹叙夹议、议论横生、深沉蕴藉、诚挚委婉的特殊风格韵味。你能找到那些饱含韩愈情思的语句吗?试着分析一下韩愈隐含于其中的特殊的情感吧。

【诵读体情】

韩愈、柳宗元虽政见不同,但韩愈对柳宗元的人品、文学成就却大加赞赏。两人结交深厚。韩在柳去世后陆续写了三篇文章来怀念他,分别是《柳子厚墓志铭》《柳州罗池庙碑》《祭柳子厚文》。其中,《柳子厚墓志铭》文笔最佳,历来广为传颂。把你想象成韩愈,饱含深情地朗读这篇经典作品吧。读完后,课文总会给我们一些启迪心灵的收获,完成下列题目,再次感悟韩愈和柳宗元的深情厚谊吧。

1.谈谈柳宗元仕途坎坷的经历带给你什么样的思考。

2.韩愈的《柳子厚墓志铭》,详细记述了柳宗元一生的经历和事迹,谈谈你对有识之士在封建社会的倾轧中生存际遇的理解和思考。

段太尉逸事状

柳宗元

太尉始为泾州刺史时【1】,汾阳王以副元帅居蒲【2】。王子晞为尚书【3】,领行营节度使,寓军邠州【4】,纵士卒无赖【5】。邠人偷嗜暴恶者【6】,率以货窜名军伍中【7】,则肆志【8】,吏不得问。日群行丐取于市,不嫌【9】,辄奋击折人手足,椎釜鬲瓮盎盈道上【10】,袒臂徐去,至撞杀孕妇人。邠宁节度使白孝德以王故【11】,戚不敢言。

太尉自州以状白府【12】,愿计事。至则曰:"天子以生人付公理【13】,公见人被暴害,因恬然,且大乱,若何?"孝德曰:"愿奉教。"太尉曰:"某为泾州,甚适,少事;今不忍人无寇暴死,以乱天子边事。公诚以都虞候命某者【14】,能为公已乱,使公之人不得害。"孝德曰:"幸甚!"如太尉请。

既署一月,晞军士十七人入市取酒,又以刃刺酒翁,坏酿器,酒流沟中。太尉列卒取十七人,皆断头注槊上【15】,植市门外【16】。晞一营大噪,尽甲。孝德震恐,召太尉曰:"将奈何?"太尉曰:"无伤也!请辞于军。"孝德使数十人从太尉，太尉尽辞去。解佩刀，选老躄者一人持马【17】，至晞门下。甲者出，太尉笑且入曰："杀一老卒，何甲也？吾戴吾头来矣！"甲者愕。因谕曰："尚书固负若属耶？副元帅固负若属耶？奈何欲以乱败郭氏？为白尚书，出听我言。"

晞出见太尉。太尉曰："副元帅勋塞天地，当务始终。今尚书恣卒为暴，暴且乱，乱天子边，欲谁归罪？罪且及副元帅。今邠人恶子弟以货窜名军籍中，杀害人，如是不止，几日不大乱？大乱由尚书出，人皆曰尚书倚副元帅，不戢士【18】。然则郭氏功名，其与存者几何？"言未毕，晞再拜曰："公幸教晞以道，恩甚大，愿奉军以从。"顾叱左右曰："皆解甲散还火伍中【19】，敢哗者死！"太尉曰："吾未晡食【20】，请假设草具【21】。"既食，曰："吾疾作，愿留宿门下。"命持马者去，旦日来。遂卧军中。晞不解衣，戒候卒击柝卫太尉。旦，俱至孝德所，谢不能，请改过。邠州由是无祸。

先是，太尉在泾州为营田官【22】。泾大将焦令谌取人田，自占数十顷，给与农，曰："且熟，归我半。"是岁大旱，野无草，农以告谌。谌曰："我知入数而已，不知旱也。"督责益急，农且饥死，无以偿，即告太尉。

太尉判状，辞甚巽【23】，使人求谕谌。谌盛怒，召农者曰："我畏段某耶？何敢言我！"取判铺背上，以大杖击二十，垂死，舆来庭中。太尉大泣曰："乃我困汝！"即自取水洗去血，裂裳衣疮，手注善药，旦夕自哺农者，然后食。取骑马卖，市谷代偿，使勿知。

淮西寓军帅尹少荣【24】，刚直士也。入见谌，大骂曰："汝诚人耶？泾州野如赭【25】，人且饥死，而必得谷，又用大杖击无罪者。段公，仁信大人也，而汝不知敬。今段公唯一马，贱卖市谷入汝，汝又取不耻。凡为人傲天灾、犯大人、击无罪者，又取仁者谷，使主人出无马，汝将何以视天地，尚不愧奴隶耶！"谌虽暴抗【26】，然闻言则大愧流汗，不能食，曰："吾终不可以见段公！"一夕，自恨死。

及太尉自泾州以司农征【27】，戒其族："过岐【28】，朱泚幸致货币【29】，慎勿纳。"及过，泚固致大绫三百匹。太尉婿韦晤坚拒，不得命。至都，太尉怒曰："果不用吾言！"晤谢曰："处贱无以拒也。"太尉曰："然终不以在吾第。"以如司农治事堂【30】，栖之梁木上。泚反，太尉终，吏以告泚，泚取视，其故封识具存【31】。

太尉逸事如右【32】。

元和九年月日【33】，永州司马员外置同正员柳宗元谨上史馆【34】。今之称太尉大节者，出入以为武人一时奋不虑死【35】，以取名天下，不知太尉之所立如是【36】。宗元尝出入岐周邠斄间【37】，过真定【38】，北上马岭【39】，历亭障堡戍【40】，窃好问老校退卒【41】，能言其事。太尉为人姁姁【42】，常低首拱手行步，言气卑弱，未尝以色待物【43】；人视之，儒者也。遇不可，必达其志，决非偶然者。会州刺史崔公来，言信行直，备得太尉遗事，覆校无疑，或恐尚逸坠，未集太史氏，敢以状私于执事【44】。谨状。

【注释】

【1】太尉：名秀实，字成公。唐汧阳（今陕西省千阳县）人。官至泾州刺史兼泾原郑颍节度使。唐德宗建中四年（783），泾原士兵在京哗变，德宗仓皇出奔，叛军遂拥戴原卢龙节度使朱泚为帝。当时段太尉在朝中，以狂贼斥之，并以朝笏廷击朱泚面额，被害，追赠太尉（见两唐书本传）。状是旧时详记死者世系、名字、爵里、行治、寿年的一种文体。逸事状专录人物逸事，是状的一种变体。唐代宗广德二年（764），因邠宁节度使白孝德的推荐，段秀实任泾州（治所在今甘肃泾川北）刺史。这里以段秀实死后追赠的官名称呼他，以示尊敬。

【2】汾阳王：即郭子仪。郭子仪平定安史之乱有功，于唐肃宗宝应元年（762）进封汾阳王。唐代宗广德二年（764）正月，郭子仪兼任关内、河东副元帅，河中节度、观察使，出镇河中。蒲：州名，唐为河中府（治所在今山西永济）。

【3】王子晞：郭晞，汾阳王郭子仪之子。

【4】寓军：在辖区之外驻军。邠（bīn）州：治所在今陕西境内。

【5】无赖：横行不法。

【6】偷：狡黠。嗜：贪心。暴：强暴。恶：凶恶。

【7】货：财物，这里指贿赂。窜：不正当地混入。军伍：指军籍。

【8】肆志：为所欲为。

【9】嗛：通"慊"（qiè），满足，快意。

【10】椎：作动词，砸。釜：锅。鬲（lì）：一种像鼎一样的烹饪器。瓮（wèng）：盛酒的陶器。盎：腹大口小的容器。

【11】白孝德：安西（治所在今新疆库车）人，李广弼部将，唐代宗广德二年（764）任邠宁节度使。

【12】状：一种陈述事实的文书。白：禀告。

【13】生人：生民，百姓。理：治理。

【14】都虞候：军队中的执法官。

【15】注：悬挂。

【16】植：竖立。

【17】躄（bì）：跛脚。躄者：腿脚不灵便之人。

【18】戢（jí）：管束。

【19】火伍：队伍。

【20】晡（bū）食：晚餐。晡，申时，下午三至五时。

【21】假设：借备。草具：粗劣的食物。

【22】太尉句：白孝德初任邠宁节度使时，以段秀实署置营田副使。唐制，诸军万人以上置营田副使一人，掌管军队屯垦。

【23】巽（xùn）：通"逊"，委婉，谦恭。

【24】淮西：今河南许昌、信阳一带。

【25】野如赭（zhě）：形容土地赤裸，寸草不生。赭，赤褐色。

【26】暴抗：残暴傲慢。

【27】及太尉句：唐德宗建中元年（780）二月，段秀实自泾原节度使被召为司农卿。司农卿，为司农寺长官，掌国家储粮用粮之事。

【28】岐：州名，治所在今陕西凤翔南。

【29】货币：物品和钱币。

【30】以如：以之如，把三百匹绫送去。

【31】识（zhì）：标记。

【32】"太尉"句：这是表示正文结束的话。

【33】元和九年：公元814年。元和是唐宪宗李纯年号（806—820）。

【34】永州句：当时柳宗元任永州（治所在今湖南零陵）司马，这里是他官职地位的全称。史馆：国家修史机构。

【35】出入：大抵，不外乎。

【36】所立：指品德，为人。

【37】"宗元"句：柳宗元于贞元十年（794）曾游历邠州一带。周：在岐山下，今陕西省眉县一带。麓（tái）：同"邰"，在今陕西武功西。

【38】真定：不可考，或是"真宁"之误。真宁即今甘肃正宁。

【39】马岭：山名，在今甘肃庆阳西北。

【40】亭障堡戍：古代在边地多筑亭、设障、建堡垒、置戍所，以驻扎军队守望防敌。

【41】校：中下级军官。

【42】姁（xǔ）姁：和善的样子。

【43】色：脸色。物：此指人。

【44】执事：对对方的尊称，这里指史官韩愈。

【初读知情】

柳宗元（773—819），字子厚，汉族，河东解州（今山西运城）人，唐宋八大家之一，唐代文学家、哲学家、散文家和思想家，世称"柳河东"，因官终柳州刺史，又称"柳柳州"。

贞元九年（793）进士，先后任集贤殿正字、蓝田县尉、监察御史里行等职。贞元二十一年（805）正月，顺宗即位，柳宗元参加王叔文集团的政治革新活动，被擢升为礼部员外郎。为期不到八个月，在宦官和藩镇势力的反对下，顺宗逊位，改革失败。同年十一月，柳宗元和刘禹锡等八人同时被贬为远地各州司马，史称"八司马事件"，他被贬为永州（今湖南零陵）司马。

柳宗元在永州十年，有机会了解民生疾苦，游览山水名胜，潜心著书立说。元和十年（815）奉诏回京，不久出任柳州刺史。在柳州四年，兴办学校，革除陋习，颇有政绩。元和十四年（819），病卒于柳州，年仅47岁。有《柳河东集》。

柳宗元的诗文均有建树，在被贬期间，经常与刘禹锡唱和，并称"刘柳"，他的山水诗也很有名，与王维、孟浩然、韦应物并称"王孟韦柳"。

柳宗元的散文成就与韩愈齐名，并称为"韩柳"，是唐宋八大家之一。他的散文大致可以分为论说文、寓言、山水游记、传记和骚体文五种，成就最高的是山水游记。

他的论说文论证古今，征引经史，敢于自出议论，针砭时弊，结构缜密，雄辩犀利。代表作《封建论》以当时藩镇割据的社会现实而作，论述了中国历史上分封制的兴衰和被郡县制取代的必然性，揭示了藩镇割据的弊端。

他的寓言继承和发展了先秦诸子的寓言传统，形象说理，短小精悍，使寓言成为一种独立的文学体裁。代表作有《三戒》《蝜蝂传》等。

他在永州写的《永州八记》成为后世游记文学的典范，柳宗元因此被后人誉为"游记之祖"。

他的骚体文，是讽时刺世或抒写幽怨牢骚的杂文杂感。代表作有《牛赋》《乞巧文》等。

他的传记散文，往往取材真人真事，联系当时的社会问题，或歌颂，或批判，立意深远。代表作有《梓人传》《种树郭橐驼传》《捕蛇者说》等。

《段太尉逸事状》就是其中的一篇。

【复读认情】

《段太尉逸事状》这篇传记散文，记载了段秀实的哪几桩逸事？文中段秀实的历任官职是什么？为什么称他为太尉？逸事状是一种什么文体？为什么称段秀实为太尉？

在注释【1】中已讲明。文章记录了段太尉的三桩逸事，分别是勇服郭晞军、仁愧焦令谌及廉显治世堂。在这三桩逸事中，段秀实分别担任的官职是泾州刺史、营田副使、司农卿。作者在文中始终用太尉称呼段秀实，是用尊称表示对太尉的高尚品格的崇敬。

请简述这三桩逸事的故事梗概，并分析三桩事例中显示了段秀实的哪些可贵品质。

第一桩逸事勇服郭晞军，可以概括为三个情节单元：第一单元是郭晞军为非作歹。郭晞是郭子仪之子，他的军队驻扎在邠州，军中有市井无赖用行贿的手段入伍，然后为非作歹，打伤人，甚至伤及人命，地方官拿他们没有办法。第二单元是段太尉任都虞候。段秀实以制暴止乱安民的理由说服邠宁节度使白孝德任命自己为都虞候，都虞候是掌管军法军纪的职务，为他惩处为害百姓的军士取得了职权。第三单元是段刺史为民除害。段秀实将十七个打砸酒店，刺伤店主的军士砍头示众，大快人心。第三单元是亲入军营平哗乱。段秀实带一老卒进入郭晞军营，是为斩杀士卒事件善后，更是为说服郭晞约束士卒，这才是长久之计。

在这一事件中不止体现了段太尉的大勇，还有大智。斩杀为害的士卒、入军营平定士卒哗乱是大勇；先请求担任都虞候，以大义说服郭晞是大智。

第二桩逸事仁愧焦令谌。是在法令不能约束焦令谌之后，市马代偿，事实上解决了佃农的债务，在人格上让焦令谌愧恨而终。突出的是一个仁，这是儒家的核心思想，也是一个封建士大夫可贵的品质。

第三桩逸事廉显治世堂。不接受朱泚的贿赂，把三百匹大绫悬挂于治事堂，不止体现了廉洁，还体现了忠诚。朱泚在"建中之乱"中称帝，段太尉用朝笏击打他的面额，就是对唐王朝忠诚的明证。

【点拨悟情】

本文在艺术上特点也很鲜明。

1.用鲜活的事例塑造人物

段太尉的形象是在三件事例中刻画的，纯用冷静从容的写实手法，不着一句议论。他的勇是在斩杀十七名士卒、带一老卒进入危险重重的郭晞军营，笏击朱泚中体现出来的；他的智是在说服白孝德止暴安民，劝说郭晞维护汾阳王的声誉中体现出来的；他的仁不止体现在市马代偿，救了佃农一命。严明军纪，斩杀为害百姓的士卒，更是为了一方百姓的安宁，是大仁大义；他的廉洁体现在拒绝接受朱泚的贿赂；他的忠突出体现在朱泚造反称帝，段秀实为国捐躯。他在三件事例中，不论是做刺史兼都虞候，还是做营田副使和司农卿，都忠于职守。

2.细节生动、繁简得当

晞一营大噪，尽甲。孝德震恐，召太尉曰："将奈何？"太尉曰："无伤也！请辞于军。"

白孝德的震惊、恐惧和段秀实的勇气和胸有成竹跃然纸上。

太尉大泣曰："乃我困汝！"即自取水洗去血，裂裳衣疮，手注善药，旦夕自哺农者，然后食。

太尉愧悔自己虑事不周，对佃农的亲视汤药在他的言行中尽显。

细细品读，俯拾即是。

在三件事的处理上，先讲勇服郭晞军，极富传奇色彩，先声夺人，写得也最详尽，用了繁笔；然后插叙仁愧焦令谌，有张有弛；最后写廉显治世堂，用了简笔。

【诵读体情】

1.题目是"段太尉逸事状"，请正确解题，准确翻译课文题目。
2.通过阅读课文，找出段太尉的几件逸事。
3.通过段太尉的几件逸事，分析他的性格特点。

祭欧阳文忠公文

王安石

夫事有人力之可致，犹不可期，况乎天理之溟漠，又安可得而推【1】！惟公生有闻于当时，死有传于后世，苟能如此足矣，而亦又何悲！

如公器质之深厚【2】，智识之高远【3】，而辅以学术之精微，故充于文章，见于议论，豪健俊伟，怪巧瑰琦【4】。其积于中者，浩如江河之停蓄；其发于外者，烂如日月之光辉。其清音幽韵【5】，凄如飘风急雨之骤至；其雄辞闳辩【6】，快如轻车骏马之奔驰。世之学者，无问乎识与不识，而读其文，则其人可知。

呜呼！自公仕宦四十年【7】，上下往复【8】，感世路之崎岖；虽屯邅困踬【9】，窜斥流离，而终不可掩者【10】，以其公议之是非【11】。既压复起，遂显于世【12】；果敢之气，刚正之节，至晚而不衰【13】。

方仁宗皇帝临朝之末年，顾念后事【14】，谓如公者，可寄以社稷之安危；及夫发谋决策，从容指顾，立定大计【15】，谓千载而一时【16】。功名成就，不居而去【17】，其出处进退【18】，又庶乎英魄灵气【19】，不随异物腐散【20】，而长在乎箕山之侧与颍水之湄【21】。

然天下之无贤不肖【22】，且犹为涕泣而歔欷【23】。而况朝士大夫【24】，平昔游从，又予心之所向慕而瞻依【25】！

呜呼！盛衰兴废之理【26】，自古如此，而临风想望，不能忘情者，念公之不可复见而其谁与归【27】！

【注释】

【1】致：做到。溟漠：幽暗寂静，这里是渺茫的意思。推：推知，琢磨。

【2】器质：才能、度量和品质。

【3】智识：见识。

【4】瑰琦：奇特，美好。形容事物、文章卓尔不凡。宋玉《对楚王问》："夫圣人瑰意琦行，超然独处。"

【5】幽韵：优雅的韵调。

【6】闳辩：博大的辩论。

【7】仕宦：入仕做官。

【8】上下往复：指官位的升降、外贬召回。

【9】屯邅（zhūn zhān）：处境艰难困苦。困踬（zhì）：困厄不得升进。踬，跌倒，受挫。

【10】终不可掩：到底不会埋没。掩，埋没，淹没。

【11】以其公议之是非：因为是是非非，自有公论。

【12】既压复起，遂显于世：既经压抑，再又被起用，就名闻全国。遂，随即，就。

【13】衰：衰退，减弱。

【14】后事：身后之事。这里指老皇帝死后王位继承之事。

【15】发谋决策，从容指顾，立定大计：谋划方针、决定策略，都是从容行动，当机立断。指顾，手指目盼，比喻行动迅速。

【16】千载而一时：千载难逢的大事，一下子就得以决断了。

【17】不居而去：不以有功自居，而是请求退职而去。

【18】出处进退：从出任官职，到居家隐处。

【19】庶乎：大概，几乎。

【20】异物腐散：尸体腐烂消失。异物，肉体、尸体。

【21】长在乎箕山之侧与颍水之湄：长留在箕山之旁与颍水之滨。箕山，山名字，在今河南登封东南。颍水，颍河，源头在登封境内的颍谷。湄，水边。

【22】无贤不肖：无论贤与不贤之人，这里指全国上下的人士。

【23】歔欷：感叹、抽泣声。

【24】朝：一同上朝，这里作动词用。

【25】向慕：仰慕而亲近。瞻依：瞻仰，凭吊。

【26】盛衰兴废：人之生死，言外之意即人有生必有死。

【27】其谁与归：我将归向谁？

【初读知情】

王安石（1021－1086），字介甫，晚号半山，江西临川（今临川区邓家巷）人。去世后追谥号"文"，世人称为王文公，自号临川先生，晚年封荆国公，世称临川先生，又称王荆公。

王安石是中国杰出的政治家、文学家、思想家、改革家。其政治变法对北宋后期社会经济具有很深的影响，已具备近代变革的特点，被列宁誉为"中国十一世纪伟大的改革家"。

他的散文以雄健刚劲著称，使他成为"唐宋八大家"之一；其诗词则遒劲清新，豪气纵横。在文学上，王安石具有突出成就。其散文简洁峻切，短小精悍，论点鲜明，逻辑严密，有很强的说服力，充分发挥了古文的实际功用，名列"唐宋八大家"；其诗"学杜得其瘦硬"，擅长于说理与修辞，晚年诗风含蓄深沉、深婉不迫，以丰神远韵的风格在北宋诗坛自成一家，世称"王荆公体"；其词写物咏怀吊古，意境空阔苍茫，形象淡远纯朴。有《临川集》等著作存世。

王安石早年得到欧阳修的举荐、提拔，虽然他政治主张与欧阳修观点不同，但他很是感激欧阳修。宋神宗熙宁五年（1072）八月，北宋著名政治家、文学家欧阳修，在退居之地颍州（今安徽省阜阳市）去世，享年66岁。王安石当时在京为相，闻讯后写下这篇祭文。

请同学们联系文后注释把文章读一读，弄懂意思，然后再朗读。

【复读认情】

首段说"公生有闻于当时，死有传于后世"，从全文看，"公"的不朽主要表现在哪些方面呢？请用自己的话概括一下。

欧阳修的不朽可以用三句话概括：学术精微、文章灿烂；气节刚正、品德高尚；有安邦定国的才略。

王安石此文与诸家的祭奠文章不同，细读文章，和同学交流一下本文的特点，说说作者着重从哪几个方面对欧阳修加以评介赞扬的。

作者以议论张本，在对逝者的吊慰志哀中侧重评介赞扬，借以寄托自己的仰慕和悼念之情。尤其是最后一段抒发缅怀向往之情，颇为真挚，抒发了作者复杂的感情。

作者着重从三个方面对欧阳修进行评介。

一是文章学术上的成就与功绩。作者以一系列的排比对偶句形象生动地描述了欧阳修文的精妙之处，也点明了他在当时文坛的地位。北宋立国近百年，还承袭五代文章的陋习，文式骈偶，文风萎靡。欧阳修之前，也有不少人有志于文学改革，但都没有成功，至欧阳修，始师法韩愈，开创了一代新风。

二是褒赞欧阳修的政治道德。欧阳修自仁宗天圣八年（1030）中进士，任西京留守推官，至神宗熙宁四年（1072）退休，其间约四十年。仁宗时，社会问题已非常严重，以范仲淹为首的一批先识人士主张新政的呼声很高，得到了欧阳修等青年官员的支持，纷纷抨击因循守旧的政治势力。这批呼吁新政的人士当时被斥为朋党，一时无人再敢言事。这时，欧阳修又挺身而出，写了《朋党论》进呈仁宗，认为君子有朋党，小人则无，呼吁君主应毫无疑忌地任用君子之朋党。此后，又上书要求改革吏治。直至庆历三年（1043），在内外交困的情况下，仁宗不得不起用范仲淹、韩琦等执政，欧阳修主持谏院，进行了一些有限的改革，然而又遭到守旧派的极力阻挠。范仲淹、欧阳修等先后被贬出朝。本文褒扬其仕途虽然崎岖，但不畏不屈，忠于国事，敢于公论，代表了当时先进人士的政治意愿，因此为世人所共仰，而最终得到重用。

三是彰扬欧阳修的事功。仁宗后期，欧阳修先后任枢密副使、参知政事等要职，仁宗突然病死后，他与韩琦等当机立断，拥立英宗。作者对此事以豪健的笔法予以肯定，认为欧阳修在紧急之机从容建立了千古功勋，封建社会建储立君毕竟是第一等大事。"功名成就，不居而去"，指的是英宗后期、神宗初年，欧阳修求引退。过去，士大夫常推崇老子的"功成、名遂、身退、不敢为天下先"的思想，所以这里以此相誉。在作者的笔下，欧阳修是一个守节气、知进退，超然物外的高士，其精神长存于箕山颍水之间。这里引用了一个典故，上古时，尧欲传位于许由，不受，逃往颍水之阳、箕山之下，许由因此成为高士的代表人物。颍水、箕山，宋时在颍州一带，欧阳修曾任颍州知府。这几句不同于前文赞颂欧阳修文章的对偶句，句式长短参差，节奏张弛有度。

最后一段抒发作者的缅怀向往之情，颇为真挚，这种情分两个层次，先是仰慕瞻依之情，继之以临风不见的怅然若失之情，前一种情是后一种的基础，前者较单纯，后者则复杂得多。怅然若失既因不见故人所致，也因"盛衰兴废之理，自古如此"而发，这句对应文首慨于人事之意，既表达了作者深切痛悼之情，也抒发了抱负难济的感慨。

【点拨悟情】

本文从谋篇布局到语言表达都很有特点，请用自己的话简要评析一下。

1.构思奇巧，内涵丰富，蕴藉深远

作者落笔写世间万事，构思巧妙，由远、由理而及近、及事，使祭文脱尽旧俗常套，令人耳目一新。闻讯悲痛万分却偏不说悲，而采用曲笔写法，既满含吊慰之意，又转启二段文字的颂赞之辞，折转自然流畅，不见痕迹。

第二段文字，作者忍住悲痛，单褒欧阳修的文章流传千古，自可名世。"器质深厚""智识高远""学术精微"三句，将欧阳修所以能居北宋文坛领袖地位的根由精确地指明。"豪健俊伟，怪巧瑰琦"。作者以此八字概括欧阳修文章的气质风貌。这八字在这段文意中无疑是总领句，对欧阳修文章的评价用词精确，褒扬精当。而作者对欧阳修的敬重与怀念之情豁然可现。接着作者连用四个比喻，就欧阳修文章的气势、文采、情韵、语词逐一铺排渲染，使翰墨文字变为具体而生动的形象，将一篇祭奠之文写得神采鉴人。作者的文笔潇洒雄劲，气势盈足，直贯而下。这组连续紧密的比喻句无论在力量和速度上都显示了一种非俗笔所能想象的雄迈劲气，这正

是王安石为文的与众不同处。欧阳修以情韵制胜的大家手笔，后世美称其为"六一风神"。所以，王安石用一句世所公认的事实做小结和过渡。"世之学者，无问乎识与不识"，都能"读其文，则其人可知"。这既是对这一段论"其文"的概括，又引发出下文的论"其人"，文意折转自然。

第三段作者着力于对欧阳修道德、气节的称颂。文中追述欧阳修坎坷的一生：四十年仕途屡屡受挫、波折不断，可谓饱经沧桑。虽"感世路之崎岖"，欧阳修亦始终保持着"果敢之气，刚正之节"，即使"上下往复"，依然"至晚而不衰"。为宦为人若此，堪称难能可贵。作者以赞美的笔触记叙史实与人事，指出正因为欧阳修道德高尚，才能非凡，所以才"屯邅困踬，窜斥流离"。但是非自有公议，欧阳修"既压复起""终不可掩"正是他高风亮节"遂显于世"的必由之途，世俗与小人又怎能埋没一代人才的气节和精神。

接下来作者从欧阳修的一生经历中，单选出他为仁宗皇帝善理"后事"、拥立英宗一事作为典型事例予以剖析。写得层次清晰，笔墨有致，寓情于事理，有感而发。作者只用了"发谋决策，从容指顾，立定大计"十二字即叙记了欧阳修临危不乱，果敢沉着的品格。这一段中的两层，文意互相映衬。行文或正面描写，或侧面刻画，或先作一跌宕。笔墨所涉，都在写记人事，赞颂欧阳修的道德高尚。写"屯邅困踬"，文势跌宕而文意与上层紧密相连；赞身系社稷安危，乃是侧面记述其政治才能；而褒扬其不负重托，则又从正面突出欧阳修的才智非凡。王安石慨叹于欧阳修建千年功勋于一时（一说千年难得的时机），又能"功名成就，不居而去"，确非常人所能比。作者激情所至处，一发而不可收，遂以"又庶乎英魄灵气，不随异物腐散"赞扬欧阳修的品德高贵，精神不朽。"英魄灵气"四字化用了欧阳修《祭石曼卿文》中"生而为英，死而为灵"的意旨，显得机警而精巧。而"长在箕山之侧与颍水之湄"一句，则直接以上古的隐士高贤巢父、许由相比喻，赞颂欧阳修虽死犹存，正与先哲名士会于箕山颍水。作者文笔简洁，叙忆史实、记述人事无不准确精当，品评论述语辞机敏相宜，又多生动形象之感。虽祭哀文字，给人的印象却极深刻。

末二段又回到题旨所示，使作者对欧阳修真切的钦慕和凭吊之情溢于言表。"然天下"一句，巧以"且""而况""又"等副词与连词作关联，全句虽长，却一气呵成。用"无贤不肖""朝士大夫""平昔游从"来对比突出"予心之所向"，可见王安石撰此文时情之所钟。所以，作者在结篇时感慨万千，发出了"临风想望""其谁与归"的唱叹。既呼应于篇首的"何悲"，更将题旨推出祭文之外，蕴藉深含而余味无穷。

2.行文语词精练，句式长短变化自由、灵活，不拘一格

这篇祭文虽采用骈体旧例，但杂以散文句法。全文押韵间隔较大，一段为"期、推、悲"；二段为"微、琦、辉、驰、知"；三四段是"离、非、衰"和"危、时、湄"；五六段则是"欷、依、归"为韵。由于作者善于谋篇布局，全文显得条理清晰，层次鲜明，整饬如一。文中颂扬多于记事，议论多于叙述。总结里有分述，概括中又可见其详明处。加上韵脚和谐自然，多用排偶，读来激情充沛，劲气盈溢而又朗朗上口。虽说是一篇祭文，却给人以悲不言悲，而悲不能已，悲在其中之感。

【诵读体情】

课文是一篇极具哀婉、饱含深情的祭奠文。作者王安石与祭文的对象欧阳修虽在政治观上分歧较大，但这丝毫没有影响两人的深厚情谊。王在祭文中从德、言、功等方面对欧阳修进行了高度评价，淡化了"悲"的情绪。试把你想象成作者，用哀伤和敬仰之情朗读这篇文章，并思考如下问题。

1.材料分析

材料一：其积于中者，浩如江河之停蓄。

材料二：其发于外者，烂如日星之光辉。

材料三：其清音幽韵，凄如飘风急雨之骤至。

材料四：其雄辞闳辩，快如轻车骏马之奔驰。

以上四个比喻句，都出自课文，把它们流利地翻译成现代汉语，并分析欧阳修文学作品的特点。

2.主题把握

《左传》有言："太上有立德，其次有立功，其次有立言，虽久不废，此之谓不朽。"结合课文中王安石对欧阳修的评价，具体谈谈你对这句话的认识。

第五单元 情真意切

《金石录》后序

李清照

右《金石录》三十卷者何？赵侯德父所著书也。取上自三代，下迄五季，钟、鼎、甗、鬲、盘、彝、尊、敦之款识，丰碑、大碣，显人、晦士之事迹，凡见于金石刻者二千卷，皆是正伪谬，去取褒贬，上足以合圣人之道，下足以订史氏之失职者，皆载之，可谓多矣。

呜呼，自王播、元载之祸，书画与胡椒无异；长舆、元凯之病，钱癖与传癖何殊。名虽不同，其惑一也。

余建中辛巳，始归赵氏。时先君作礼部员外郎，丞相时作吏部侍郎。侯年二十一，在太学作学生。赵、李族寒，素贫俭。每朔望谒告出，质衣，取半千钱，步入相国寺，市碑文果实归，相对展玩咀嚼，自谓葛天氏之民也。后二年，出仕宦，便有饭蔬衣练，穷遐方绝域，尽天下古文奇字之志【1】。日就月将，渐益堆积【2】。丞相居政府，亲旧或在馆阁，多有亡诗、逸史、鲁壁、汲冢所未见之书，遂尽力传写，浸觉有味，不能自已。后或见古今名人书画，一代奇器，亦复脱衣市易。尝记崇宁间，有人持徐熙《牡丹图》，求钱二十万。当时虽贵家子弟，求二十万钱，岂易得耶。留信宿，计无所出而还之【3】。夫妇相向惋怅者数日。

后屏居乡里十年，仰取俯拾，衣食有余【4】。连守两郡，竭其俸入，以事铅椠【5】。每获一书，即同共勘校，整集签题。得书、画、彝、鼎，亦摩玩舒卷，指摘疵病，夜尽一烛为率【6】。故能纸札精致，字画完整，冠诸收书家。余性偶强记，每饭罢，坐归来堂烹茶，指堆积书史，言某事在某书、某卷、第几叶、第几行，以中否角胜负，为饮茶先后【7】。中即举杯大笑，至茶倾覆怀中，反不得饮而起。甘心老是乡矣。故虽处忧患困穷，而志不屈。收书既成，归来堂起书库，大橱簿甲乙，置书册【8】。如要讲读，即请钥上簿，关出卷帙【9】。或少损污，必惩责揩完涂改，不复向时之坦夷也【10】。是欲求适意，而反取憀慄【11】。余性不耐，始谋食去重肉，衣去重采，首无明珠、翡翠之饰，室无涂金、刺绣之具【12】。遇书史百家，字不刓缺，本不讹谬者，辄市之，储作副本【13】。自来家传《周易》《左氏传》，故两家者流，文字最备。于是几案罗列，枕席枕藉，意会心谋，目往神授，乐在声色狗马之上【14】。

至靖康丙午岁，侯守淄川。闻金寇犯京师，四顾茫然，盈箱溢箧，且恋恋，且怅怅，知其必不为己物矣。建炎丁未春三月，奔太夫人丧南来。既长物不能尽载，乃先去书之重大印本者，又去画之多幅者，又去古器之无款识者，后又去书之监本者，画之平常者，器之重大者【15】。凡屡减去，尚载书十五车。至东海，连舻渡淮，又渡江，至建康。青州故第，尚锁书册什物，用屋十余间，期明年春再具舟载之。十二月，金人陷青州，凡所谓十余屋者，已皆为煨烬矣【16】。

建炎戊申秋九月，侯起复知建康府。己酉春三月罢，具舟上芜湖，入姑孰，将卜居赣水上。夏五月，至池阳。被旨知湖州，过阙上殿。遂驻家池阳，独赴召。六月十三日，始负担，舍舟坐岸上，葛衣岸巾，精神如虎，目光烂烂射人，望舟中告别【17】。余意甚恶，呼曰："如传闻城中缓急，奈何？"【18】戟手遥应曰："从众。必不得已，先弃辎重，次衣被，次书册卷轴，次古器，独所谓宗器者，可自负抱，与身俱存亡，勿忘之。"【19】遂驰马去。途中奔驰，冒大暑，感疾。至行在，病痁。七月末，书报卧病。余惊怛，念侯性素急，奈何。病痁或热，必服寒药，疾可忧。遂解舟下，一日夜行三百里。比至，果大服柴胡、黄芩药，疟且痢，病危在膏肓。余悲泣，仓皇不忍问后事。八月十八日，遂不起。取笔作诗，绝笔而终，殊无分香卖履之意【20】。

葬毕，余无所之。朝廷已分遣六宫，又传江当禁渡【21】。时犹有书二万卷，金石刻二千卷，器皿、茵褥，可待百客，他长物称是【22】。余又大病，仅存喘息。事势日迫。念侯有妹婿，任兵部侍郎，从卫在洪州，遂遣二故吏，先部送行李往投之。冬十二月，金寇陷洪州，遂尽委弃。所谓连舻渡江之书，又散为云烟矣。独余少轻小卷轴书帖、写本李、杜、韩、柳集，《世说》《盐铁论》，汉唐石刻副本数十轴，三代鼎鼐十数事，南唐写本书数箧，偶病中把玩，搬在卧内者，岿然独存。

上江既不可往，又虏势叵测，有弟远任敕局删定官，遂往依之。到台，台守已遁。之剡，出陆，又弃衣被。走黄岩，雇舟入海，奔行朝，时驻跸章安，从御舟海道之温，又之越。庚戌十二月，放散百官，遂之衢。绍兴辛亥春三月，复赴越，壬子，又赴杭。

先侯疾亟时，有张飞卿学士，携玉壶过，视侯，便携去，其实珉也。

不知何人传道，遂妄言有颁金之语【23】。或传亦有密论列者【24】。余大惶怖，不敢言，亦不敢遂已，尽将家中所有铜器等物，欲走外廷投进。到越，已移幸四明。不敢留家中，并写本书寄剡。后官军收叛卒，取去，闻尽入故李将军家。所谓岿然独存者，无虑十去五六矣【25】。惟有书画砚墨，可五七簏，更不忍置他所。常在卧塌下，手自开阖。在会稽，卜居士民钟氏舍。忽一夕，穴壁负五簏去【26】。余悲恸不已，重立赏收赎。后二日，邻人钟复皓出十八轴求赏，故知其盗不远矣。万计求之，其余遂牢不可出。今知尽为吴说运使贱价得之。所谓岿然独存者，乃十去其七八。所有一二残零不成部帙书册，三数种平平书帙，犹复爱惜如护头目，何愚也耶【27】。

今日忽阅此书，如见故人。因忆侯在东莱静治堂，装卷初就，芸签缥带，束十卷作一帙。每日晚更散，辄校勘二卷，题跋一卷。此二千卷，有题跋者五百二卷耳。今手泽如新，而墓木已拱，悲夫【28】!

昔萧绎江陵陷没，不惜国亡，而毁裂书画。杨广江都倾覆，不悲身死，而复取图书。岂人性之所著，死生不能忘之欤。或者天意以余菲薄，不足以享此尤物耶。抑亦死者有知，犹斤斤爱惜，不肯留在人间耶。何得之艰而失之易也。

呜呼，余自少陆机作赋之二年，至过蘧瑗知非之两岁,，三十四年之间，忧患得失，何其多矣！然有有必有无，有聚必有散，乃理之常。人亡弓，人得之，又胡足道【29】! 所以区区记其终始者，亦欲为后世好古博雅者之戒云。

绍兴二年、玄黓岁，壮月朔甲寅，易安室题。

【注释】

【1】饭蔬衣练：吃穿简单随意。蔬，蔬菜。练，粗帛。遐（xiá）方绝域：远荒僻之地。

【2】日就月将：日积月累。

【3】信宿：两夜。

【4】屏（bǐng）居：退职闲居。赵挺之罢相后不久死去，亲旧多遭迫害。赵明诚去官后携李清照回到青州故里。仰取俯拾：指多方谋求衣食。

【5】连守两郡：赵明诚自宋徽宗宣和三年（1121）至宋钦宗靖康元年（1126）先后知莱州、淄州。铅椠（qiàn）：书写用具，这里指校勘、刻写。

【6】彝（yí）：青铜制祭器。摩玩舒卷：反复观赏，爱不释手。率（lǜ）：限度。

【7】归来堂：赵李二人退居青州时住宅名，取陶渊明《归去来辞》意。叶：同"页"。角（jué）：较量。

【8】簿甲乙：分类登记。

【9】请钥：取钥匙。上簿：登记。

【10】坦夷：随意无所谓的样子。

【11】憀（liáo）傈（lì）：不安貌。

【12】不耐：无能，缺乏持家的本事。重肉：两样荤菜。重采：两件绸衣。

【13】刓（wán）缺：缺落。

【14】枕藉：堆积。神授：神往。声色狗马：指富贵子弟喜好的歌儿舞女、斗鸡走狗之娱。

【15】长（zhǎng）物：多余之物。监本：国子监刻印的版本。

【16】煨（wēi）烬：灰烬。煨，热灰。

【17】葛衣岸巾：穿葛布衣，戴露额头巾。目光烂烂射人：《世说新语·容止》："裴令公目王安丰：目烂烂如岩下电。"形容目光富于神采。

【18】意甚恶：情绪很不好。缓急：偏义复词，指危急。

【19】戟手：举手屈肘如戟状。宗器：宗庙所用的祭、乐器。这里指最为贵重之物。

【20】分香卖屦（jù）：指就家事留遗嘱。曹操《遗令》："余香可分与诸夫人，不命祭。诸舍中无所为，学作履组卖也。"屦，麻鞋。

【21】分遣六宫：疏散宫中妃子、宫女人等。

【22】茵褥：枕席、被子之类。他长物称是：其余用物与此数相当。

【23】颁金：分取金银财物。

【24】密论列：秘密举报。

【25】无虑：大约。

【26】穴壁：在墙上打洞。

【27】如护头目：好像保护头与眼睛一样。

【28】手泽：亲手书写之墨迹。墓木已拱：指死已多时。《左传·僖公三十二年》：秦穆公派人对蹇叔说："尔何知？中寿，尔墓之木拱矣。"拱，两手合围。

【29】"人亡弓"句：《孔子家语·好生》："楚王出游，亡弓。左右请求之。王曰：'止。楚王失弓，楚人得之，又何求之！'孔子闻之，惜乎其不大也。不曰'人遗弓，人得之'而已，何必楚也！"

【初读知情】

李清照（1084—1155），号易安居士，济南人。工诗善文，更擅长词，宋代女词人，婉约词派代表，有"千古第一才女"之称。有《李易安集》《易安居士文集》《易安词》，已散佚。后人辑有《漱玉集》《漱玉词》。今有《李清照集》辑本。李清照出身于书香门第，早期生活优裕，其父李格非藏书甚富，她小时候就在良好的家庭环境中打下文学基础。出嫁后与丈夫赵明诚共同致力于书画金石的搜集整理。

李清照的父亲李格非是一位博学多识的学者、散文家，著有《洛阳名园记》等，李清照的母亲王氏出身书香门第，禀赋甚高，善文。在浓厚的家庭文化氛围的熏陶下，聪慧敏捷、勤奋好学的李清照表现出了极高的诗词天赋。你学过李清照的哪些诗词呢？她的诗词有什么特点呢？

李清照丈夫赵明诚（1081—1129）是北宋末年著名的金石学家，字德甫（一作德父），山东诸城龙都街道兰家村人，北宋末年至南宋初年官员、学者，左仆射赵挺之第三子。赵明诚从小酷爱金石之学，以二十年之力搜集商周青铜器及汉唐石刻拓本，数量极多。徽宗宣和末年编撰完成《金石录》，共计 30 卷。赵明诚酷爱金石，非常人能及。在《〈金石录〉序》中，他曾自叙说："余自少小喜从当世学士大夫访问前代金石刻词，以广异闻。后得欧阳文忠公《集古录》，读而贤之，以为是正讹谬，有功于后学甚，大惜其尚有漏落又无岁月先后之次，思欲广而成书，以传学者。于是益访求藏蓄凡二十年，而后粗备上自三代，下讫隋唐五季，内自京师，达于四方遐邦绝域，夷狄所传……凡古物奇器，丰碑巨刻，所载与夫残章断画，磨灭而仅存者，略无遗矣。因次其先后，为二千卷。余之致力于斯可谓勤且久矣，非特区区为玩好之具而已。"

《〈金石录〉序》是李清照为赵明诚《金石录》所作的一篇跋文。值得一提的是，在《金石录》编撰过程中，赵明诚曾写过一篇《〈金石录〉序》。宋徽宗政和七年（1117）九月，赵明诚好友河间刘跂为《金石录》前三十卷撰序，其文题作《〈金石录〉序》。既然《金石录》已经有两篇序文，李清照为什么还要写一篇？这篇序文和一般的序文相比有什么不同？

联系文后注释把课文通读一遍。

【复读认情】

对于李清照，我们更熟悉的是她的词作，尤其是南渡以后的作品，不仅笔触细腻地抒发个人情思，还在其中加入了国破家亡之思、今昔对比之情和忧患身世之感，作品更加厚重，也更为出色。但，词是一种抒情文体，这种文体在表现内心世界的时候是很有优势的，在描摹现实状况上就略逊一筹了，所以我们从中并不能看到李清照真实而具体的现实境况。在这一方面，这篇后序恰恰做了补充，它不仅用细腻之笔哀婉地倾诉了李清照那一段段特殊的心理历程，更是用富有感染力的文笔重现了她那一段段令人难以忘怀的旧日情景。

仔细阅读这篇序文，梳理一下李清照在和丈夫赵明诚在收集、整理、保存这些金石文物的过程中经历哪些事件？你感受比较深的是哪些事情？在叙述这些事情的时候，李清照是什么样的心情？你是从哪些词语或句子中看出来的？

（裂隙——崩塌——执念——逃避——救赎）

李清照《〈金石录〉后序》环绕着书籍文物的聚散得失（先聚后散，先得后失）这一中心线索，实际写出了一个小家庭由盛变衰、由美满至破碎的经历，并在更加广阔的背景上显示了两宋之交国家和民族所遭受的巨大灾难。而在字里行间，又处处充溢着由社稷变置的政治感慨、华屋山丘的身世感慨所共同交织成的忧患意识。这样，它就具有了"小中见大"（由家庭而见国家）、"因物见人"（由书籍的得失聚散而见人世的悲欢离合）的生活广度和思想深度，具有很高的史学价值和认识意义。

除此之外，与一般的序文不同，李清照的这篇序文很有特点，不仅具有史料价值，而且还具有很强的艺术感染力。请认真细读文本，用心体味下，这些强烈的艺术感染力是从哪些方面表现出来的。

【点拨悟情】

1. "以情动人""以象感人"

李清照这篇后序是在记录自己和丈夫赵明诚那一段段旧日的往事，睹物当怀人、痛定必思痛，在这样的精神状态下，李清照抒写时感情就更为诚挚而沉痛，三十四年间的往事历历在目，作者选择了那些任时光飞逝怎么都不能忘却的若干情节来写，写到酣畅之处，李清照不惜用细笔来勾勒和摹写，人物形象是那样的生动传神，音容笑貌宛在眼前，读之，我们会不由自主地被其情感所打动，如置身其间，如亲历其境，内心获得了一种真切的艺术感受。请细读细品，文中哪些语句带给你这样的感受了，试着把它们都梳理出来吧。

2.语言朴素，笔法细腻

仔细阅读文本，你会发现，这篇序文的语言很是疏秀淡雅，没有一般古文惯有的那种"头巾气"，而是任凭一腔真情在胸中勃涌流淌，文由情生，情由文见，真可谓达到了"自然而工"的境地。不仅如此，随着文情的跌宕起伏，或叙事，或议论，或状物，或抒情；或凝重，或轻快，或严肃，或平缓，其手法和笔调多变多端，但在总体风貌上又呈现出来一种统一的格调，那就是委婉细腻，那就是娓娓道来。朱熹曾论欧阳修文时说："虽文淡，却美丽，有好处，有不可及处。"借用此语来评李清照《〈金石录〉后序》是再恰切不过了。

【诵读体情】

1.请你试着将本文翻译成白话文，分别用文言文和白话文朗读课文，体会文白之别，感受原文的魅力，品味本文的独特情感，体会作者"有聚必有散，乃理之常"自嘲自慰之"反语"下的忧患意识和文本中弥漫的伤感的气氛。

2.李清照是非常重情之人，请把课文中下面几个片段翻译成白话文，体会李清照与赵明诚当年志趣相投、夫唱妇随、物是人非的情感变化历程。

余性偶强记，每饭罢，坐归来堂烹茶，指堆积书史，言某事在某书、某卷、第几叶、第几行，以中否角胜负，为饮茶先后。中即举杯大笑，至茶倾覆怀中，反不得饮而起。甘心老是乡矣。

余性不耐，始谋食去重肉，衣去重采，首无明珠、翡翠之饰，室无涂金、刺绣之具。遇书史百家，字不刓缺，本不讹谬者，辄市之，储作副本。自来家传《周易》《左氏传》，故两家者流，文字最备。于是几案罗列，枕席枕藉，意会心谋，目往神授，乐在声色狗马之上。

今日忽阅此书，如见故人。因忆侯在东莱静治堂，装卷初就，芸签缥带，束十卷作一帙。每日晚吏散，辄校勘二卷，题跋一卷。此二千卷，有题跋者五百二卷耳。今手泽如新，而墓木已拱，悲夫！

送东阳马生序

宋濂

余幼时即嗜学。家贫无从致书以观【1】，每假借于藏书之家，手自笔录，计日以还。天大寒，砚冰坚，手指不可屈伸，弗之怠。录毕，走送之，不敢稍逾约。以是人多以书假余，余因得遍观群书。

　　既加冠，益慕圣贤之道，又患无硕师名人与游【2】，尝趋百里外，从乡之先达执经叩问【3】。先达德隆望尊，门人弟子填其室【4】，未尝稍降辞色【5】。余立侍左右，援疑质理【6】，俯身倾耳以请；或遇其叱咄，色愈恭，礼愈至，不敢出一言以复；俟其欣悦【7】，则又请焉。故余虽愚，卒获有所闻。

　　当余之从师也，负箧曳屣，行深山巨谷中。穷冬烈风，大雪深数尺，足肤皲裂而不知。至舍，四肢僵劲不能动，媵人持汤沃灌【8】，以衾拥覆，久而乃和。寓逆旅主人【9】，日再食，无鲜肥滋味之享。同舍生皆被绮绣，戴朱缨宝饰之帽，腰白玉之环，左佩刀，右备容臭【10】，烨然若神人。余则缊袍敝衣处其间，略无慕艳意，以中有足乐者，不知口体之奉不若人也。盖余之勤且艰若此。

　　今虽耄老，未有所成，犹幸预君子之列【11】，而承天子之宠光，缀公卿之后，日侍坐备顾问【12】，四海亦谬称其氏名，况才之过于余者乎？

　　今诸生学于太学，县官日有廪稍之供【13】，父母岁有裘葛之遗，无冻馁之患矣；坐大厦之下而诵诗书，无奔走之劳矣；有司业、博士为之师【14】，未有问而不告、求而不得者也。凡所宜有之书，皆集于此，不必若余之手录、假诸人而后见也。其业有不精、德有不成者，非天质之卑，则心不若余之专耳，岂他人之过哉！

　　东阳马生君则，在太学已二年，流辈甚称其贤。余朝京师，生以乡人子谒余【15】，撰长书以为贽【16】，辞甚畅达；与之论辩，言和而色夷。自谓少时用心于学甚劳，是可谓善学者矣。其将归见其亲也，余故道为学之难以告之。谓余勉乡人以学者，余之志也；诋我夸际遇之盛而骄乡人者，岂知余者哉！

【注释】

【1】致：得到。

【2】硕师：学问渊博的老师。硕，大。

【3】乡之先达：有地位有声望的同乡前辈。

【4】填：充，这里是拥挤的意思。

【5】未尝稍降辞色：态度始终非常严肃，脸色不够缓和。辞色，言辞和脸色。

【6】援疑质理：提出疑难，质询道理。

【7】俟（sì）：等待。

【8】媵（yìng）人：这里指旅舍中雇用的仆役。汤：热水。沃灌：浇洗。

【9】逆旅：旅店。

【10】容臭（xiù）：香囊，装有香料的小囊。

【11】犹幸预君子之列：尚且有幸加入君子（有较高社会地位的人）的行列中。预，同与，参与。

【12】日侍坐备顾问：每日陪侍（皇上）听候询问。备，准备，等候。

【13】县官：古代指天子或朝廷。这里指朝廷。廪稍：廪食。这里指伙食费用，由朝廷供给。

【14】司业：即国子监司业。博士：即国子监博士。都是太学里的教官。

【15】乡人子：老乡的孩子。马君则是东阳（今属浙江）人，宋濂是浦江人。当时浦江、东阳同属金华府，故与宋濂称同乡。

【16】撰长书：写长信。贽：初次拜见长辈时所送的礼物。

【初读知情】

看过《明朝那些事儿》吗？知道宋濂吗？在大明开国之初，文人一旦不慎就有杀头之危的时代，宋濂却安然无恙，何其幸运！

宋濂（1310—1381），初名寿，字景濂，号潜溪，别号龙门子、玄真遁叟等。祖籍金华潜溪（今浙江义乌），后迁居金华浦江（今浙江浦江）。元末明初著名政治家、文学家、史学家、思想家，与高启、刘基并称为"明初诗文三大家"，又与章溢、刘基、叶琛并称为"浙东四先生"。

宋濂自幼多病，且家境贫寒，但他聪敏好学，号称"神童"。曾受业于闻人梦吉（理学大师）、吴莱（一代明儒）、柳贯、黄溍等人。元末辞朝廷征命，修道著书。明初时受朱元璋礼聘，被尊为"五经"师，为太子朱标讲经。洪武二年（1369），奉命主修《元史》，书成后，授翰林学士。一代礼乐典章，宋濂所裁定者居多。他博通经史百家，文章雄丽温雅，享负盛名，四方学者皆尊称其为"太史公""宋龙门"，明太祖朱元璋誉其为"开国文臣之首"。

《送东阳马生序》是一篇赠序，东阳：今浙江东阳，当时与潜溪同属金华府。马生：姓马的太学生，即文中的马君则。序：文体名，有书序、赠序二种。你能用一句话把题目说清楚吗？作者为什么写这篇文章呢？如果你认真阅读此文，一定会弄明白的，下面就用你的已有知识再对照注释把课文通读一遍吧！

【复读认情】

1378 年，宋濂 68 岁，是告老还乡的第二年，年近古稀的他再次应诏入朝。正在太学读书的同乡晚辈马君则前来拜访，宋濂写了这篇序，介绍自己的学习经历和学习态度，勉励他勤奋学习，成为德才兼备的人。作者并没有因为自己的地位和长者身份，就板起面孔说教，而是现身说法，叙述自己青少年时代求学的艰难和勤奋学习的经历，动之以情，晓之以理，对马生及其他后辈的殷切期望，寓于其中。

请在文中找出作者叙述自己勤奋学习的句子，再把每段的意思写出来，看看作者是怎样构思自己写作思路的。

全文分三部分。第一部分（第一到第四自然段）写自己青少年时代求学的情形，主要表现其"勤且艰"的好学精神。这部分又分四个层次。第一自然段通过借书之难写自己学习条件的艰苦。因家贫无书，只好借书、抄书，尽管天气寒冷，砚墨结冰，手指冻僵，也不敢稍有懈怠。第二自然段通过求师之难，写虚心好学的必要。百里求师，恭谨小心。虽遇叱咄，终有所获。第三自然段通过生活条件之难，写自己安于清贫，不慕富贵，因学有所得，故只觉其乐而不觉其苦，强调只要精神充实，生活条件的艰苦是微不足道的。作者特别渲染了从师求学的艰难：寒冬凛冽，穿行在深山大谷中，手脚冻裂都麻木了，身上冻得都僵硬了；吃的是一日两餐，粗茶淡饭，穿的是破衣旧袍。但这些都未动摇作者求学的意志。在艰苦的学习生活中，作者怡然自乐，对同舍生的豪华生活毫不艳美。精神上的富足，战胜了物质上的贫困。知识的积累，精神的充实，是学子读书的必备条件。作者最后以"勤且艰"小结自己的学习生涯，想必马生能从中受到启发。第四自然段是这一部分的总结。由于自己不怕各种艰难，勤苦学习，所以终于学有所成。虽然作者谦虚地说自己"未有所成"，但一代大儒的事实，是不待自言而人都明白的。最后"况才之过于余者乎"的反诘句承前启后，含义深刻。首先作者用反诘的语气强调了天分稍高的人若能像自己这样勤奋，必能取得比自己更卓绝的成就。同时言外之意是说自己并不是天才，所以能取得现在的成绩，都是勤奋苦学的结果。也就是说，人若不是天资过分低下，学无所成，就只怪自己刻苦努力不够了。从下文知道，马生是一个勤奋好学的青年，他只要坚持下去，其前途也是不可限量的。所以这一句话虽寥寥数字，但言简意赅，作用大，既照应了上文，又关联了下文，扣紧了赠序的主题，把自己对马生的劝诫、勉励和期望，诚恳而又不失含蓄地从容道出，表现出"雍容浑穆"的大家风度。

第二部分（第五自然段）紧承第一部分，写当代太学生学习条件的优越，与作者青年时代求学的艰难形成鲜明的对照，从反面强调了勤苦学习的必要性。

第三部分（第六自然段）明确地写到马生，点明写序的目的，这就是"道为学之难""勉乡人以学者"。因为劝勉的内容在上两段中已经写足，所以这里便只讲些推奖褒美的话，但是殷切款诚之意，马生和其他太学诸生是不难心领神会的。

【点拨悟情】

1.作者善于运用对比映衬手法，突出体现文章的主旨

就文章的内容而言，作者以如今太学生求学条件的优越和自己当初求学的艰苦，从衣、食、住、学等方面进行鲜明对比，着重强调，学业是否有成，关键在于自身是否专心致志。

除全篇主体结构进行对比之外，在具体记叙的过程中，又处处体现出对比。在记叙自己勤苦求学生活时，以主观上的勤奋与客观上的艰苦作对比。譬如，因没书而借书抄书时："天大寒，砚冰坚，手指不可屈伸，弗之怠"；写求师时，师严而礼恭："或遇叱咄，色愈恭，礼愈至"；写求学时，因身边师资缺乏而不辞劳苦步行百里之外，困难愈大愈见其志坚；写生活方面，以同舍生若神人的打扮与自己的缊袍敝衣作对比；在记叙太学生优越的学习条件时，又以客观条件的优越与主观上的努力与否作对比……作者以鲜明的对照，分辨事理，增强了文章的感染和说服力。而在对比中，又可看出文章错综变化，富有波澜，毫无单调呆板之感。

2.情辞婉转，平易亲切

其实按作者的声望、地位，他完全可以摆出长者的架子，正面说理大发议论，把这个青年教训一通的。然而他却不这样做。他绝口不说你们青年应当怎样怎样，而只是说"我"曾经怎样怎样，把自己放在与对方平等的地位上，用自己亲身的经历和切身的体会去和人谈心。不仅从道理上，而且从情感上现身说法去启发影响读者，使人感到在文章深处有一种崇高的人格感召力量，在阅读过程中，读者好像看到他当年如饥似渴读书的样子，看到他跋山涉水求学的情景，会在不知不觉中缩短了与作者思想上的距离，赞同他的意见，并乐于照着他的意见去做。写文章要能达到这一步，绝非只是一个文章技巧问题，这是需要有深厚的思想修养作基础的。

【诵读体情】

1.请用自己的话把课文复述一遍，然后大声朗读课文，感受长辈度对晚辈的谆谆教诲，体会作者的情感。

2.说说课文中作者当年读书条件，联系当代青年读书的条件，说说当代青年在阅读中存在的问题和策略。

先妣事略

归有光

先妣周孺人，弘治元年二月十一日生【1】。年十六来归【2】。逾年，生女淑静，淑静者，大姊也。期而生有光【3】。又期而生女、子，殇一人，期而不育者一人【4】。又逾年，生有尚，妊十二月【5】。逾年，生淑顺。一岁，又生有功。有功之生也，孺人比乳他子加健【6】。然数颦蹙顾诸婢曰："吾为多子苦!"【7】老妪以杯水盛二螺进，曰："饮此，后妊不数矣。"【8】孺人举之尽，喑不能言【9】。

正德八年五月二十三日【10】，孺人卒。诸儿见家人泣，则随之泣。然犹以为母寝也，伤哉! 于是家人延画工画，出二子，命之曰："鼻以上画有光，鼻以下画大姊。"【11】以二子肖母也。

孺人讳桂【12】。外曾祖讳明。外祖讳行，太学生【13】。母何氏。世居吴家桥，去县城东南三十里。由千墩浦而南，直桥并小港以东，居人环聚，尽周氏也【14】。外祖与其三兄皆以资雄，敦尚简实，与人姁姁说村中语，见子弟甥侄无不爱【15】。

孺人之吴家桥则治木棉【16】。入城则缉纑，灯火荧荧，每至夜分【17】。外祖不二日使人问遗【18】。孺人不忧米盐，乃劳苦若不谋夕【19】。冬月炉火炭屑，使婢子为团，累累暴阶下【20】。室靡弃物，家无闲人。儿女大者攀衣，小者乳抱，手中纫缀不辍【21】。户内洒然【22】。遇僮奴有恩，虽至箠楚，皆不忍有后言【23】。吴家桥岁致鱼蟹饼饵，率人人得食。家中人闻吴家桥人至，皆喜。

有光七岁，与从兄有嘉入学【24】。每阴风细雨，从兄辄留，有光意恋恋，不得留也【25】。孺人中夜觉寝，促有光暗诵《孝经》，即熟读，无一字龃龉，乃喜【26】。

孺人卒，母何孺人亦卒。周氏家有羊狗之痾，舅母卒，四姨归顾氏，又卒，死三十人而定【27】。惟外祖与二舅存。

孺人死十一年，大姊归王三接，孺人所许聘者也【28】。十二年，有光补学官弟子【29】。十六年而有妇，孺人所聘者也。期而抱女，抚爱之，益念孺人，中夜与其妇泣。追惟一二，仿佛如昨，余则茫然矣【30】。世乃有无母之人，天乎！痛哉！

【注释】

【1】先妣（bǐ）：先母。孺人：明代为七品官母亲或妻子的封号。弘治：明孝宗朱祐樘的年号（1488－1505）。

【2】来归：嫁过来。古时谓女子出嫁为归。

【3】期（jī）：满一年。

【4】生女、子：生一男一女双胞胎。殇（shāng）：死。不育者：无法抚养，这里指未能养活。

【5】妊（rèn）：怀孕。

【6】加健：更加费力。（一说"更加强健。"）

【7】颦蹙（píncù）：皱眉蹙额，忧愁不快乐的样子。

【8】老妪：老妇人，指年老的女仆。妊不数（shuò）矣：不会经常怀孕。数，屡次，多次。

【9】举之尽：端起来喝完了。喑（yīn）：哑。

【10】正德八年：公元1513年。正德：明武宗朱厚照年号（1506－1521）。

【11】延画工画：请来画工（为死去的母亲）画像。延，请。

【12】讳：封建时代对尊长不直称其名，谓之避讳，以示尊敬。

【13】太学生：太学的学生。太学为全国最高学府，在明代指国子监。

【14】直：至，到。并：依傍，紧挨。

【15】资雄：以有资财称雄一乡，即有钱。姁（xǔ）姁：和悦的样子。

【16】木棉：棉花的一种。

【17】缉纑（lú）：把麻搓成线，准备织布。纑，麻缕。荧荧：微光闪烁的样子。

【18】问遗（wèi）：馈赠礼物以示慰问。

【19】不谋夕：本意指贫家吃了早饭没晚饭。这里形容作者母亲的勤劳俭约。

【20】累（lěi）累：重叠貌，繁多的样子。暴（pù）：同"曝"，晒。

【21】乳抱：抱在怀中喂奶。

【22】洒然：整洁的样子。

【23】遇僮奴有恩：对待奴仆很讲情义。箠楚：也作"棰楚"，杖打，一种用木杖鞭打的古代刑罚。箠，木棍。楚，荆杖。不忍有后言：不肯在背后说埋怨的话。

【24】从兄：堂兄。比自己年长的叔伯之子。

【25】辄留：往往不去上学，留在家中。恋恋：依依不舍。

【26】中夜觉寝：半夜睡醒。龃（jǔ）龉（yǔ）：牙齿上下不整齐，不相配合，这里指背诵生疏，不流利。

【27】羊狗之疴（kē）：一种由羊、狗等牲畜传染的疾病。"疴"，同"疴"，病。

【28】许聘：定下亲事。

【29】学官弟子：即秀才，经过本省各级考试取入府、州、县学的生员。学官：古代主管学务的官员和官学教师。

【30】追惟：追念，追想。茫然：模糊不清。

【初读知情】

归有光（1506—1571），字熙甫，号震川，昆山（今江苏昆山）人，人称震川先生，明代杰出的散文家。著有《震川先生集》。

归有光仕途不利，35岁中举人，读书讲学二十余年。60岁中进士，授县令职，官至南京太仆寺丞。

归有光"独好《史记》"（《五岳山人前集序》)，发扬唐宋散文优良传统，所作散文风格朴实，感情真挚。被誉为"明文第一"（黄宗羲《明文案序》)，其中写家事的杂记，亲切生动，价值尤高。于日常生活琐事中抒发真情实感，表现母子、夫妻、兄弟之间的深情，感情真挚感人，细节真实生动，语言简净朴素。这类代表作品有《项脊轩记》《先妣事略》《寒花葬记》等。

《先妣事略》是作者追忆亡母的一篇散文。事略：古代一种文体，记述人和事的简要脉络，有别于正式传记，这里指人的事迹大略。

归有光是在怎样的情形下写这篇文章的呢？

归有光母亲早逝，丧母之痛刻骨铭心，"十六年而有妇，孺人所聘者也"。母亲去世十六年后，他完成母亲遗愿，娶妻生子，更加想念母亲，"期而抱女"，"益念孺人"，回忆母亲，痛心感叹，"世乃有无母之人，天乎！痛哉！"写下了这篇怀念母亲的文章。体会作者心情，用自己的话说说归有光是在怎样的心情下写这篇散文的。文中又回忆了母亲哪些生前事呢？

联系文后注释把课文通读一遍吧。

【复读认情】

归有光回忆了母亲哪些生前事呢？母亲去世时归有光八岁，已有记忆，母亲生前，多子辛劳，善于持家，往事历历在目。如今（作者著文时），作者"有妇"，"抱女"，"抚爱之，益念孺人，……追惟一二，仿佛如昨……"把每一段的意思写出来，看看归有光叙写了母亲生前哪些事，抒发了怎样的情感呢？

第一二段概述母亲生卒年月及短暂多子的一生，致病原因及去世时的情境。三四五段叙述母亲娘家家境家风、母亲的品性及生前所为。表现母亲平凡而充满人性光华的一生。从"孺人卒，母何孺人亦卒"以下，叙述母亲死后两家的情况及自己的成长，表达对母亲的无限思念。

【点拨悟情】

1.于叙事中抒情，点滴琐事，娓娓道来，浅语诉深情

作者于叙事中抒情。细数母亲短暂一生中的点滴琐事，表达无限感伤、思念之情。

（1）简叙母亲短暂一生。多子辛劳，英年早逝，令人痛惜。

作者母亲生于明弘治元年，死于正德八年，终年仅二十六岁，一生短暂而多子，十六岁出嫁，七年间生七胎。简约的叙述，诉说着母亲生活的沉重和艰辛。

致病原因：为避免过密的生育之苦，母亲接受了老妪所献的民间偏方，尽饮一杯盛田螺的水而喑哑。

母亲离世场景："诸儿见家人泣，则随之泣。然犹以为母寝也。"失母的孩子们不大省事的情状令人心酸。"伤哉"二字，分量极其沉重。作者又写家人请画工描绘母亲遗容的场面，"鼻以上画有光，鼻以下画大姊"。"以二子肖母也。"母亲在儿女待哺的年纪离世，令人痛心！

（2）细数母亲生前往事，贤良品性，"宜室宜家"，令人感佩。

母亲一生勤劳俭朴、温良宽厚、待子慈爱、教子极严，持家有方，对下人有恩，是典型的贤妻良母形象。作者文章所写不免有封建伦理道德的影子，但母亲身上体现出的人性的光华却可以穿越千年而永不褪色。外祖

家风俭朴和善、家境温暖殷实，对母亲有极大的影响。周氏是昆山大户人家，外祖是太学生，有文化修养又资财雄厚，但待人俭朴和善，母亲受娘家良好家风的熏陶浸染，品性温良。文中描述母亲回娘家，就纺木棉；到婆家，就搓麻线。虽不愁吃穿，无柴米之忧，却辛勤忙碌，像吃了上顿没下顿的样子。养育儿女已很劳累，大的牵衣，小的怀抱，手中还不停地做着针线活，可见母亲的勤劳。冬日烧过的炉灰炭屑，她也安排婢女做成煤团，层层叠叠，晾在台阶下，可见母亲的俭朴。物尽其用，家无闲人，家里家外干干净净、整洁有序，可见母亲善于持家。对仆人也慈善，即使被责罚，也都不会在背后说埋怨的话；娘家每年送来的特产吃食，多与大家分享，可见母亲的厚道。母亲待子慈爱，但教子极严。有光七岁入学，有时阴雨天气，有光羡慕堂兄有嘉留在家中，母亲却不允许有一时怠惰，仍要他坚持上学。半夜睡醒，母亲常常"促有光暗诵《孝经》"，如能诵读得流畅，母亲便很高兴。可见母亲教子极严，明事理而有远见。母亲这些良好的品性闪耀着人性的光华，作者娓娓道来，如叙家常，对母亲的深情藏于字里行间。

（3）抒写自己成人所感，为人父母，念母之情，愈加强烈。

母亲去世十一年后，有光入官学，且与大姊各自成家。作者特别说明，大姊所嫁和有光所娶都为"孺人所许聘者"。这些母亲生前已一一做了安排。如今（写此文时）作者已完成母亲遗愿，娶妻生子，"抱女，抚爱之，益念孺人，中夜与其妇泣"。养儿更知父母恩，一时间少年伤母的辛酸涌上心头，对母亲的思念与依恋之情更加强烈，不可抑制，"世乃有无母之人，天乎！痛哉！"呼天抢地，难表心中之痛。"借女念母，情景真切，愈觉可悲！"（姚鼐《古文辞类纂》）

作者用淡淡的笔墨，回忆母亲的生前琐事，用浅浅的语言叙述母亲身后，自己成长成人的点滴，一字一句，都流淌着无限思念之情。在短短的有生之年，多子辛劳、勤俭持家，母亲短暂的人生、温良的品性，让人惋惜敬佩。

2.于细节处见精神，语言简练，近乎白描，而深情蕴藏

作者文字简练，而含蕴极深，通过白描的手法，对生活细节的描述，将自己厚重的感情融于字里行间，将亡母早逝的伤痛，对亡母深深的怀念与依恋之情，对亡母美好品德的颂扬之情，隐藏在这些看似简单平凡的事件背后。于平凡淡然中见深厚之情、刻骨之痛。

如，叙写母亲短暂多子的一生，用"逾年……期……又期……一岁……"，

用语简净，白描手法，写出了母亲生育过密的艰辛，怜惜思念之情蕴藏其中。写母亲去世，"诸儿见家人泣，则随之泣。然犹以为母寝也……"小儿女尚不省事，不知悲痛，只随人而泣，人间悲伤之事莫过于此，作者简语叙述而悲情至深。"小处摹写，字字悲惨。"（姚鼐《古文辞类纂》）又如，写以有光、大姊模样画母亲遗容，仅说"二子肖母"，让人想到母亲如何撇得下如此小儿女，而容颜早逝，语言简练，近乎白描，语浅而哀深，催人泪下。正如黄宗羲在《明文案序》中评价的"一往深情，每以一、二细事见之，使人欲涕"。

【诵读体情】

1.从网络中查找到本文的译文读读，用文言文和白话文朗读课文，体会文白之别，感受原文魅力，体会作者情感。

2.我们每个人的成长都离不开母亲的辛勤养育，查找一下当代歌曲《母亲》的歌词，听听《母亲》这首歌，感受母爱的平凡和伟大吧。

3.把你的母亲平凡而伟大的事迹也讲给别人听听吧。谈谈我们应如何珍惜和回报父母的恩情呢。

第六单元　山　水　寄　情

石钟山记

苏　轼

《水经》云："彭蠡之口有石钟山焉。"郦元以为下临深潭，微风鼓浪，水石相搏，声如洪钟。是说也，人常疑之。今以钟磬置水中，虽大风浪不能鸣也，而况石乎【1】！至唐李渤始访其遗踪，得双石于潭上，扣而聆之，南声函胡，北音清越，桴止响腾，余韵徐歇【2】。自以为得之矣。然是说也，余尤疑之。石之铿然有声者，所在皆是也，而此独以钟名，何哉【3】？

元丰七年六月丁丑，余自齐安舟行适临汝，而长子迈将赴饶之德兴尉，送之至湖口，因得观所谓石钟者。寺僧使小童持斧，于乱石间择其一二扣之，硿硿焉【4】。余固笑而不信也。至莫夜月明，独与迈乘小舟，至绝壁下【5】。大石侧立千尺，如猛兽奇鬼，森然欲搏人；而山上栖鹘，闻人声亦惊起，磔磔云霄间；又有若老人咳且笑于山谷中者，或曰此鹳鹤也【6】。余方心动欲还，而大声发于水上，噌吰如钟鼓不绝【7】。舟人大恐【8】。徐而察之，则山下皆石穴罅，不知其浅深，微波入焉，涵澹澎湃而为此也【9】。舟回至两山间，将入港口，有大石当中流，可坐百人，空中而多窍，与风水相吞吐，有窾坎镗鞳之声，与向之噌吰者相应，如乐作焉【10】。因笑谓迈曰："汝识之乎？噌吰者，周景王之无射也；窾坎镗鞳者，魏庄子之歌钟也。古之人不余欺也！"【11】

事不目见耳闻，而臆断其有无，可乎？郦元之所见闻，殆与余同，而言之不详；士大夫终不肯以小舟夜泊绝壁之下，故莫能知；而渔工水师虽知而不能言【12】。此世所以不传也。而陋者乃以斧斤考击而求之，自以为得其实【13】。余是以记之，盖叹郦元之简，而笑李渤之陋也。

【注释】

【1】磬（qìng）：古代的一种打击乐器，形状类似曲尺，用玉或石制成。

【2】李渤：唐朝洛阳人，写过一篇《辨石钟山记》。南声函胡：南边（那座山石）发出的声音重浊而模糊。函胡，通"含糊"。北音清越：北边

（那座山石）发出的声音清脆而响亮。越，高扬。桴（fú）止响腾：鼓槌停止了（敲击），声音还在传播。腾，传播。余韵徐歇：余音慢慢消失。韵，这里指声音。徐，慢。

【3】铿（kēng）然：敲击金石所发出的响亮的声音。

【4】硿（kōng）硿焉：硿硿地（发出响声）。焉，相当于"然"。

【5】莫（mù）夜：晚上。莫，通"暮"。

【6】森然：形容繁密直立。栖鹘（hú）：宿巢的老鹰。鹘，鹰的一种。磔（zhé）磔：鸟鸣声。鹳鹤：水鸟名，似鹤而顶不红，颈和嘴都比鹤长。

【7】噌吰（chēng hóng）：这里形容钟声洪亮。

【8】舟人：船夫。

【9】罅（xià）：裂缝。涵澹澎湃：波浪激荡。涵澹，水波动荡。澎湃，波浪相激。

【10】中流：水流的中心。空中：中间是空的。窍：窟窿。

【11】周景王之无射（yì）：《国语》记载，周景王二十三年（前522）铸成"无射"钟。窾（kuǎn）坎镗（táng）鞳（tà）：窾坎，击物声。镗鞳，钟鼓声。魏庄子之歌钟：《左传》记载，鲁襄公十一年（前561）郑人以歌钟和其他乐器献给晋侯，晋侯分一半赐给晋大夫魏绛。庄子，魏绛的谥号。歌钟，古乐器。

【12】渔工水师：渔夫（和）船工。

【13】陋者：浅陋的人。以斧斤考击而求之：用斧头敲打石头的办法来寻求（石钟山得名的）原因。考，敲击。实：这里指事情的真相。

【初读知情】

苏轼（1037－1101），字子瞻，号东坡居士，世称苏东坡、苏仙、坡仙，眉州眉山（今四川眉山）人，祖籍河北栾城，是北宋中期文坛领袖，在诗、词、散文、书、画等方面取得很高成就，其词，与南宋辛弃疾并称"苏辛"；其诗与黄庭坚齐名，并称"苏黄"；其书法与蔡襄、黄庭坚、米芾合称"宋四家"。但在政治上，苏轼一生经历却颇为曲折。你知道他都有哪些经历吗？

《石钟山记》是一篇以叙事为主的散文。宋神宗元丰七年（1084）六月，苏轼从黄州调汝州担任团练副使的时候，顺道送大儿子苏迈到饶州德兴县担任县尉。途中路过湖州时，为了弄明白石钟山命名的由来，对其进行了实地考察后完成了这篇文章。

作者怎么记叙自己对石钟山得名由来的探究的？请联系注释把课文通

读一遍，并用自己的语言概括一下。

【复读认情】

　　仔细阅读文本不难发现，苏轼在叙述自己对石钟山得名由来的探究时主要围绕探究前、探究中、探究后三个方面展开：第一段写探究前，从前人对石钟山得名由来的说法谈起，重点叙述自己对这两种说法的怀疑；第二段写探究中，即具体记叙实地考察石钟山探其得名的经过；第三段写探究后，自己的感想。

　　写探究前，作者开篇首先引用《水经》上的原文，交代石钟山所处的位置。紧接着，作者笔锋一转，记录了郦道元、李渤对石钟山得名由来的具体说法，并针对这两种说法提出自己的质疑。李渤与郦道元两个人都认为，石钟山之所以叫"石钟山"是"以声言之"，即这座山能发出像钟鼎一样的声音。不同的是，郦道元认为这种声音是"水石相搏的声音"，即水和石互相碰撞发出的声音；而李渤却觉得是"以桴扣石的声音"，即鼓槌敲打山石而发出的声音。对于李勃，苏轼认为其是"自以为得之矣"，言语之中嘲笑其浅薄和自以为是；而对于郦道元，苏轼认为是"然是说也，余尤疑之"。正是这藏在苏轼内心很久的两疑促使苏轼夜访石钟山，而这两疑也正好为结尾的一"叹"一"笑"一"简"一"陋"做好铺垫。

　　写探究中时，由于苏轼对石钟山得名由来存疑已久，故趁着自己到临汝赴任并送大儿子苏迈到饶州德兴赴任的机会，顺道考察石钟山，以便解答自己心中的疑问。他首先是访问寺僧，寺僧"使小童持斧"扣石发声的行为，可见他们是认同李勃的说法的，也可以看出李勃的说法在当时是影响很大的。但苏轼是"余固笑而不信也"。接着作者细致深入地记录了自己夜察石钟山的过程，在叙述山上之景之声的同时，处处印证了郦道元说的"微波入焉"和"与风水相吞吐"。最后苏轼写了与儿子苏迈的笑谈。在这一段当中，作者用过两次"笑"字，你能说说这两次"笑"有什么不同吗？

　　写探究后的感想时，作者分了三个层次进行抒写，你能试着概括一下吗？在这一段中哪句话是全文的主旨？作者在分析世人不能准确知道石钟山得名由来的原因时是从哪些方面说起的？作者写这篇文章是为了什么？从中你可以体会出苏轼什么样的精神品质？

　　我们知道，苏轼的政治生涯并不平坦，一生是在新旧两党的斗争之中度过的。他的性格刚正不阿，从不愿趋炎附势，而且一直认为"虽大圣大贤之法不免于有弊"，他还直言敢谏。王安石变法时，他出来反对；司马光复制时，他亦出来反对。所以，两党当政，他都不得志，一贬再贬，大多数时间做的都是微小的地方官。但即使在最低谷的时期，苏轼也不忘关心民间疾苦，他曾组织人们在杭州开凿运河，疏浚西湖，种菱湖中，以淤泥筑长堤，种植芙蓉杨柳，世称"苏公堤"。你知道苏轼写这篇文章是在什么精神状态下写的吗？对，正是他最最低谷的时期，之前"乌台诗案"中苏轼勉强保住了脑袋，出狱以后降职担任了团练副使一职，官职十分低微，可以想象当时心情并不好。在这样的一种情景下创作这样一篇文章，你是怎么看待苏轼这个人的？

【点拨悟情】

1. 结构独特，行文曲折

清代的吕留良在《晚村精选八大家古文》一书中评价《石钟山记》时曾说："此翻案也。李翻郦，苏又翻李，而以己之所独得，详前之所未备，则道元亦遭简点矣。文最奇致，古今绝调。"此言恰切，我们细读这篇文章你会发现，《石钟山记》的美不仅仅是在翻案时显出的新意上，更在于它是以记为考，打破了普通游记文的窠臼。它着眼于山名缘起，不仅记录了考察，印证的过程，更由此升华了主题，让人顿悟到了真谛。整篇文章行文颇为曲折，而且让人读之还颇受启发，真可谓是行文不凡。

2. 写景是惜墨如金，写声别具特色

全文写景之句很少，更侧重于写声，不仅写了水声、钟鼓声，还有禽鸟鸣叫声，虽然反复在摹写，但在摹写时还变化多姿，各有特色：写栖鹘是先点出鸟名（"山上栖鹘"），再叙述其惊飞（"闻人声亦惊起"），最后才摹写其叫声（"磔磔云霄间"）；写鹳鹤是先从声音写起（"又有若老人咳且笑于山谷中者"），然后介绍是鹳鹤在叫（"或曰此鹳鹤也"）。写栖鹘作者是用拟声词"磔磔"来描摹它的惊叫，写鹳鹤作者是用比喻"若老人咳且笑"比拟它的怪叫。写水声时，两处水声也写得完全不同：前面的水声是"微波"与山下的"石穴罅"相撞击发出的，后面的水声是"风水"与中流中大石的窍穴相吞吐发出的，这是在交代声源的不同；前面的"噌吰如钟鼓不绝"是一种洪大而响亮的声音，后面的"窾坎镗……如乐作焉"是一种低而悠扬的声音，这是在写音调和音量的不同；前面是先听到声音，后发现山下"石穴罅"，后面是先看见"大石当中流""空中而多窍"，然后再摹写"有窾坎镗鞳之声"，写的顺序也不一样。真可谓是形象生动，灵活多变，引人入胜。

【诵读体情】

关于石钟山名称由来的争论，并没有因为苏轼的结论就终止了，明清时期《石钟山志》中记载："上钟崖与下钟崖，其下皆有洞，可容数百人，深不可洞，形如覆钟。"石钟山山形像"覆钟"，人们在水位低的时候进入石钟山的山洞内就可以看到"覆钟"的形象。现代的人们，经过考察发现，石钟山的得名是因为"形"和"声"两个方面的缘故。反观苏轼的说法，我们不免觉得有局限和不正确的地方。但从整个探访过程中，我们能看到苏轼不迷信古人，不轻信旧说，不主观臆断，亲身实地考察的精神，这是最为难能可贵的。后人对于苏轼说法的怀疑、察疑、释疑也是这种精神的一脉相承，这些都值得我们去学习。

请试着把课文翻译成白话文，分别用文言文和白话文朗读课文，体会文白之别，再一次感受一下苏轼当时倾注于其中的思想情感。

游龙门记

薛　瑄

出河津县西郭门【1】，西北三十里，抵龙门下。东西皆层峦危峰，横出天汉。大河自西北山峡中来，至是，山断河出【2】，两壁俨立相望。神禹疏凿之劳【3】，于此为大。

由东南麓穴岩构木【4】，浮虚架水为栈道【5】，盘曲而上。濒河有宽平地，可二三亩，多石少土。中有禹庙，宫曰"明德"，制极宏丽【6】。进谒庭下，悚肃思德者久之【7】。庭多青松奇木，根负土石，突走连结，枝叶疏密交荫，皮干苍劲偃蹇【8】，形状毅然，若壮夫离立【9】，相持不相下。

宫门西南，一石峰危出半流，步石磴，登绝顶。顶有临思阁，以风高不可木【10】，甃甓【11】为之。倚阁门俯视，大河奔湍，三面触激，石峰疑若摇振【12】。北顾巨峡，丹崖翠壁，生云走雾，开阖晦明，倏忽万变。西则连山宛宛而去；东视大山，巍然与天浮【13】。南望洪涛漫流，石洲沙渚，高原缺岸，烟村雾树，风帆浪舸【14】，渺然出没，太华、潼关、雍、豫诸山【15】，仿佛见之。盖天下之奇观也。

下磴，道石峰东，穿石崖，横竖施木，凭空为楼。楼心穴板【16】，上置井床辘轳，悬繘汲河。凭栏槛，凉风飘潇，若列御寇驭气在空中立也

【17】。复自水楼北道，出宫后百余步，至右谷，下视窈然【18】。东距山，西临河，谷南北涯相去寻尺，上横老槎为桥【19】，蹐步以渡。谷北二百步，有小祠，扁曰"后土"。北山陡起，下与河际，遂穷祠东。有石龛窿然若大屋，悬石参差，若人形，若鸟翼，若兽吻【20】，若肝肺，若疣赘【21】，若悬鼎，若编磬，若璞未凿，若矿未炉，其状莫穷【22】。悬泉滴石上【23】，锵然有声。龛下石纵横罗列，偃者【24】，侧者，立者；若床，若几，若屏；可席，可凭，可倚。气阴阴【25】，虽甚暑，不知烦燠；但凄神寒肌，不可久处。

复自槎桥道由明德宫左，历石梯上【26】。东南山腹有道院，地势与临思阁相高下，亦可以眺望河山之胜。遂自石梯下栈道，临流观渡，并东山而归【27】。

时宣德元年丙午【28】，夏五月二十五日。同游者，杨景端也。

【注释】

【1】河津县：即今山西河津。西郭门：西城门。

【2】山断河出：是指龙门山在黄河这里中断，河水从断口流出。

【3】神禹：指夏禹。传说中夏禹曾经奉虞舜之命治理洪水。后人念其治水之功，称为神禹。疏凿：疏通、开凿。劳：功劳。传说夏禹把龙门山的中部凿开，黄河才可以流过。作者认为在夏禹治水的所有功劳中，以开凿龙门最为艰巨，所以下句说"于此为大"。

【4】穴岩："穴"，用作动词，穴岩在这里翻译为"在岩石上凿洞"。构木：架起木材。

【5】浮虚：在空中。架水：在水的上空架起。

【6】制：建筑。

【7】悚（sǒng）肃：畏惧而恭敬的样子。思德：指思念禹的恩德。

【8】偃蹇（jiǎn）：傲然挺立的样子。

【9】离立：一排排立着。

【10】木：动词，这里指用木材建筑。

【11】甃（zhòu）甓（pì）：砖石。

【12】摇振：被动摇拔起。

【13】与天浮：与天相接，浮在空中。

【14】浪舸（gě）：随浪前进的大船。

【15】太华：指华山，在陕西华阴南面。潼关：在今陕西潼关县。雍：

古州名，包括今陕西中部、甘肃东南部和宁夏、青海部分地区。这里的雍、豫，泛指今陕西、河南一带。

【16】楼心穴板：在楼的中心，挖通楼板，形成一窟窿。

【17】列御寇：指列子，相传是战国时期郑人，得风仙之道，能乘着风而行。《庄子·逍遥游》说他是"御风而行"。驭气：御风。

【18】窈然：幽深的样子。

【19】槎（chá）：指水中漂浮之木。

【20】吻：动物嘴的突出部分。

【21】疣（yóu）赘：指皮肤上长的疙瘩。

【22】莫穷：形容不完。

【23】悬泉：由上滴下的泉水。

【24】偃：仰卧。

【25】阴阴：幽暗，阴湿。

【26】历：一层层地经过。

【27】并（bàng）：通"傍"，挨着，沿着。

【28】宣德：指明宣宗朱瞻基的年号（1426－1435）。

【初读知情】

薛瑄（1389－1464），出身教育世家，山西河津人，字德温，号敬轩，明代著名的思想家、文学家、理学家，河东学派的创始人，世称"薛河东"。明英宗永乐年间（1421 年）进士，官至通议大夫、礼部左侍郎兼翰林院学士。宣宗时任御史，因性格刚直，不阿权贵，忤逆宦官王振，下狱论死罪，不久获释。英宗时拜礼部右侍郎，兼翰林学士，入阁参与机要政务，能诗善文，风格淡雅。卒谥"文清"。

薛瑄的诗词全集：《游龙门记》《平沙落雁·霜清秋水落》《荥阳怀古》《游君山寺》《戏题红白二梅花落》《拟古·庭树微飘落》《秋思·登高望沧海》《渔村落照》等。

思考：河东学派还有哪些代表作家呢？山西著名诗人还有哪些呢？

《游龙门记》是一篇游记，以作者游踪为线索来记述龙门的名胜古迹及其特点的文章。龙门是指禹门口，在今山西河津西北和陕西韩城东北。黄河至此，两岸峭壁对峙，形如阙口，故名"龙门"。龙门是作者家乡的名胜古迹，他怀着深厚的感情于宣德元年（1426）到龙门游览，并著文以记之。

你还学过哪些关于游记的古文呢？

薛瑄为什么会选择龙门写这篇游记呢？作者薛瑄是山西河津人，龙门是他家乡的名胜古迹，所以写来感觉亲切有情。他又是清正律己的理学家，而龙门是圣君夏禹治理水患的主要功绩，这就构成了本文的思想特点：突出夏禹凿龙门以通黄河的功绩和后世缅怀夏禹德泽的敬意；突出龙门的形胜奇险和世代巧夺天工的建筑，贯串全文的是一种敬畏赞叹的深情豪气。用你自己的话说说，薛瑄为什么会写这篇游记。

联系文后注释把课文通读一遍吧。

【复读认情】

这篇游记是作者在宣德元年（1426）从家乡河津县城出发，游览龙门时所作的一篇游记。文章第一段，先写出龙门的地理位置，以及黄河的流向。"层峦危峰，横出天汉""山断河出""俨立相望"几句，勾勒出了龙门的险峻地势。同时，也突出了对夏禹凿龙门功绩的敬佩之情。第二三段，作者对龙门东面的明德宫与临思阁的建筑和形势，做了绘声绘色的描绘。其中对明德宫，重点写其"青松奇木"顽强刚毅的姿态，用来表示夏禹治水坚韧不拔的精神。再写临思阁，极力描写它高峻的位置和开阔的视野。第四段，作者着力写了汲水楼的险与巧，以及后土祠石龛内山石的千姿百态。

全文条理清晰，气势磅礴，充满了对夏禹的崇敬之情和对祖国山河的热爱之情。特别是在描写龙门山的名胜古迹和景物上，用笔多变，比喻贴切，具体生动，很好地再现了龙门山特有的建筑与山水的特色，给人以身临其境的感觉。用自己的话，将龙门之景描述一下，来体会薛瑄对龙门的喜爱之情。

【点拨悟情】

1.以游踪为线索，驻足或移步观赏来展示龙门的奇特景色

文章开始，写作者出西郭门到龙门山脚下，仰望龙门山"层峦危峰，横出天汉"的雄姿，黄河"山断河出"的奔涌之势。接着顺着东南麓沿栈道盘旋而上，到禹庙，进入明德宫，瞻仰治水有功的夏禹，出明德宫，入院观赏庭院中的青松奇木——这是移步换景的近观。

第三段写出明德宫后，登上西南石峰之绝顶。进入临思阁，俯视大河奔腾之势，北顾巨峡生云走雾，西览连绵不绝、蜿蜒的山脉，东视巍巍太行，南望洪涛漫流，风帆浪舸。作者是站在临思阁上看，既有俯视，又有

环顾四周，立足点没有改变，而视点却在不断转移。

第四段写从石峰的东面取道，穿过石崖，登上汲水楼，又从汲水楼的北面取道至石谷，登石谷南北山涯上的老树干桥，到达谷北的后土祠（土地庙）——这是移步换景，人行景异。由后土祠往东，看见谷龛下形态各异的悬石，悬泉铿然作响，卧石纵横罗列——这是驻足观景，随着视线转移而景观变幻，多是近观的景物。笔墨铺陈，酣畅淋漓。然后，作者又从老树干桥取道，经明德宫左，登上石梯，看见一道院，地势与临思阁不相高下，亦可眺望龙门山美丽的名胜古迹。遂从石梯下栈道，沿着东山而归。作者在这里以游踪为线索，展示了龙门山全部的风景。

2.运用多种修辞手法，以细致生动的笔墨刻画了龙门胜景

文中运用各种修辞手段，以细致生动的笔墨，深刻形象地刻画了龙门山的胜景，并以实景与虚景共设，加浓了龙门景观之胜。比如在写临思阁远眺时，首先用排比铺陈之法，写俯视、北顾、西览、东视、南望山川之景色，然后用细笔一一勾勒。俯视，着力于黄河奔涌之势，"石峰疑若摇振"，从人的感觉角度来描写黄河奔涌触激之势，冲崖裂岸之力。北顾，描绘的是巨大的峡谷，"丹崖翠壁"是写峡谷崖壁鲜艳的色彩，"生云走雾，开阖晦明，倏忽万变"写云雾缥缈的形态，晦明开阖之变，通过云雾的变幻莫测，衬托出峭壁的高峻奇丽。西览，写山峦连绵不绝蜿蜒而去之势。东视，写巍峨的太行山，傲然屹立，高于天际。南望，乃见滚滚洪涛，石洲沙渚，烟村雾树，风帆浪舸，渺茫出没，作者在文章中展现的是一幅雄奇壮丽的画面，体现了龙门山的壮美——这是实景描绘。

更有趣的是作者还将险峻的华山，雄伟的潼关，古雍、豫二州想象入画，说"仿佛见之"，如此便更加突出了龙门"天下之奇观"的特点。又如写石峰的汲水楼，不仅细致地写其位置及构造，还展开想象地说站在石峰的汲水楼上，凉风飘洒而下，就像战国时的列御寇御风于天地之间，如此加浓了龙门的俊逸飘宕之美。再如写悬石奇形怪状之状，文章说："若人形，若鸟翼，若兽吻，若肝肺，若疣赘，若悬鼎，若编磬，若璞未凿，若矿未炉，其状莫穷。"连用了十个比喻，将悬石比喻成人、兽、鸟、鼎、磬等，如此栩栩如生地描绘，使读者如亲眼所见。写龛下石纵横罗列之态，更是以人为中心，加以想象，如仰卧、如侧卧、如直立，像床、像几案、像屏风，可坐、可倚、可靠，众多没有生命的悬石，在作者笔下用比拟法，写得如此活灵活现，富有情意，富有生命。总而言之，作者以如此神奇之笔，描绘了龙门山两岸耸立的峭壁，山峡中滚滚的大河，禹庙挺拔的青松奇木，石峰绝顶的奇宏景观，石龛下的

多姿怪石，生动形象地展现出龙门壮丽雄伟的全景。

3.寄情于景，情景交融

龙门是本文作者家乡的名胜古迹，他怀着极其亲切、深厚的乡情来着笔，那里的一草一木、一土一石都蕴含着深厚的感情。尤其龙门乃是传说中的禹门口，大禹曾"导河积石，至于龙门"（《书·禹贡》），所以作者在第一段中勾勒完层峦危峰、大河滔滔的壮观景色之后，脱口赞叹道："神禹疏凿之劳，于此为大。"在第二段中，更是怀着敬佩之情描绘禹庙，先写禹庙的位置，名称，体制规格，然后写作者进谒庭下，并表达景仰之情"悚肃思德者久之"——这里是直白心境以表情。最后又以描绘庭院中的青松奇木进一步表达对大禹功德的赞颂之情——"根负土石，突走连结，枝叶疏密交荫，皮干苍劲偃蹇，形状毅然，若壮夫离立，相持不相下。"这里从根、叶、干三方面渲染松树奇木旺盛的生命力，又用拟人的手法勾勒其刚毅自然、挺拔之姿，使读者似乎看到大禹岸于千古，屹立于天地之间的崇高形象。总之，峭壁的雄姿，大河奔涌之势，石峰绝顶的奇观，石龛下怪石的多姿多态，都蕴含着作者对家乡、对祖国山河的热爱之情。这正如王国维所说："一切景语皆情语也。"（《人间词语》）

【诵读体情】

1.把课文翻译成白话文，分别用文言文和白话文朗读课文，体会文白之别，感受原文的魅力，体会作者的情感。

2.想想我们应该怎么样在游记中体会作者的感情。思考游记类的文章应该如何去写并达到景与情的有机融合。

西湖七月半

张 岱

西湖七月半，一无可看，止可看看七月半之人。看七月半之人，以五类看之。其一，楼船箫鼓，峨冠盛筵【1】，灯火优傒【2】，声光相乱，名为看月而实不见月者，看之。其一，亦船亦楼，名娃闺秀【3】，携及童娈【4】，笑啼杂之，环坐露台，左右盼望【5】，身在月下而实不看月者，看之。其一，亦船亦声歌，名妓闲僧，浅斟低唱【6】，弱管轻丝【7】，竹肉相发【8】，亦在月下，亦看月而欲人看其看月者，看之。其一，不舟不车，不衫不帻【9】，酒醉饭饱，呼群三五，跻入人丛，昭庆、断桥，嘄呼嘈杂【10】，装假醉，唱无腔曲【11】，月亦看，看月者亦看，不看月者亦看，而实无一看者，看之。其一，小船轻幌【12】，净几暖炉，茶铛旋煮【13】，素瓷静递【14】，好友佳人，邀月同坐，或匿影树下【15】，或逃嚣里湖，看月而人不见其看月之态，亦不作意看月者【16】，看之。

杭人游湖，巳出酉归，避月如仇。是夕好名【17】，逐队争出，多犒门军酒钱。轿夫擎燎【18】，列俟岸上。一入舟，速舟子急放断桥，赶入胜会。以故二鼓以前【19】，人声鼓吹，如沸如撼【20】，如魇如呓【21】，如聋如哑。大船小船一齐凑岸，一无所见，止见篙击篙，舟触舟，肩摩肩，面看面而已。少刻兴尽，官府席散，皂隶喝道去。轿夫叫，船上人怖以关门，灯笼火把如列星，一一簇拥而去。岸上人亦逐队赶门，渐稀渐薄，顷刻散尽矣。

吾辈始舣舟近岸，断桥石磴始凉【22】，席其上，呼客纵饮。此时月如镜新磨，山复整妆，湖复颒面【23】，向之浅斟低唱者出，匿影树下者亦出。吾辈往通声气，拉与同坐。韵友来，名妓至，杯箸安，竹肉发。月色苍凉，东方将白，客方散去。吾辈纵舟【24】，酣睡于十里荷花之中，香气拍人【25】，清梦甚惬【26】。

【注释】

【1】峨冠：头戴高冠，指士大夫。盛筵：摆着丰盛的酒筵。

【2】优傒（xī）：优伶和仆役。

【3】娃：美女。

【4】童娈（luán）：容貌美好的家童。

【5】盼望：都是看的意思。

【6】浅斟：慢慢地喝酒。低唱：轻声地吟哦。

【7】弱管轻丝：谓轻柔的管弦音乐。

【8】竹肉：指管乐和歌喉。

【9】"不舟"二句：不坐船，不乘车；不穿长衫，不戴头巾。指放荡随便。帻（zé），头巾。

【10】嘄：呼叫。

【11】无腔曲：没有腔调的歌曲，形容唱得乱七八糟。

【12】幌（huǎng）：窗幔。

【13】铛（chēng）：温茶、酒的器具。旋（xuàn）：随时，随即。

【14】素瓷：雅洁的瓷杯。

【15】匿影：藏身。

【16】作意：故意，作出某种姿态。

【17】是夕好名：七月十五这天夜晚，人们喜欢这个名目。名，指"中元节"的名目，等于说"名堂"。

【18】擎（qíng）：举。燎（liào）：火把。

【19】二鼓：二更，约为夜里十一点左右。

【20】如沸如撼：像水沸腾，像物体震撼，形容喧嚷。

【21】魇（yǎn）：梦中惊叫。呓：说梦话。这句指在喧嚷中种种怪声。

【22】石磴（dèng）：石头台阶。

【23】靧（huì）面：一作"頮面"，洗脸。

【24】纵舟：放开船。

【25】拍：扑。

【26】惬（qiè）：快意。

【初读知情】

张岱（1597—1689），字宗子，又字石公，号陶庵，浙江山阴（今浙江绍兴）人，祖籍四川绵竹（故自称"蜀人"），侨寓杭州。明末清初文学家、史学家。清兵南下，入山著书。通晓音乐、戏剧，尤以散文著称。文笔清新峭拔，时杂诙谐风趣，作品多写山水景物、日常琐事，时时流露明亡后怀旧感伤情绪。著有《琅嬛文集》《陶庵梦忆》《西湖梦寻》《三不朽图赞》《夜航船》等文学名著，又有《石匮书》，记载崇祯至南明史事。

西湖就是杭州西湖，七月半就是农历七月十五，是中国民间的"祭祖节"，这一节日的产生源于上古时代的祖灵崇拜和秋祭习俗。七月十五这一日主要就是祭祀亡灵。道教称为中元节，佛教在这一天举行盂兰盆会。唐宋以后，中元节俗的三大主干内容演变为祀先、礼佛、敬道，而所有的节俗内容都要围绕祀敬亡灵展开。《梦梁录》描述南宋时杭州的七月十五日节俗说：其日又值中元地官赦罪之辰，诸宫观设普度醮，与士庶祭拔。宗亲贵家有力者，于家设醮饭僧荐悼，或拔孤魂。僧寺亦于此日建盂兰盆会，率施主钱米，与之荐亡。……此日都城之人，有就家享祀者，或往坟所拜扫者。……后殿赐钱，差内侍往龙山放江灯万盏。

到了明神宗万历年间，杭州人，特别是文人于中元节前后往西湖赏月逐渐成为一种风尚。晚明文人冯梦祯的《快雪堂日记》中就有这样的记载，说许多杭州人在中元节前后的晚上都会到西湖游玩赏月，有的还会在西湖中过夜。明代中后期，由于商品经济繁荣，江南地区，特别是苏州、杭州，这里市民的休闲娱乐活动也日渐丰富起来，人们在一些传统节日中会增添一些娱乐的内容，有些传统节日甚至出现倾城出动的景象，如扬州的清明节、苏州的中秋节等。《西湖七月半》描绘的就是杭州人七月半这夜游西湖的盛景。

【复读认情】

先把文章内容抒抒看，看作者是如何来描写西湖七月半赏月之盛景的。如果给你一个写西湖七月半的命题作文，你会写月还是写人呢？作者通过描绘究竟想表达什么思想感情呢？读一读，思考思考。

关于本文表现的思想内容，有这么几种倾向：一是全部否定说，即描绘封建士大夫和所谓风雅之士的庸俗丑态。作者所自诩的所谓高雅生活，也被认为不过是封建文人的自命清高。二是亦褒亦贬说，即嘲讽了达官显贵附庸风雅的丑态和市井百姓凑热闹的庸俗气，标举文人雅士清高拔俗的情趣。三是温和说，即文章虽有讽世藐俗的情趣、旨意，但也流露出一种近俗倾向。

你读完文章觉得哪一种说法更中肯呢？或者你有更好的理解，和同学交流交流吧。

【点拨悟情】

1.以独特视角，翻新立意

《西湖七月半》描述的是杭人逢七月十五游湖赏月的情景。从内容上看，尽管西湖七月半乃素月生辉之良夕，但文章着力描写的不是西湖七月半的美景，而是游西湖的杭州人。大约是写月的诗文着实太多，而且也无法超越，如唐人张若虚慨叹人生短暂、宇宙永恒的《春江花月夜》，孤篇压倒全唐；苏东坡《水调歌头·明月几时有》写月的阴晴圆缺，人的悲欢离合，无人逾越；再加上杭人倾城出动游湖赏月，游客甚多，那场面实在壮观，美景，怕是无福欣赏了，那就索性旁眼观人吧；作者文云"杭人游湖，巳出酉归，避月如仇"，也就是说人家杭州人本就不是出来赏月的，所以，索性这篇文章的主题就定为"看人"吧，在立意上可谓另辟蹊径。

2.游湖众生相，褒贬溢言表

文章一开始就给了我们五组人物特写镜头：第一组是达官显贵。乘着有楼饰的游船，游船上张灯结彩，鼓乐喧天，声优婢仆如云，峨冠博带，觥筹交错。这一类人，作者云其"名为看月而实不见月"，评价概括真是入木三分。他们言己赏月，其实是以看月的名头来炫排场，耀官威的。因为他们要的就是这热闹，这阵仗，哪里是赏什么月，遇喧闹其心神已然被窃走。作者用一"乱"字，其褒贬之意已跃然纸上。第二组是富商阔家。他们也是乘着楼船，虽然没有达官贵人们声势赫然，然也是"名娃闺秀，携及童娈"，众人环坐船之露台之上，嬉笑打闹声相杂，东张西望，左顾右盼，作者云其"身在月下而实不见月"。这是一类附庸风雅而实为浅薄庸俗之人。作者以"笑啼杂之""左右盼望"描写这一类人，其倾向已现。第三组镜头给到所谓风流才子们。他们是"亦船亦声歌"，没有赫然权势，也没有阔绰家世，但他们还能请得到名妓、闲僧。他们赏月，看上去雅致，但他们赏月的目的真真不纯，那种着意看月，又作意让人看到他们看月的赏月之态实在与风雅相去甚远。但比起前者的"相光相乱""笑啼杂之"，他们是"浅斟低唱，弱管轻丝"，和作者的审美取向还是有一些接近的。第四组镜头是浪荡小弟们。他们"不舟不车，不衫不帻，酒醉饭饱，呼群三五，跻入人丛，昭庆、断桥，嘄呼嘈杂，装假醉，唱无腔曲"，放浪形骸，一种浮浪模样。他们是真正的七月半好名者，他们就是喜欢中元节这热闹的名目，本就不是来看月的，更不知赏月为何物。西湖七月半此种人物不乏其人。作者云其"月亦看，看月者亦看，不看月者亦看，而实无一看者"，作者用这一段饶舌的语言来评价这一类人，其戏谑之意溢于言表。第五组特写是文人雅士们。他们一出场是这样的：划着小船，船上挂着细而薄的帏幔，洁净的几案，温热的茶炉，茶一会儿就煮沸了，佳人好友，"素瓷静递"，还会"邀月同坐"。他们看不惯达官显贵的显赫耀威，看不惯富家阔商的奢靡狂欢，更看不上那些浪荡小弟，不修边幅，恣意纵情。于是乎，他们中有的藏身树下，有的到里湖去逃避喧嚣。作者云其"看月而人不见其看月之态，亦不作意看月"，这才算得上是真正懂得赏月之人吧。在这里，我们似乎又看到了那个活得精致的张宗子的影子，那个雪夜游西湖的张陶庵的影子，那个被人称为"水中贵族"且亲调"兰雪茶"的张岱的影子。

3.抽身事件外，冷眼观世界

作者的高明之处就在于他能在描绘时以局外人的角度来观看这个既熟悉又陌生的世界。他在描绘了五类人的情态之后，又把镜头转向宏大的游湖场景。这是一个全景镜头。杭人游湖大多在白天，作者云其"避月如仇"，但七月十五这一晚则大不同。大家为的是七月半中元节的好名目，通俗地讲就是凑热闹，故如赶胜会般逐队争出游湖。官府富商出城所用的轿夫都列成队等候在岸上，擎着火把，耀如白昼。而那些游湖之人乘船便蜂拥至断桥一带，估计那里是热闹的中心吧。在这集会的中央地带，耳边是人声喧闹嘈杂，沸反盈天，鼓乐声，穿云裂石，震耳欲聋。作者云其为"如沸如撼，如魔如呓，如聋如哑"。眼前的大船小船势若千帆竞发，实为篙触篙，舟碰舟，人面对人面。场面之混乱可谓前所未有，鼎沸喧嚣也非常人可忍。一切都兴味索然。怪不得有人要影匿于树下，更有甚者逃嚣于里湖。好在官府兴尽席散，人们便随之逐队赶门，顷刻尽散。

4.繁华梦落处，名士、遗民情结现

此时的西湖终于恢复了往日的宁静，作者云"月如镜新磨，山复整妆，湖复靧面"，月也懂得如镜子一样需重新打磨一番，山也要重新装束一番，湖也要重新清洗一番。似先前被嘈杂的人声，震天的鼓乐污秽一般。此时，皓月当空，远山如黛，湖水澄澈，吾辈始从里湖乘船至岸。这时的断桥沐浴在如乳的月色下，石磴有些微凉，呼影匿树下者和浅斟低唱者出来纵饮。谈月，谈酒，谈友，谈乐，谈至月色苍凉，东方将白。可以说这时观景赏月的行为高雅持重，气度情态与西湖的优美景致相谐。客散。吾辈更甚，纵舟十里荷花，枕荷入梦，清香的荷花梦。读至此，又恍恍惚惚如苏子泛舟赤壁云。张陶庵的这十里荷花清梦，怕是不愿醒呢。

张岱出身官宦之家，高祖张天复、曾祖张元忭、祖父张汝霖、父亲张耀芳四代为官，生活可谓十分富足。幼年时穷奢极欲，纵情声色，过着繁华靡丽的生活，他在《自为墓志铭》中概括自己的前半生："好精舍，好美婢，好娈童，好鲜衣，好美食，好骏马，好华灯，好烟火，好梨园，好鼓吹，好古董，好花鸟，兼以茶淫橘虐，书蠹诗魔。"从这里我们可以看出，《西湖七月半》中出现的场景几乎都是张岱亲身经历过的。作者在《陶庵梦忆·自序》中写道："因想余生平，繁华靡丽，过眼皆空。五十年来，总成一梦。"其又云，"遥思往事，忆即成书，持向佛前，一一忏悔。不次岁月，异年谱也；不分门类，别志林也。偶拈一则，如游旧径，如见故人，城郭人民，翻用自喜，真所谓'痴人前不得说梦'矣"。可见，张岱作为明朝遗民，对故国、故人、故事还是念念不忘的。张岱记忆中的故国是热闹繁华的，过往的生活是美好潇洒的，然而如今却盛世不再，繁华不再，前朝的盛世辉煌都只留存于他的记忆中。表面为追忆过去的盛世美景，但实际上是在表达对故国深深的怀念和留恋。所以，作者这十里荷花梦可谓是遗民情结之梦，晚明名士情结之梦。他大概是真不想醒来，也不愿醒来吧。诚如他在《西湖梦寻·自序》中说"余生不辰，阔别西湖二十八载，然西湖无日不入吾梦中，而梦中之西湖，实未尝一日别余也。"

【诵读体情】

1.把课文翻译成白话文，分别用文言文和白话文朗读课文，体会文白之别，感受原文的魅力，体会作者的情感。

2.阅读下面介绍文字，深入理解作者的思想感情。这篇经典文章对于我们的现实生活意义何在？

芙蕖

李渔

芙蕖与草本诸花似觉稍异，然有根无树，一岁一生，其性同也。谱云："产于水者曰草芙蓉，产于陆者曰旱莲。"【1】则谓非草木不得矣。予夏季倚此为命者【2】，非故效颦于茂叔而袭成说于前人也【3】。芙蕖之可人，其事不一而足，请备述之。

群葩当令时，只在花开之数日，前此后此皆属过而不问之秋矣。芙蕖则不然：自荷钱出水之日，便为点缀绿波；及其茎叶既生，则又日高日上，日上日妍。有风既作飘飖之态，无风亦呈袅娜之姿，是我于花之未开，先享无穷逸致矣。迨至菡萏成花【4】，娇姿欲滴，后先相继，自夏徂秋【5】，此则在花为分内之事，在人为应得之资者也。及花之既谢，亦可告无罪于主人矣；乃复蒂下生蓬，蓬中结实，亭亭独立，犹似未开之花，与翠叶并擎，不至白露为霜而能事不已。此皆言其可目者也。

可鼻，则有荷叶之清香，荷花之异馥；避暑而暑为之退，纳凉而凉逐之生。

至其可人之口者，则莲实与藕皆并列盘餐而互芬齿颊者也。

只有霜中败叶，零落难堪，似成弃物矣；乃摘而藏之，又备经年裹物之用。

是芙蕖也者，无一时一刻不适耳目之观【6】，无一物一丝不备家常之用者也。有五谷之实而不有其名，兼百花之长而各去其短，种植之利有大于此者乎？予四命之中，此命为最【7】。无如酷好一生。竟不得半亩方塘为安身立命之地【8】。仅凿斗大一池，植数茎以塞责，又时病其漏【9】。望天乞水以救之，怠所谓不善养生而草菅其命者哉【10】。

【注释】

【1】谱：《花谱》。

【2】倚：依靠。李渔《笠翁偶集·种植部》："予有四命，各司一时：春以水仙、兰花为命，夏以莲为命，秋以秋海棠为命，冬以腊梅为命。无此四花，是无命也。"下文"予四命之中，此命为最"亦指此。

【3】茂叔：宋朝周敦颐，字茂叔，著有《爱莲说》。

【4】菡萏（hàndàn）：荷花的别称。

【5】徂：往，到。

【6】耳目之观：耳听到的，眼看到的。

【7】见注释【2】。

【8】半亩方塘：宋代朱熹《观书有感》："半亩方塘一鉴开，天光云影共徘徊。问渠那得清如许？为有源头活水来。"这里指找不到一片水塘种芙蕖。

【9】病其漏：担心池子漏水。病，名词的意动用法，"以……为苦"。

【10】草菅：野草，这里用作动词，"把……当作野草一样"。

【初读知情】

本文选自明末清初戏剧家李渔《闲情偶寄·种植部》。《闲情偶寄》是李渔撰写的一部包含词曲、演习、声容、居室、器玩、饮馔、种植、颐养等内容的"寓庄论于闲情"的随笔。它自问世以来，以其生动活泼的小品形式、轻松愉快的笔调而广受读者喜爱。

芙蕖又名莲花、荷花、水芝、水华、水芙、水旦、菡萏、水芙蓉、泽芝、玉环、六月春、中国莲等，千百年来，深得文人喜爱，每每有赞美的诗文。读下面的诗文，感受一下不同作者表达的不同的情感。

水陆草木之花，可爱者甚蕃。晋陶渊明独爱菊。自李唐来，世人甚爱牡丹。予独爱莲之出淤泥而不染，濯清涟而不妖，中通外直，不蔓不枝，香远益清，亭亭净植，可远观而不可亵玩焉。

予谓菊，花之隐逸者也；牡丹，花之富贵者也；莲，花之君子者也。噫！菊之爱，陶后鲜有闻。莲之爱，同予者何人？牡丹之爱，宜乎众矣！

——宋周敦颐《爱莲说》

小荷才露尖尖角，早有蜻蜓立上头。

——杨万里《小池》

接天莲叶无穷碧，映日荷花别样红。

————杨万里《晓出净慈寺送林子方》

一朵芙蕖，开过尚盈盈。

————苏轼《江神子·江景》

风蒲猎猎小池塘，过雨荷花满院香。

————李重元《忆王孙·夏词》

有三秋桂子，十里荷花。

————柳永《望海潮·东南形胜》

江南可采莲，莲叶何田田。鱼戏莲叶间。鱼戏莲叶东，鱼戏莲叶西，鱼戏莲叶南，鱼戏莲叶北。

————汉乐府《江南》

读读课文，想想作者在文中用了哪个词表达对芙蕖的喜爱之情。

【复读认情】

把课文与译文对照读读，说说作者是如何介绍芙蕖的。谈谈作者是从哪些方面写芙蕖"可人"的特点的。

荷花与其他草本植物似乎有些不同，但也有根没有树，一年生一次，这些特点是相同的。《花谱》上说："生长在水中的叫草芙蓉，生长在陆地上的叫旱莲。"就不能不说是草本植物了。我夏天视它为生命，不是故意效仿周敦颐以因袭前人现成的说法，而是因为芙蕖恰如人意的地方不止一样，请让我详细地叙说它。

各种花正当时（惹人注目）的时候，只在花开的那几天，在此以前、以后都属于人们经过它也不过问的时候。芙蕖就不是这样：自从荷钱出水那一天，便把水波点缀得一片碧绿；等到它的茎和叶长出，则又一天一天地高起来，一天比一天好看。有风时就做出飘动摇摆的神态，没风时也呈现出轻盈柔美的风姿。于是，我们在花未开的时候，便先享受了无穷的逸致。等到花苞开花，姿态娇嫩得简直要滴水，（花儿）相继开放，从夏天直开到秋天，这对于花来说是它的本性，对于人来说就是应当得到的享受了。等到花朵凋谢，也可以告诉主人说，没有对不住您的地方；于是又在花蒂下生出莲蓬，蓬中结了果实，一枝枝独自挺立，还像未开的花一样，和翠绿的叶子一起挺然屹立（在水面上），不到白露节下霜的时候，它所擅长的本领不会（呈献）完毕。以上都是说它适于观赏的方面。

适宜鼻子（的地方），那么还有荷叶的清香和荷花特异的香气；（以它来）避暑，暑气就因它而减退；（以它来）纳凉，凉气就因它而产生。

至于它可口的地方，就是莲籽与藕都可以放入盘中，一齐摆上餐桌，使人满口香味芬芳。

只有霜打的枯萎的叶子，七零八落很不好看，好像成了被遗弃的废物；但是把它摘下贮藏起来，又可以一年又一年用来裹东西。

这样看来，芙蕖这种东西，没有一时一刻不适于观赏，没有哪部分哪一点不供家常日用。（它）有五谷的实质而不占有五谷的名义，集中百花的长处而除去它们的短处。种植的利益难道有比它还大的吗？我视为生命的四种花草中，以芙蕖最为宝贵。可惜酷爱了它一生，却不能得到半亩方塘作它容身立足赖以生存的地方。只是挖了个斗大的小池，栽几株敷衍了事，又时常为小池漏水而忧虑，盼望天上降雨来救它，这大概是所说的不善于养生而把它的生命当作野草一样做贱吧。

【点拨悟情】

1.巧设"文眼"，层次清晰，结构严谨

文章虽为说明性的文字，但作者对所说明的事物的感情却非常明确，表达也非常自然，没有矫揉造作之嫌。作者采用总——分——总的说明顺序和思路，先总体上介绍芙蕖虽在形体上与草本植物有差别，但肯定是属于草本植物。之后重点点出芙蕖的"可人"特点，既总领全文，又为下文的分别介绍做了准备和铺垫。在介绍芙蕖"可人"的特点时，分别从"可目""可鼻""可口""可用"四个方面具体介绍了芙蕖的"可人"特点。最后一段，作者用"无一时一刻不适耳目之观，无一物一丝不备家常之用"进一步概括说明芙蕖的"可人"之处，点出了芙蕖"有五谷之实而不有其名，兼百花之长而各去其短"的宝贵品质。然后直接点出芙蕖是自己"四命之中，此命为最"，直接表达对芙蕖的喜爱之情，浓而不酽，真而不作，自然而然，浑然天成。

2.说明、描写、议论、抒情结合，文情并茂

文章属于说明文，在写法上以说明为主，但描写、抒情、议论也运用得恰到好处，如行云流水，清新自然，内中有作者感情的流动，可谓文情并茂。比如文章在对芙蕖"可目"的描写就非常形象生动。先说"荷钱出水"时的"点缀绿波"，再说"茎叶既生"时的"飘飘之态""袅娜之姿"，又说"菡萏成花"时的"娇姿欲滴"，"花之既谢"后的"亭亭独立""与翠叶并擎"。这些词语形象生动，美感较足，鲜明地表达了作者对芙蕖的酷爱与推崇和喜爱。其他诸如"蒂下生蓬，蓬中结实""日高日上，日上日妍"的

顶真手法，"及花之既谢，亦可告无罪于主人矣"的拟人手法，"有风既作飘飘之态，无风亦呈袅娜之姿"的对偶，"种植之利，有大于此者乎？"的反问，荷香"避暑而暑为之退，纳凉而凉逐之生"的通感手法等等，我们从作者对芙蕖的描述中，看到了作者对芙蕖由衷的喜爱以至于为自己不能善待芙蕖而深感歉意。文章整体的感情流动波澜起伏，并逐渐达到高潮，增强了文章的说明效果，使得文与情并生并茂。

3.语言运用上骈散结合，虚实相生，音调和谐

文章在说明过程中选用8个具有领起作用的虚词，其中"自""及""迨至""及"领起了芙蕖从初生到衰败的各个阶段，"便""则又""此则""乃复"领起了各阶段芙蕖的可人，可以看到作者感情起伏，衔接得体、语流通畅。在句式上，则骈散结合；奇偶交替，使文章节奏明快、音调和谐。另外，文中用了一些民间口语，既感新鲜，又用语清楚，句式整齐。呈现在读者面前的芙蕖有稚嫩无瑕的美，有成年娇姿的美，还有老残而犹有风韵之美，美不胜收，各尽情致。这些美感都是通过作者流畅而自然，平朴而清新的语言透射出来。

【诵读体情】

1.《闲情偶寄》是一部包含词曲、演习、声容、居室、器玩、饮馔、种植、颐养等内容的"寓庄论于闲情"的随笔。自问世以来，即以其生动活泼的小品形式、轻松愉快的笔调而广受读者喜爱。请借来读读吧。

2.千百年来，荷花为人们所喜爱，不单单是因为它长得好看，而是把它赋予了某种品质。如李白就有"清水出芙蓉，天然去雕饰"之句。请你以"荷花与品质"为话题，写一篇600字小散文。

登泰山记

姚鼐

泰山之阳，汶水西流【1】；其阴，济水东流【2】。阳谷皆入汶，阴谷皆入济【3】。当其南北分者，古长城也【4】。最高日观峰，在长城南十五里【5】。

余以乾隆三十九年十二月【6】，自京师乘风雪，历齐河、长清，穿泰山西北谷，越长城之限，至于泰安【7】。是月丁未，与知府朱孝纯子颖由南麓

登【8】。四十五里，道皆砌石为磴，其级七千有余【9】。泰山正南面有三谷。中谷绕泰安城下，郦道元所谓环水也【10】。余始循以入，道少半，越中岭，复循西谷，遂至其巅【11】。古时登山，循东谷入，道有天门。东谷者，古谓之天门溪水，余所不至也。今所经中岭及山巅，崖限当道者，世皆谓之天门云【12】。道中迷雾冰滑，磴几不可登【13】。及既上，苍山负雪，明烛天南【14】。望晚日照城郭，汶水、徂徕如画，而半山居雾若带然【15】。

戊申晦，五鼓，与子颖坐日观亭待日出【16】。大风扬积雪击面，亭东自足下皆云漫，稍见云中白若摴蒱数十立者，山也【17】。极天云一线异色，须臾成五采【18】。日上，正赤如丹，下有红光动摇承之，或曰，此东海也【19】。回视日观以西峰，或得日，或否，绛皓驳色，而皆若偻【20】。

亭西有岱祠，又有碧霞元君祠【21】。皇帝行宫在碧霞元君祠东【22】。是日，观道中石刻，自唐显庆以来，其远古刻尽漫失【23】。僻不当道者，皆不及往【24】。

山多石，少土。石苍黑色，多平方，少圜【25】。少杂树，多松，生石罅，皆平顶【26】。冰雪，无瀑水，无鸟兽音迹。至日观数里内无树，而雪与人膝齐。

桐城姚鼐记。

【注释】

【1】阳：山南为阳。汶（wèn）水：今称大汶河，源于山东济南市莱芜区东北原山，向西南流经泰安。

【2】其：代词，它，指泰山。阴：山北为阴。济水：源于河南济源市西王屋山，流经山东，后来下游被黄河淹没。

【3】阳谷：指山南面谷中的水。阴谷：指山北面谷中的水。谷，两山间流水的低道，现在通称山涧。

【4】当其南北分者：在那（阳谷和阴谷）南北分界处的。

【5】日观峰：在山顶东岩，观日出之胜地。

【6】以：在。乾隆三十九年：公元1774年。

【7】乘：趁，这里有"冒着"的意思。齐河、长清：两县名，都在山东。限：界限，这里指城墙。

【8】丁未：丁未日（十二月二十八日）。朱孝纯：字子颖，当时是泰安府的知府，姚鼐挚友。

【9】磴（dèng）：石台阶。

【10】环水：泰安的护城河。郦道元《水经注·汶水》："又合环水，水出泰山南溪。"

【11】循以入：顺着（中谷）进去。道少半：路不到一半。

【12】崖限当道者：横在路上像门限（门槛）一样挡路似的山崖。云：语气词。

【13】几：几乎。

【14】苍山负雪，明烛天南：青山上覆盖着白雪，（雪）光照亮了南面的天空。负，背。烛，名词用作动词，照。

【15】徂徕（cúlái）：山名，在泰安东南。居：停留。

【16】戊申晦：戊申这一天是月底。戊申，二十九日。晦，农历每月最后一日。五鼓：五更。

【17】漫：弥漫。摴蒱（chūpú）：又作樗蒲，赌博工具，一套共五个，也称"五木"。

【18】极天：天的尽头，天边。云一线异色：一缕云颜色很特别。

【19】正赤如丹：纯红如同朱砂。东海：泛指东面的海。这里是想象，实际上在泰山顶上看不见东海。

【20】绛皓驳色：或红或白，颜色错杂。绛，红色。皓，白色。驳，杂。若偻（lǚ）：像脊背弯曲的样子，引申为鞠躬、致敬的样子。形容日观峰以西的山峰都低于日观峰，如同弯腰曲背地站着。

【21】岱祠：祭祀东岳大帝的庙宇。碧霞元君祠：碧霞元君庙，传说碧霞元君是东岳大帝的女儿。

【22】行宫：皇帝出外巡行时居住的处所。

【23】唐显庆：唐高宗年号。漫失：石碑经过风雨剥蚀，字迹模糊或缺失。漫，磨灭。

【24】僻：偏僻。

【25】圜：同"圆"。

【26】石罅：石缝。

【初读知情】

姚鼐（nài）（1731—1815），字姬传，一字梦谷，室名惜抱轩，人称惜抱先生，清代散文家，桐城（今属安徽）人。曾任刑部郎中、记名御史。主持江宁、扬州等地书院，凡四十年。此文是作者同友人泰安知府朱孝纯游览泰山之后所写的一篇游记。泰山雄伟壮丽，气势磅礴，有拔地通天之势，擎天捧日之姿，历来有"五岳独尊"之誉。

请根据课文内容，结合你掌握的有关泰山的资料信息，谈谈你对泰山的了解。

泰山，古称岱山，又称岱宗。位于山东省中部，最高日观峰。著名的五岳之首。海拔1500多米，并不算高，但在周围海拔极低的平原和丘陵的衬托下，显得格外高峻。受到历代帝王的尊崇，文人的礼赞，题咏刻石众多，集自然景观和人文底蕴于一身，自古为游览胜地。

本文是一篇冬日登泰山的游记。我们一般旅游都是在气候条件较好的情况下，选择春夏秋三季居多。姚鼐和好友却是在冬季登泰山，姚鼐为何历尽艰辛冬日登泰山呢？

姚鼐曾参加编写《四库全书》，乾隆三十七年纂修完成。乾隆三十九年（1774）十二月姚鼐以养亲为名，告归田里，途经泰安，这一年十二月二十八日，与朋友泰安知府朱孝纯（字子颖）于傍晚登上泰山山顶，第二天五更时分至日观峰看日出，写下了这篇游记。那么，作者为我们展现了冬日白雪覆盖下泰山怎样的别样风姿呢？

联系文后注释把课文通读一遍。

【复读认情】

泰山气势雄伟，风景壮丽，历代文人多春秋佳日登山，姚鼐冬日登泰山，艰难登山之后，有幸看到白雪映衬下泰山的另一番情景。

逐段阅读课文，说说姚鼐这篇冬日泰山游记是如何介绍描绘泰山的。

第一段介绍泰山及日观峰的地理位置。第二段重点写登泰山的经过。这部分先叙述从京城到泰山的旅程，接着写登山经过，再写到达山顶时所见的泰山美景。第三段写此次所见重点景观泰山日出。第四、五段介绍泰山的人文古迹（建筑群和石刻）及冬日景象。第六段交代记游者，这是游记常见写法。

【点拨悟情】

1.登山之前山外看山，初展泰山雄姿

泰山是五岳之首，游览胜地，从哪里下笔去写才好呢？此次作者印象最深的是日观亭看日出，直接写日出又未免突兀单调，作者以游踪为序，自然下笔，先山外观山，以开阔的视野，用极简括的语言概括介绍泰山的地理形势，初步展现出泰山的雄姿：先写汶水和济水分别在泰山南北两面分流；再说明古长城为两水的分界线；然后以古长城作为参照物，点明泰山最高峰——日观峰的位置。由"面"到"线"再到"点"，寥寥几笔，给出泰山全貌，古长城又给人岁月悠远、历史沧桑的感觉，更衬托出泰山的巍然风姿，"最高日观峰"又为下文观日出埋下伏笔。

2.以游踪为线索记游，思路清晰明了

《登泰山记》是一篇游记，作者从北京来到泰安，从泰安城出发登山，最后到达山顶。阅读课文第二段内容，说说作者和友人的登山路线。

中谷登山。从泰安城出发，从泰山南麓登山，顺着中谷上山，走了一少半后，越过中岭又顺着西谷登山，到达山顶。

安排游程。作者和友人用大概两天时间游览了泰山，晚上还住在山顶。假如让你追随作者踪迹游一回泰山，根据课文内容，为自己安排一下游程。

第一天：从泰安城出发，从中谷登山，越过中岭，又到西谷登山，观赏泰山苍山负雪图和晚霞夕照图，宿山顶。

第二天：五更起身，在日观亭看泰山日出，上午游岱祠、碧霞元君祠、皇帝行宫。下午返程途中观道中石刻及泰山松、石、冰雪等景象。

3.登上山顶山上看山，再现泰山壮美

历经艰难，终于登上山顶，冬日雪后初晴的泰山又会是怎样一番瑰丽壮观的景象呢？

苍山负雪图。站立山顶，泰山美景尽收眼底，映入眼帘的是苍山负雪、晚霞夕照图，作者用极简括的语句作了描述。请你结合姚鼐文字，用自己的语言描述再现一下"苍山负雪、晚霞夕照图"。

登上山顶，极目远望，群山覆盖着厚厚的冬雪，雪光照亮了南面的天空，晚霞映照着泰安城，汶水和徂徕山像清晰美丽的图画一样，停留在半山的云雾，像缠绕在山腰的白色带子，更增添了几分飘逸的神韵。

泰山日出图。作者此次登泰山最大的满足是日观亭看日出，作者用凝练传神的语言为我们描绘了一幅动人的泰山日出图。请你结合姚鼐文字，用自己的语言描述再现一下泰山日出。

冬日清晨，五更时分，与子颖一起登上日观峰，等待着日出奇观，脚下一片云海弥漫，那披着白雪的山峦隐藏在云涛之中，像粒粒白色的樗蒲。在天的尽头，海天之间现出一缕异样的云线，顷刻间，变幻为五彩斑斓的云霞，一轮彤彤红日从海上升起，遥远的大海荡漾着红光衬托着它，有人说，那是东海。

王安石说"世之奇伟瑰怪、非常之观，常在于险远"，山顶风光秀美，而登山极其艰难：四十五里，其级七千有余。迷雾冰滑，磴几不可登。需要勇气、毅力和一颗热爱大自然的心。生活中的许多事情又何尝不是如此呢？正如杜甫所言"会当凌绝顶，一览众山小"。

泰山人文景观。看完日出，作者又在附近游览了一番，首先介绍了人文景观，阅读课文第四段，说说作者为我们介绍了泰山的哪些人文景观。

作者介绍日观亭周围有岱祠、碧霞元君祠、皇帝行宫等古迹。又写了返回途中的石刻，这些人文景观，体现了泰山厚重的人文底蕴。

冬日泰山概貌。接着作者简约综述泰山的山石树木及冬日景象：多石，少土。山上树木，多松。冰雪覆盖，无鸟兽音迹。多用两三字短句，简洁、明快、峭劲，突出泰山冬日苍劲峻拔的面貌。

4.点面结合、行文严谨，抓住特征，语言简约而生动

文章首尾概述，中间以行踪为序记游，尤以重笔描绘苍山负雪、晚霞夕照、旭日东升美景，点面结合、概貌和重点景观相映衬，人文景观和自然景观相结合，行文严谨，让我们对泰山的雄伟壮丽、人文底蕴有了全面的了解。

通篇能抓住景物特征，用语简明，达意传神。如"苍山负雪图""泰山日出图"，都写出了冬日泰山特有的景象。

语言简净、描写传神。如写登山的情形，用"道中迷雾冰滑，磴几不可登"，简洁的语言，写出了登山之艰难，使人有如临其境之感。最后一段介绍泰山的自然景观更是寥寥数语，就把它的多石、多松、冰雪覆盖的景象展现在我们面前。体现了桐城派以"雅洁"为尚，反对俚俗和繁芜的风格特点。

我们跟随作者游览了一番，对泰山有了较全面的了解，你能用一句话概括你的对泰山的印象吗？

泰山——雄伟壮丽的自然风光，悠久灿烂的历史文化。

【诵读体情】

1.请你将课文翻译成白话文，朗读原文，体会文白之别，随作者感受泰山的雄伟、欣赏泰山的壮美、体会泰山的人文底蕴吧。

2.祖国地域辽阔、山河壮丽，你也很想到处去游览一番吧，也想把你的所见所感记录下来，请试着写一篇游记，注意文章的落笔布局和景物的介绍描绘。

参 考 文 献

[1] 赵明. 先秦大文学史[M]. 长春：吉林大学出版社，1993.

[2] 章培恒. 中国文学史[M]. 上海：复旦大学出版社，1996.

[3] 程俊英. 诗经注析[M]. 北京：中华书局，1996.

[4] 杨伯峻. 春秋左传注[M]. 北京：中华书局，1981.

[5] 杨伯峻. 论语译注[M]. 北京：中华书局，1958.

[6] 杨伯峻. 孟子译注[M]. 北京：中华书局，1960.